Ricardo Gómez

Los poemas de la arena

Ricardo Gómez

Los poemas de la arena

XIX PREMIO DE NOVELA FELIPE TRIGO

algaida

Un jurado presidido por Antonio Gala designó a la novela de Ricardo Gómez, *Los poemas de la arena,* ganadora del XIX Premio de Novela «Felipe Trigo» 1999, que fue patrocinado por el Excelentísimo Ayuntamiento de Villanueva de la Serena, la Diputación de Badajoz y la Junta de Extremadura.

Diseño de colección:
Paniagua & Calleja

Ilustración sobrecubierta:
Adriana Santos

Avda. San Francisco Javier 22
41018 Sevilla
Teléfono 95 465 23 11. Telefax 95 465 62 54
e-mail: algaida@algaida.es
ISBN 84-7647-971-9
Depósito legal: M-42.281-2000
Impresión: Huertas A.G. (Madrid)

A mi hijo Daniel

1. Ahmad Safi

Ahmad nació un día de fiesta, el día en que los hombres y las mujeres de la aldea salían a la calle desde el amanecer hasta la noche haciendo sonar el *duff,* el *argul* y la *sallāmiyya.* El día en que los tañidos de la *rabāba* y el ritmo de las tablas ahogaban las voces de los niños y los balidos de las cabras. El ruido, el jolgorio y el bullicio del día de su nacimiento marcaron a Ahmad para el resto de su vida. De él decía su abuela que había sido concebido por el *zummār* de su padre, y no por el mismo órgano que había engendrado al resto de sus nietos.

Era el séptimo varón del primogénito de una familia de miembros numerosos, tanto por la rama materna como por la paterna. Su nacimiento pasó desapercibido en una estirpe tribal en la que las voces y los llantos de los niños eran constantes, una generación tras otra. Pasó desapercibido para todos salvo para Na'ima, la abuela de Ahmad, quien consideraba que la larga lista de varones de su hijo mayor era presagio de larga vida para una familia entre cuyos antecesores se encontraban discípulos personales del Profeta. Y lo fue especialmente porque el Siete era el número sagrado para la abuela. El número de estrellas de la constelación de la Osa, el de minaretes de la más sagrada de las mezquitas, el de agujeros del cuerpo por los que entra o sale la vida.

No resultó extraño, por tanto, que fuese la abuela quien se encargara de la crianza de Ahmad. Dejando aparte los breves períodos en que el niño mamaba del pecho de su madre, era Na'ima quien se encargaba de acunarle, de limpiarle, de fajarle durante el invierno y de abanicarle y de espantar los mosquitos durante el verano. Hasta que aprendió a andar, la abuela permaneció horas y horas al lado de su cuna. Cuando dio sus primeros pasos, fue también la abuela quien vigiló sus tropezones y le ayudó a levantarse del suelo. Más adelante, fue ella también quien le contó historias, le cantó canciones y le enseñó a bailar.

Días antes de que Ahmad fuese circuncidado, Na'ima visitó al barbero del pueblo, a quien conminó en varias ocasiones para que tuviera dispuestos y perfectamente limpios sus instrumentos. Harto de las molestias de la vieja e incomodado por sus amenazas en caso de que el corte fuera impreciso, el barbero echó a la abuela de su casa y advirtió al padre de Ahmad que no quería a la anciana loca en su casa. El hijo de Na'ima prohibió a su madre asistir a la circuncisión, agravio que la mujer juró no olvidar. No obstante, su voz estuvo presente tras la tapia, durante la ceremonia, mientras cantaba una antigua canción egipcia:

Entra al jardín y tráelo, barbero.
Entra al jardín y tenlo quieto;
y cuelga sus ropas, barbero.
Entra al jardín y encontrarás a Muhammad
más guapo que los de su edad, barbero.[1]

En la familia consideraban éstos y otros gestos como una muestra del desvarío de la mujer, lo que provocó no pocos celos entre otros hijos de Na'ima, que observaban cómo sus desvelos se dirigían hacia el séptimo varón de su hijo primogénito.

Cuando nació Ahmad, Na'ima era una mujer enjuta y llena de arrugas pero con el cuerpo aún vibrante. De joven había sido una hembra atractiva y vigorosa. Cuando quedó viuda, se hizo cargo de sus hijos e hijas y supervisó sus casamientos para asegurarse las mejores dotes y las parejas más adecuadas para una descendencia que ella deseaba abundante. Tiempo atrás, su familia había atesorado una fortuna en ganado, tierras y casas que el tiempo convirtió en polvo. Ella se aferraba al recuerdo del prestigio familiar y soñaba rescatar un día el poder del que había oído hablar a su madre y a la madre de su madre. Cuando su nuera quedó encinta por séptima vez, pronosticó que lo que había en su vientre era un varón. El séptimo varón de su primer hijo tal vez fuera, pensaba, quien devolviera la gloria a la familia.

Absorbida por el nieto, la abuela soltó las riendas de los asuntos que había gobernado con mano férrea. Hasta la llegada de Ahmad, pasaba el día de un lado a otro, apoyada en su curvado bastón. Iba y venía a las casas de sus hijos para supervisar el estado de sus hogares: aconsejaba a los hombres, reconvenía a las mujeres, daba instrucciones a los pequeños, ahuyentaba a los enemigos y negociaba con los mercaderes. Todos en la aldea la conocían y la temían. Y todos se alegraron, sobre todo los hermanos menores del padre de Ahmad, cuando comprobaron que la predilección por el pequeño se veía compensada por la distancia que había tomado de los negocios familiares. Sólo el hijo mayor estaba justificadamente inquieto por la asidua presencia de la madre en la casa.

Ante los incesantes mimos de la abuela, el padre de Ahmad desesperó de rescatar para su mujer la crianza del pequeño. A los pies de su cuna, Na'ima pasaba las horas cantando un antiguo *sūf*, como el que enseñaba a los niños el uso de los cinco dedos:

Este es el pobre meñique,
éste es el del cuchillo,
éste es largo pero inútil,
éste es el del testimonio de Dios,
éste es el pulgar que persigue a las liendres.[2]

O le cantaba una nana beduina que había escuchado a su abuela:

Hijo mío, hijo mío,
para mi nene yo canto.
Que las carnes de mi niño esparzan aroma
y que sean fofas las del niño del enemigo.[3]

El séptimo varón del primogénito de Na'ima creció como un niño consentido, protegido de las envidias y de las iras de sus hermanos, primos y compañeros de juego. Cuando el niño fue capaz de andar por sí mismo, se le veía agarrado a las largas sayas de la abuela por las empinadas calles del pueblo, haciendo con ella las visitas preceptivas, un día a la semana para cada uno de sus hijos.

Na'ima quería que su nieto aprendiese a leer no sólo los rudimentos para llevar los negocios familiares, sino también los libros sagrados que harían de él un fiel creyente y un buen patriarca de su numerosa familia. Cuando cumplió cuatro años, la abuela utilizó el Corán para mostrarle los signos que ella descomponía despacio, con el dedo, mientras los pronunciaba con su boca desdentada. El niño se resistía, porque prefería jugar con sus hermanos o amigos, pero la abuela consideraba imprescindible el aprendizaje y las dos horas diarias de trabajo con el Libro eran un precio indiscutible por su protección y ayuda. Durante el estudio, la mujer apartaba a los niños que distraían a Ahmad, echaba la llave de la casa, que daba a un patio interior y allí, a la sombra del emparrado, nieto y abuela desgranaban signos y palabras.

Ningún hermano de Ahmad había recibido una instrucción como aquélla. Tras dos años de aprendizaje, los padres y los tíos de Ahmad estimaban que las clases duraban demasiado, y se atrevieron incluso a hacer comentarios en voz alta, en presencia de la vieja. Ésta les espantaba con su bastón y les anunciaba que el pequeño devolvería a la familia la gloria perdida hacía tiempo.

A los siete años, Ahmad era capaz de leer el Libro y la abuela consideró cumplido su objetivo en lo que a la lectura se refería. Terminadas las clases, el padre consideró que era momento de rescatar a su hijo de las manos de su madre y que acompañara a sus hermanos a rastrillar las eras o a recoger las espigas de los sembrados, como los demás niños de la familia. Pero la abuela tenía proyectos diferentes. Cuando una madrugada el padre de Ahmad tomó de la mano a su hijo para llevarle al campo, se encontró frente a Na'ima, que le amenazó con un bastón y juró que ese nieto no se malgastaría por los campos, ya que debía rescatar para la familia el esplendor pasado. El padre insistió en llevárselo, pero recibió un bastonazo de advertencia en el hombro. Al volverse y ver a su madre enarbolando el largo palo, amenazante y decidida a cumplir sus propósitos, el padre soltó a Ahmad, dio la vuelta y consideró que aquel hijo estaba perdido para él.

Ahmad eludió el trabajo, aunque pagó un precio alto. Sus hermanos, primos y amigos le dieron de lado. Pasó su infancia bajo las sayas de su abuela. El pueblo murmuraba sobre de la locura de la mujer, la incapacidad del padre para enfrentarse a la vieja y los caprichos del niño, a quien se consideraba víctima principal de la situación. A Na'ima no le importaban los comentarios y siguió aferrada a su nieto. Era frecuente ver pasar la silueta orgullosa de la mujer, tocada con un pañuelo negro, acompañada por el niño, cada vez más alto y esbelto. Durante estos paseos la abuela evocaba la historia familiar, reclamando para su clan tierras, pozos, frutales, casas y acequias que ahora tenían otros dueños. Na'ima señalaba a su nieto con el bastón que tal prado, en el que ahora pastaban las ovejas de sus vecinos, había sido en otro tiempo propiedad del bisabuelo del niño. O que tal establo algún día había guardado los ganados que hacía sólo tres generaciones pertenecían a los Safi.

Ahmad, aplicado, conoció al poco la historia del pueblo, y consideraba suyos los prados, ganados, establos, charcas y árboles de la zona. A sus diez años no era consciente aún del pedido de su abuela, que le hacía responsable del rescate del honor familiar. Sin embargo, creía ciertas las visiones de la mujer, que le convertían en ganadero, y no en agricultor como el resto de la familia. Si hacía caso de las premoniciones de la abuela, Ahmad compraría unas cabezas de ganado a los diecisete años. A los veinte, el rebaño se habría multiplicado por tres. Vendería las reses en la ciudad, obteniendo dinero para adquirir el prado por el que discurrían los arroyos que abastecían de agua a la aldea. A partir de entonces todo sería sencillo, pues cobraría derechos por el uso de sus cauces y compraría ganados, cultivos, casas y negocios, hasta restablecer la fortuna de los Safi. Luego, Na'ima concertaría una boda con la hija mayor de los Juri, la próspera familia de la aldea vecina, y Ahmad sería respetado en la comarca, mientras ella vigilaría los negocios de ambas familias…

La abuela acompañaba sus paseos con narraciones que ella había leído u oído cantar y narrar a los músicos en las fiestas. Eran historias de algún joven príncipe que realizaba hazañas extraordinarias, de algún niño que superaba obstáculos insuperables hasta acceder a la cima del saber o de la riqueza. Ahmad oía estas historias embobado. Por su imaginación pasaban cocodrilos que se tragaban a un hombre de un bocado, cobras que devoraban a una persona pero en cuyo vientre un niño de raras cualidades encontraba un anillo mágico, criaturas encantadas que vivían bajo el agua y resultaban irresistiblemente seductoras, genios que realizaban los deseos de su amo, héroes que luchaban con toros, tigres y caimanes, doncellas que salvar, tesoros que descubrir y reinos que conquistar. En ellas Ahmad se convertía en protagonista y mientras paseaban por el campo el niño tomaba una caña y la blandía como una espada, imaginándose príncipe guerrero.

El cumpleaños de Ahmad coincidía con la fiesta del pueblo. El niño tenía idea de que era sólo el suyo el que se celebraba, pues el de sus padres, hermanos y primos pasaban desapercibidos a lo largo del año. Las fiestas se asociaban con el fin de las tareas agrícolas y eran tiempo de jolgorio y de olvido de las fatigosas obligaciones diarias. Se preparaban desde tiempo atrás, pero era en un día cuando se concentraban las danzas, los bailes, los cantos y las representaciones teatrales. En ocasiones, cuando la cosecha había sido abundante, el consejo contrataba a algún grupo de titiriteros que actuaba durante todo el día a cambio de comida, algunos animales y unas pocas monedas.

Ahmad no olvidaría su undécimo cumpleaños. La cosecha resultó espléndida y el ganado se había vendido a buen precio, así que no fue uno sino dos el número de grupos contratados. El primero llegó la noche anterior y desde que aparecieron sus carros los niños acudieron a la plaza para ver cómo actores y músicos montaban el tablado y armaban un pequeño teatro. El segundo grupo apareció al amanecer, cuando la calle comenzaba a llenarse de hombres, mujeres y niños vestidos con los mejores atavíos, sobre los que colgaban collares, telas y adornos de colores. Todos se asombraron al contemplar un enorme camión que arrastraba un vehículo que no habían visto nunca, que a todos pareció una caja rodante, cerrada por sus cuatro costados y el techo. El pueblo recibió los inesperados vehículos con curiosidad. Y todos se preguntaban acerca de la extraña inscripción que se leía en un lateral, que podía leerse pero no entenderse, bajo la extraña palabra de *kinematógrafo.*

Durante el día de fiesta, las viudas se encerraban en las casas y Ahmad podía disfrutar el día entero bailando de calle en calle, sin la presencia de la abuela. El pueblo casi al completo, unos tocando instrumentos, otros tañendo tablas y todos bailando, siguió durante horas al grupo de músicos, que se detenía a las puertas de las mejores casas, recitando o cantando, hasta que recibía algún obsequio de sus dueños, halagados por la deferencia. El segundo grupo, el que había llegado con los extraños vehículos, anunció su actuación al anochecer, así que no hubo que preocuparse por ellos. Se hizo una pausa para la comida familiar, en la que se tomaban los corderos sacrificados el día anterior, y la fiesta continuó después con un teatro para los más pequeños y canciones e historias atrevidas para los adultos, en un lugar más apartado. Todos mientras tanto observaban de reojo el extraño escenario montado por el segundo grupo, que había desplegado una enorme cortina blanca, cubierta por una lona grande como para contener un establo.

Al anochecer, un hombre de acento extranjero anunció el comienzo del misterioso espectáculo. Gritó sobre una curiosa bocina que amplificaba su voz, y todos abandonaron la música y el teatro y acudieron a contemplar la maravilla anunciada. Los niños se colocaron en el suelo, en primera fila, mientras los mayores se situaron detrás, sentados o de pie sobre unos ligeros escaños que habían desplegado los feriantes.

El pueblo contempló conmocionado un espectáculo en el que personajes descoloridos como sombras se movían y hablaban sobre la enorme cortina, iluminada por un raro aparato. Los gritos de admiración, incredulidad y sorpresa ocuparon los primeros minutos de la proyección, pero al rato todos, de los ancianos a los niños, quedaron en silencio, prendados por las imágenes de personas y lugares desconocidos.

Todos menos Ahmad, que consideraba que esas escenas desvaídas en nada igualaban la riqueza de las historias que él imaginaba con Na'ima, ni tenían la brillantez y alegría de la música que había oído horas atrás. El niño salió a gatas del recinto y buscó a los músicos, que comenzaban a embalar sus bártulos. Entabló conversación con ellos y quedó fascinado por los largos tubos paralelos del *argul,* por las variedades de *sallamiyyās,* por la caja y el arco de la *rababā* y por la tersura de la piel de la *darabukka.* Ahmad fue invitado a tocar los instrumentos, a rascar la *rababā* y a golpear el *duff,* las tablas y los panderos. Luego intentó, sin éxito, extraer un sonido de los instrumentos de viento. Los músicos, conmovidos por el interés del niño, le enseñaron a colocar los labios en las embocaduras de las flautas, hasta lograr que Ahmad arrancara algún gemido. Un flautista comenzó a tocar y los demás feriantes se unieron a la fiesta. Ahmad fue durante dos horas único espectador de una magnífica función narrada, cantada y bailada sólo para él. Al final, un músico regaló al niño una *suffāra.*

Cuando al día siguiente Na'ima preguntó sobre el exótico espectáculo del que había oído hablar a todo el pueblo, Ahmad comunicó sin interés su opinión sobre el cine y espetó: «Yo quiero ser músico». La abuela, que caminaba junto al pequeño, le dio un golpe en la cabeza y le dijo: «Tú serás príncipe». El niño no discutió, pero mostró cada vez más desinterés por los planes y proyectos de la vieja. En las horas libres, cuando ella dormía la siesta, Ahmad extraía la *suffāra* de sus ropas e intentaba tocarla, situando el instrumento oblicuamente, como había visto hacer a los músicos, y colocaba los pequeños dedos sobre los seis agujeros. Después de varios días logró extraer un susurro puro, aunque todavía le faltaba habilidad para arrancar de la flauta un sonido armonioso, obturando los agujeros que producían las diferentes notas.

Semanas después, sin embargo, consiguió mover ágilmente sus pequeños dedos y reproducir la música de las canciones que había oído cantar a su abuela. Entretanto, habían ocurrido acontecimientos que escaparon del conocimiento de Ahmad. Na'ima y su hijo habían discutido agriamente en relación con la absurda educación que estaba recibiendo el nieto, y el padre reclamaba al chico para las tareas familiares. Un ligero vello cubría ya el labio superior de Ahmad y el padre se desesperaba al ver el desperdicio de un varón sano dedicado a pasear, a tocar la flauta y a oír o narrar extrañas historias. Una tarde, mientras el chico tocaba la *suffāra,* su padre apareció por la puerta, le arrancó el instrumento y lo destrozó contra la pared, mientras tomaba al chico del brazo y gritaba: «Desde mañana, te levantarás con tus hermanos». No sirvieron las protestas de la abuela cuando amenazó con su bastón, pues el padre tomó el palo y lo arrojó por encima de la tapia. Ahmad miró con ira a su padre y sólo pronunció tres palabras: «Yo seré músico».

Rendido a la amenaza paterna, el niño se levantó la mañana siguiente y fue a escardar las malas hierbas, sufriendo las burlas de sus hermanos y primos cuando se quejaba por las espinas que se clavaban en sus delicadas manos. La abuela se recluyó en un silencio absoluto, pues se sentía afrentada por su hijo y decepcionada por su nieto. Permanecía inmóvil durante horas en un mismo lugar de la casa, sentada y apoyada en su bastón, observando con sus ojos inquietos lo que sucedía, pero sin entrometerse en las conversaciones. Realizaba visitas cada vez menos frecuentes a las casas de sus hijos y ni siquiera contestaba en ocasiones a las preguntas de Ahmad, que apreciaba a la mujer, aunque no estuviera de acuerdo con sus planes.

Ahmad rescató los trozos de su flauta y las unió con un cordel, pero el sonido se debía escapar por las fisuras de la madera, pues no tenía la misma brillantez que antes. Se propuso construir un instrumento idéntico al original. Una tarde, caminó hacia el río para cortar cañas que tuvieran un grosor similar al instrumento roto, y escondió los tallos bajo la leña. Consiguió un cuchillo y pasó tardes enteras vaciando la médula de las cañas, cortándolas hasta el tamaño adecuado y haciendo los agujeros de su nueva flauta. Probó con varias y consiguió al fin dar con una cuyo sonido era similar al de la *suffāra* rota.

En su doce cumpleaños, Ahmad ya había recuperado el prestigio perdido. Sus manos se habían encallecido con el trabajo y su tez había adquirido el tinte tostado de los labradores. En sus horas libres se había fabricado tres flautas diferentes, de sonido musicalmente equilibrado, y se había convertido en un experto en el manejo del cuchillo, con el que tallaba bellas figuras en la embocadura y en la caña. Cuando llegaron los músicos, Ahmad les enseñó sus flautas y les acompañó en algunas canciones. Ellos alabaron su musicalidad y le enseñaron el resto de instrumentos. El muchacho tomó nota de sus dimensiones, la forma de su embocadura y la distancia entre los agujeros. Esta vez fue Ahmad quien obsequió a los músicos con una de sus flautas, y uno de ellos entregó a Ahmad un *argul* corto. El chico se emocionó al recibir el doble tubo, del que se extraían sonidos tan maravillosos. Se prometió construir una flauta igual, antes de que los músicos regresaran el año próximo.

Ahmad ocultó el mensaje «Yo quiero ser músico» y un día dijo: «Yo quiero ser carpintero». El padre consideró que aquella decisión podía ser acertada, pues sabía de su habilidad con el cuchillo, y habló con el carpintero de la aldea, solicitando que admitiera a su hijo como aprendiz. El viejo aceptó el presente del padre de Ahmad, cuatro corderos lechales como pago por el aprendizaje, y admitió como ayudante al chico, comprobando con satisfacción que tenía la habilidad suficiente para usar gubias, martillos, sierras, cepillos y formones.

A medida que el muchacho crecía, Na'ima se encogía y era cada vez más raro verla pasear por las calles de la ciudad. Durante el verano permanecía sentada bajo las parras del patio, disfrutando de la sombra y del frescor de la tierra regada. En el invierno, se quedaba acuclillada frente al poyete donde ardía la lumbre. No abandonaba su cayado, sobre el que apoyaba el peso de su espalda, y estaba siempre atenta a las conversaciones familiares. Aunque perdió agilidad, vista y oído, no se resignó a abandonar las riendas del clan. Estaba presente en los acontecimientos y reuniones donde se hablara de asuntos económicos o sociales y llegaba el tiempo en el que había que ocuparse de los casamientos de los hijos de su primogénito. Había cambiado sus hábitos, pero su influencia, salvo en lo que se refería al control de Ahmad, no había declinado. A diferencia de lo que ocurría antes, cuando irrumpía en las casas provocando el pánico, ahora los hijos, hijas, yernos y nueras iban a pedir su opinión y ella respondía afirmando o negando con la cabeza, o susurraba consejos que sólo eran oídos por su interlocutor.

La relación entre Na'ima y Ahmad adoptó nuevas formas. Cuando él regresaba del taller, iba a saludar a la anciana, que encendía sus ojillos recordando los tiempos que habían pasado juntos. Rara era la ocasión en que la abuela no dijera a su nieto frases como: «Tú serás el príncipe de la familia», o «Debes restablecer el honor de los Safi». Ahora era sólo Ahmad quien oía esas frases, lo prefería así porque no despertaban los celos de sus hermanos, y respondía riendo: «Así, será, querida abuela», o «Seré príncipe y te nombraré princesa consejera», un juego entre ambos que para la anciana distaba mucho de ser trivial.

El nieto creció y un incipiente mostacho sustituyó la pelusa de la adolescencia. La abuela acabó por perder las cuatro o cinco piezas dentales que le quedaban y se agachó aún más sobre sus rodillas, que apenas ya la sostenían. Ahmad encontraba tiempo, terminadas sus faenas como ebanista, para pasar ratos con la anciana, y recordaba para ella historias que tiempo atrás le había contado la mujer, o tocaba alguna melodía que había oído o que él había compuesto. Muchas eran canciones melancólicas, lentas y sencillas, con aire de no tener nunca fin. Pero otras eran breves y rápidas, canciones de fiesta y de juventud, a través de las que la abuela evocaba cuando era joven y bailaba en las fiestas.

Cuando la corriente eléctrica llegó a la aldea se produjo una pequeña revolución. Fueron muchos, sobre todo los jóvenes, quienes agradecieron a la fuerza misteriosa algunas de sus virtudes. Sin embargo, los viejos vieron en las bombillas y en los aparatos una amenaza y consideraron una blasfemia que unas serpientes misteriosas, venidas de más allá de las montañas cabalgando sobre postes de madera, alteraran los ritmos del día y de la noche. Na'ima, por su parte, tuvo buen cuidado en no pulsar ningún interruptor y en no tocar aquellos cables que resultaban tan peligrosos. Incluso por las noches, cuando la familia se sentaba a la mesa, bajo la mortecina luz de una bombilla amarillenta, la abuela permanecía lejos del foco luminoso, en las sombras.

Meses después de ese acontecimiento llegaron a la aldea los primeros soldados. Para Na'ima, la presencia de los soldados, con sus ruidosas armas, era consecuencia directa del uso de la corriente eléctrica.

2. CUATRO HOMBRES SIN NOMBRE

La tarde era blanda, pacífica y suave, como si no soplaran vientos de guerra. Cielo y tierra eran dos mundos diferentes. Arriba aparecían el azul y el lila del atardecer, en una bóveda enorme, alzada sobre el alisado borde del horizonte. Abajo se dibujaba el círculo definido, reducido y oscuro de la gran explanada de pequeñas piedras negras. El aire sabía a la espesa sequedad del desierto.

Los amarillos y ocres de los uniformes resultaban irreales en el paisaje solitario. Nadie hablaba y sólo se oía el crujir de las botas militares contra la reseca piedra. Hilal, como los otros, había descendido de uno de los camiones, ahora alineados hacia el sur, y esperaba una señal de partida, no sabía hacia dónde, ni con quién, ni exactamente para qué.

En un instante, quizá respondiendo a una señal que no percibió, los conductores subieron a los coches, pusieron en marcha los motores y la quietud de la tarde se rompió. Los tubos de escape escupieron veneno y lanzaron al aire sus salvajes rugidos, acallando las pisadas de los hombres congregados, que corrieron a protegerse de los pestilentes humos.

Con los motores en marcha, los conductores bajaron de las cabinas y colocaron un número en cada camión. Hilal buscó el suyo, el once, y se dirigió hacia el vehículo tratando de saber cuántos y quiénes de los demás tendrían ese número. Todos debían de tener la misma orden que él: permanecer en silencio el tiempo que transcurriera desde su salida del cuartel, varias horas antes, hasta llegar al destino. Así que nadie hacía comentarios, nadie hacía preguntas.

Junto al camión marcado con el número once se alinearon seis hombres, contando al conductor. Miró hacia los lados, intentando saber cuántos faltaban para completar el pasaje y tratando de conocer cuántos y quiénes eran los asignados al resto de los coches. Cuando acabaron las carreras, Hilal comprobó que la dotación de cada grupo era aproximadamente la misma y que nadie más formaría ya parte del suyo.

El conductor se dirigió a él y le entregó un sobre cerrado y un cargador de pistola, indicándole: «Léelo durante el viaje. Sólo tú». Hilal fue comprendiendo. Además del conductor, un soldado que llevaba un brazalete azul, otro soldado portaba un distintivo similar, por lo que debía de ser el ayudante del primero. Los otros tres eran soldados rasos y llevaban el traje militar de camuflaje sin ningún correaje ni distintivo. Luego estaba él, que era suboficial, el único que portaba pistola al cinto, aunque estaba descargada. Por lo que pudo ver en los grupos contiguos, dedujo que alrededor de los demás camiones se producía una situación semejante: un suboficial se hacía cargo de un destacamento de tres o de cuatro hombres que partiría hacia destinos desconocidos.

A una seña del conductor, el suboficial y los soldados subieron al camión. Arriba, los cuatro se miraron e Hilal supo que los otros le escrutaban a él y observaban el sobre. Se sintió incómodo en una situación que le colocaba, contra su deseo, en una posición de preeminencia. Hasta el día anterior había sido soldado raso. Esa mañana le habían dado unos galones y le habían hablado vagamente de que tendría que partir hacia una posición avanzada. Le dijeron que guardara silencio hasta que llegase a su destino y que ocupara el camión número once. Posiblemente los demás tendrían parecidas instrucciones. Se dijo que quizá los otros supusieran que él estaba al tanto de todo, teniendo en cuenta su rango. Pero nadie dio explicaciones ni hizo preguntas.

Los hombres se colocaron en lugares separados del camión, ocupado en su mayor parte por cajones cubiertos por una red sujeta a unas argollas que sobresalían del piso. Hilal se quedó en la entrada y los demás se dirigieron al fondo, dejándole solo. Miró afuera, levantando la lona, y no vio más que el oscuro suelo del desierto, el morro del camión que seguía y una porción de cielo de color ya levemente gris. De no ser por el ruido del motor y por el humo, la tarde seguiría siendo amable.

Tenía aún en la mano el sobre y el cargador. Abrió la cartuchera, extrajo la pistola, colocó el peine con un golpe seco y guardó el arma en la funda. No miró a los otros hombres, aunque sabía que espiaban sus movimientos. Sopesó el sobre y lo encontró liviano. Rompió el lacre y extrajo varias hojas, llenas de sellos oficiales y de insignias guerreras. En la primera página, un mensaje rotundo advertía que su contenido sólo debía ser leído por el suboficial al mando y que debía ser entregado después de su lectura. Pero no comenzó a leerlo entonces. Lo guardó de nuevo en el sobre y volvió a atisbar fuera.

El conductor y su ayudante ocuparon sus puestos en la cabina. Se oyeron los broncos ruidos de las puertas. Los motores rugieron con fuerza y el áspero humo llegó hasta la caja. Hilal bajó la lona y ocupó un lugar hacia el centro. Los cuatro se miraron en la atenuada oscuridad. Sus ojos tenían el rasgo común de la incertidumbre ante el destino.

El vehículo se puso en movimiento y el ruido del motor se mitigó con el rechinar de las ruedas contra las piedras del suelo. Poco a poco notaron cómo los bramidos de los otros camiones se hacían más lejanos, pues la densa hilera se desplegaba como una alargada oruga en la planicie. Los hombres se miraron, se dirigieron hacia el portón y alzaron la lona para ver los camiones que iban detrás. Juntos, se sintieron más iguales y quizá en los ojos de los otros reconocieron el propio miedo porque todos musitaron una plegaria.

Los camiones transitaban por una desdibujada carretera, definida sólo por las rodadas de otros vehículos. El camino era llano, pero el traqueteo sobre los minúsculos baches obligaba a asirse de los hierros que sujetaban la lona. Pese a que la noche caía, la caravana avanzaba sin luces, ocultándose en el desierto. De repente, vieron cómo el vehículo que iba detrás salió de la hilera y enfiló un invisible camino hacia un destino diferente. Intuyeron que cada camión llevaría a sitios distintos. Los hombres se miraron, sintieron su soledad y pensaron que de ahora en adelante los otros tres serían su enemigo o su hermano, según los acontecimientos, y tuvieron la certeza de que a partir de ese momento deberían compartir un mundo desconocido.

Su vehículo adquirió velocidad y se separó del que le precedía, que acabó por perderse en la oscuridad.

Cuando cayó la noche y nada afuera llamaba ya la atención, los demás se dispersaron e Hilal quedó de nuevo aislado. No había soltado el sobre en ningún momento y se dispuso a abrirlo. Aunque sospechaba que el viaje sería largo, deseaba tanto como los demás conocer el destino y las instrucciones.

Abrió el sobre, extrajo una linterna del bolsillo superior de su guerrera y la dirigió hacia el documento. Leyó despacio, sin levantar los ojos del papel, mientras notaba que las miradas de los demás trataban de conocer sus reacciones o adivinar sus pensamientos. Con los traqueteos, la lectura era incómoda pero no difícil. Los caracteres eran grandes y el lenguaje era sencillo y pobre, el usual de la mensajería militar. Tras leer las dos primeras páginas sin prisas, echó un vistazo a las demás tratando de encontrar el mensaje concreto, la explicación de su misión y el cometido de cada uno de los hombres. Después de una lectura rápida volvió a repasar uno a uno los párrafos, hasta el final del escrito.

Cuando terminó, apagó la linterna, plegó las hojas y las introdujo en el sobre, que dejó en el asiento. La noche había caído y miró hacia el fondo del camión, donde apenas pudo divisar los bultos de los tres hombres, que debían de estar expectantes. Percibió que las ruedas apenas hacían ruido, señal de que habían abandonado el desierto de piedras y que rodaban ahora sobre una superficie blanda, quizá de arena. Alzó la lona, sacó medio cuerpo fuera y miró hacia adelante, comprobando que el camión viajaba con las luces apagadas. La oscuridad era prácticamente total; no debía de haber luna. Hilal pensó que ese viaje hacia el desierto, aprovechando el silencio y la negrura de la noche, podía significar que se ocultaban ante un enemigo que podía estar cerca.

Hilal notó que los hombres se removían al fondo y cuchicheaban. Consideró que, en adelante, debía cuidar su posición en el grupo. Los tres estaban a su cargo y él era el responsable de la disciplina y de la organización. Inesperadamente, le habían conferido los atributos del poder, como comandante de una reducida guarnición. La pistola al cinto, ya con balas, era un mensaje no sólo a sus soldados sino también a él mismo. Aunque no le gustaba el papel asignado, se alegró por ser él y no los otros quienes llevasen el arma. En el corto período de su instrucción militar había percibido el peligro de estar a las órdenes de un desalmado. Sabía que él, al menos, trataría de ser un hombre justo.

Uno de los hombres se le acercó. No pudo ver su rostro, pero percibió la curiosidad y la angustia de la pregunta, formulada en voz baja:

—¿Adónde vamos?

—No lo sé —dijo él, también en voz queda. Y añadió, tratando de indicar que no ocultaba información y señalando el sobre—. No lo dice.

Rota la disciplina de silencio, otro se levantó de su asiento y se puso en cuclillas, dirigiendo a Hilal una nueva pregunta:

—¿Cuánto estaremos fuera?

—Tampoco lo sé, no dice nada.

—¿Tendremos que luchar? —de nuevo fue el hombre que estaba en cuclillas quien hacía esta pregunta, al tiempo que el cuarto se incorporaba a la reunión.

—Es probable, pero tampoco habla de eso.

—Entonces, ¿por qué no nos cuentas de una vez qué dicen esas órdenes? —era el que antes había hablado y la pregunta ahora estaba formulada en un tono agresivo, encarándose con él.

—Durmamos —dijo Hilal intentando aplacar su miedo—. Cuando lleguemos os lo diré.

—¿Por qué cuando lleguemos? —repitió más fuerte el soldado que llevaba la voz del grupo.

—Porque aquí lo dice —respondió Hilal señalando el sobre. Y se echó hacia atrás en el asiento, fingiendo que intentaba dormir.

Carecía de hábitos de mando y se sentía desvalido. Desde que fuera reclutado, cuatro meses antes, no había hecho más que obedecer y ahora se le pedía que invirtiera los papeles y que ordenara a esa pequeña tropa. Los atributos de su autoridad eran dos pequeñas bandas verdes situadas en sus hombreras y en el bolsillo de su guerrera y la pistola que colgaba del cinto. Las insignias y el arma le convertían en jefe, pero también en cierta clase de enemigo. Había sentido miedo ante las preguntas, y sabía que nada podría hacer en caso de enfrentamiento. Eran más corpulentos y fuertes y a pesar de su entrenamiento militar poco tendría que hacer frente a ellos, posiblemente también adiestrados, si se producía un motín. Llevado por un instinto de protección que a él mismo le sorprendió, en la oscuridad bajó la mano hasta su cartuchera y desabrochó el corchete para dejar accesible la pistola.

Por primera vez desde que llegó a los cuarteles, casi por primera vez en su vida, Hilal sintió miedo, un miedo animal y verdadero. Si hubiera sido tigre, sus garras se habrían extendido como navajas. Si gacela, habría corrido despavorido. Pero era sólo un hombre y no conocía otro recurso que esperar y desabotonar, si acaso, la funda de un arma que quizá no tuviera templanza de amartillar. Con él viajaban tres hombres sin nombre. Eran cuatro hombres sin nombre y sin rostro, unidos por el azar de un número. En los escasos minutos que contempló sus rostros no percibió ningún destello de especial crueldad, ni de fiereza. Pero sabía que los aspectos más negros del alma humana brotaban a veces de rostros anodinos, de personas normales llevados a situaciones insostenibles. Respiró hondo, intentando huir del agujero del miedo.

En los papeles no se hablaba sobre la duración del viaje, así que consideró juicioso su propio consejo y trató de dormir. Pero no pudo. Los traqueteos martillaban su espalda y su cabeza. Además, estaba el ruido del motor, que aumentaba cuando se requería de él un esfuerzo adicional. Pero sobre todo no podía dormir porque pensaba en su situación: en la distancia de su tierra; en la lejanía de Atika, su mujer, y de sus hijos; en la incertidumbre de su destino; en el enemigo; en la guerra… Oyó movimientos al fondo y supo que los demás tampoco dormían, quizá también meditando sobre su distancia de lo que amaban.

A su memoria vinieron imágenes de su pueblo. Evocó cuando era niño y se bañaba en el río, desnudo, con su amuleto colgado del cuello. Por unos instantes trató de recordar: los juegos con los otros muchachos, el collar que después utilizó su hermano pequeño, cuando él ya se hizo mayor… Pero fue poco el tiempo que dedicó a la evocación. Sabía que todo recuerdo era doloroso y, como había aprendido a hacer los meses precedentes, apartó sus pensamientos. Se entretuvo en imaginar el recorrido del camión sobre el desierto y trató de que su mirada ascendiese hasta el cielo, para convertirse en un pájaro que miraba asombrado un ruidoso y enorme bulto negro, rodando sobre aquel paraje solitario, subiendo y bajando pequeñas pendientes… Hasta que se durmió.

Le despertó el movimiento de uno de los soldados, al tropezar con un cable. Percibió que el camión reducía velocidad y que parecía detenerse. Miró su reloj de agujas luminosas. Eran las cuatro y media y calculó que habían hecho cerca de seis horas de viaje. Era probable que hubieran llegado a su destino, aunque también podía suceder que alguno de los conductores o el camión tuvieran problemas. Finalmente, el vehículo se detuvo. El ayudante del conductor bajó de la cabina y golpeó la lona para llamar a los hombres. Luego, gritó:

—¡Abajo rápidamente! ¡Tenemos media hora para descargar!

Los pasajeros saltaron al suelo. Era noche cerrada. No se veía nada alrededor, nada más que arena, y los soldados se sobresaltaron al considerar la posibilidad de que les dejaran allí, en las dunas, al descubierto. No se veía ningún edificio en los alrededores, ninguna construcción, ningún elemento que protegiera contra el calor ni contra el enemigo. El ayudante bajó la portezuela, alzó la lona y comenzó a desenganchar la red que cubría las cajas, mientras el conductor se apeaba, se sacudía el polvo y se dirigía a Hilal:

—Habéis llegado. Éste es vuestro destino.

El suboficial no comprendía la situación. En las órdenes se hablaba de la defensa de una fortificación que no se veía por ningún sitio. Estuvo a punto de preguntar, pero el conductor se adelantó:

—¿Has leído las órdenes?

—Sí —respondió Hilal.

—Tienes que entregarme el sobre.

Hilal se encaramó al camión, tomó el sobre y lo entregó al conductor. Éste comprobó que los papeles estaban dentro, extrajo de su bolsillo un frasco con gasolina y roció el sobre. Luego, sacó un mechero y prendió fuego al papel, que ardió con un fogonazo. Soltó la antorcha y la tiró al suelo. El papel se consumió y el soldado echó arena con el pie, ocultando las pavesas luminosas, hasta que dejaron de brillar. Aunque el conductor era un soldado raso, fue él quien organizó el trabajo de los hombres, incluyendo al suboficial, con órdenes precisas:

—Vosotros dos, sacad la arena de ese agujero, con cuidado —decía mientras desenganchaba dos palas y señalaba un montículo que se alzaba al fondo de una pequeña depresión. Y añadió—. Los demás, subid y ayudad a bajar las cajas.

El conductor, Hilal y un soldado subieron al camión, mientras los otros se dirigían con extrañeza hacia el montón de arena señalado. Hilal comprendió que el conductor y su acompañante estaban al tanto de su tarea, porque conocían el proceso, manejaban con pericia las cajas y daban instrucciones. Percibió que tenían prisa y supuso que sus órdenes eran partir antes de que amaneciera, quizá para no ser vistos por el enemigo. Nueva señal de que éste podía estar cerca.

El trabajo fue frenético y un cuarto de hora después las cajas estuvieron en el suelo. Los otros dos seguían apartando arena en una tarea que parecía grotesca en medio de aquel desierto que no tenía más que arena. De repente, se oyó un ruido metálico y uno gritó:

—¡Aquí hay algo duro!

—Bien —dijo el ayudante—. Seguid limpiando.

El conductor sonrió y se dirigió a Hilal, a quien agarró por un brazo y llevó a un lugar apartado, dándole algunas recomendaciones rápidas y precisas:

—Éste es vuestro fortín; es subterráneo y está cerrado con un candado que deberás abrir. En las cajas hay provisiones para dos meses. Dentro hay agua y armas. La caja marcada con una franja amarilla contiene una radio. No debéis hablar por ella bajo ningún concepto salvo que diviséis al enemigo; mientras tanto, esperad instrucciones. No os está permitida la rendición, ni vivir en caso de que capturen el fuerte. Volveremos dentro de mes y medio, si aún no ha terminado la guerra, para traer más provisiones. ¿Has comprendido?

—Sí —dijo Hilal, sorprendido por la contundencia y claridad de aquellas instrucciones, parte de las cuales eran similares a las que había leído en los papeles pocas horas antes.

Hilal y el conductor volvieron hasta donde estaban el resto de los hombres. Los dos que cavaban había descubierto lo que parecía ser el techo de una casamata, hasta entonces oculta bajo la arena. El conductor hizo una seña a su acompañante y dijo a los cuatro:

—Procurad hacer el trabajo antes de que amanezca —y gritó mientras subían a la cabina del camión—. ¡Que Dios os guarde!

Los soldados mascullaron un saludo ritual. El motor se encendió de nuevo y rugió sobre las dunas hasta que su silueta se perdió pronto en la negrura de la noche. Cuando el rumor se hubo convertido en silencio, los cuatro se observaron y luego miraron la oscuridad que les rodeaba. La noche era absolutamente clara y miles de estrellas brillaban en el cielo, dándoles la bienvenida a la inmensidad del desierto.

3. Un agujero en la arena

Media hora más tarde, los soldados habían desenterrado una estructura de forma cúbica, con una altura poco inferior a la de un hombre adulto. En una de las caras había una puerta metálica cerrada con un candado. En otras dos había grandes rejillas, una a cada lado, cubiertas con plástico. Incluso en la negrura de la noche pudieron percibir que la casamata estaba situada en el fondo de un cráter abierto en la arena. Las cajas habían quedado apiladas cerca del borde.

Desde la marcha del camión no habían intercambiado una palabra. La tarea se había hecho rápido y en silencio, procurando que el metal de las palas no hiciera ruido con la estructura de hormigón, ni que las cajas chocaran entre sí. Era probable que el enemigo anduviera cerca y que hubiera oído el ruido del camión o las voces. Lo más sensato, pensó cada uno, era seguir el consejo del conductor: hacer cuanto antes el trabajo e intentar ocultarlo todo antes de que se hiciera de día.

Liberada de arena la entrada de la casamata y apiladas las cajas, los tres hombres se detuvieron y se quedaron mirando a Hilal. Éste se sorprendió, pues no sabía qué esperaban. Al final, uno de ellos le dijo:

—Tienes que abrir la puerta.

Instintivamente, dirigió las manos a los bolsillos de su guerrera y de su pantalón, pero se dio cuenta de que no tenía llave. Se dirigió a la puerta metálica y tanteó el candado. Hilal pensó que debía resolver el problema cuanto antes, pues su autoridad estaba en juego. Subió por la inclinada pared del cráter y buscó al lado de las cajas algún instrumento lo bastante sólido para apalancar la cerradura, pero no lo encontró. No tenía nada metálico, ni tampoco los otros; sólo la pistola. Se incomodó viendo cómo los tres hombres permanecían parados al borde del cráter, observando sus movimientos. Se dirigió a ellos, solicitando ayuda con una voz firme, intentando mantener su autoridad:

—No hay llave ni encuentro nada para forzar el candado. ¿Alguien tiene alguna idea?

Los tres se observaron y le miraron a él, alzando los hombros. Uno de ellos sonrió e Hilal captó la burla. El suboficial consideró que no había tiempo para abrir aquella montaña de cajas y buscar herramientas. Además, el conductor ya le había advertido que allí sólo había provisiones y una radio. Pensó que una bayoneta quizá hubiese servido para sus propósitos, pero los tres hombres sólo tenían sus uniformes. Entonces, con una seguridad no exenta de temor, se dirigió hacia la cerradura, sacó la pistola, quitó el seguro, la armó y disparó dos veces.

En la oscuridad y el silencio de la noche, los disparos y el sonido de las balas contra el metal provocaron un estruendo que les sobresaltó. Hilal se arrepintió al instante de haber producido aquel ruido, pero mantuvo un tono firme cuando, tras comprobar que el candado había desaparecido de sus fijaciones, se dirigió a los otros, diciendo:

—Ya está abierto. Que uno de vosotros entre y vea el interior.

Los hombres permanecían parados, mirándole, todavía asustados por el fragor de los disparos. Uno, el más alto y fuerte, se atrevió a decir:

—No debiste disparar. Si el enemigo está cerca, es probable que haya oído los tiros y que nos descubran.

Hilal sentía que su corazón latía con fuerza y él mismo estaba alarmado, pero no esperaba la reacción del soldado, en la que había un desafío a su autoridad y una cierta violencia. Reconoció esa voz como la misma que se le había encarado en el camión. Amartillaba aún la pistola y sus piernas temblaban porque aquel hombre tenía razón. Pero su voz sonó firme cuando dijo:

—Nadie tenía idea de cómo abrir el candado. Por lo menos ahora tenemos un lugar donde ocultarnos en caso de peligro —y añadió—. Quiero que uno de vosotros entre y busque la manera de bajar las cajas. Serás tú —indicó con un gesto de la mano armada, señalando involuntariamente con el cañón al que había hablado.

El soldado se dirigió a la casamata, abrió la puerta y echó un vistazo al interior, de rodillas sobre la arena. Después de unos segundos se volvió y dirigió a Hilal un ronco mensaje:

—Resultará difícil. Es un pozo oscuro. Parece que hay unas escalerillas metálicas; puedo tocar uno de los barrotes.

Hilal sacó su linterna y se la tendió al hombre. El soldado dirigió la luz hacia el pozo. Luego, se colocó la linterna entre los dientes y entró de espaldas, desapareciendo en la negrura. Arriba, los demás se miraron inquietos, asustados por la primera descripción del refugio en que debían esconderse las próximas semanas. Además, parecía que la tarea de ocultar aquellos cajones iba a resultar más complicada de lo que parecía. Recordaban las instrucciones del conductor, sabían que pronto amanecería y sospechaban que el enemigo podía estar al acecho.

Después de un rato, el explorador subió a la superficie y apagó la linterna. Se dirigió a Hilal pero habló para los tres, diciendo:

—Es un pozo, pero amplio y quizá cómodo. Hay espacio suficiente para apilar estas cajas y se ven muchas más abajo. Éstas habrá que bajarlas con cuerdas.

El suboficial miró el reloj. Eran las cinco y cuarto y calculó que en media hora amanecería. Como responsable de la guarnición, debía tomar decisiones rápidas y defenderlas con seguridad. En lo sucesivo, se dijo, la supervivencia dependía de lo acertado de sus órdenes y de la firmeza con que pudiera tratar a los hombres. Se volvió a los soldados y les dio instrucciones:

—Dejad las cajas a los lados de la puerta para que no se vean desde fuera; traed la radio y situadla en la entrada. Será lo primero que bajemos, con mucho cuidado —y añadió dirigiéndose al más alto—. Tú recoge la red y desenreda las cuerdas. Mira si hay suficiente para atar las cajas y bajarlas.

Todos se pusieron en movimiento e Hilal subió al techo de la caseta. Comprobó que la edificación estaba bien hecha. La casamata se alzaba en el fondo de un cráter excavado sobre una duna. Encaramado al techo se podía otear el horizonte. Los ojos quedaban un poco por encima del borde y desde lejos no se divisarían ni la construcción ni al vigilante. Tanteó con los pies la solidez del piso y lo encontró resistente y resbaladizo. Se agachó, apartó la arena con las manos y comprobó que estaba recubierto con losetas de grueso cristal, que posiblemente dejaran pasar algo de claridad al interior.

Permaneció acuclillado en el techo, observando cómo los hombres ataban los cajones con cuerdas y los introducían por el agujero. Le dolían la mano de empuñar con fuerza la pistola y las mandíbulas por la tensión acumulada. Se colocó sobre la puerta, guardó la pistola en su funda y les habló:

—Montaremos guardia en el techo. La cubierta es de cristal, así que tendremos luz dentro. Desde aquí puedo ver en todas las direcciones; no se divisa ninguna luz, ni ninguna otra construcción. Si el enemigo se encuentra cerca, está oculto como nosotros.

Trataba de informar a los demás, pero también tranquilizarles. Pensó en cuáles serían los siguientes pasos, teniendo en cuenta las indicaciones recibidas y las pocas más que pudo leer en los papeles. Decidió que cuando estuvieran seguros intentaría revelar la información más importante, aunque consideró que debía aparentar saber más de lo que decía. La sospecha de un secreto le daría seguridad ante los demás y conservaría su autoridad. Pero antes de eso había que trabajar rápido para ocultar las cajas y bajarlas al pozo. Oteó de nuevo el horizonte. La liviana claridad que se advertía en una dirección le daba pistas de dónde estaba el oriente y le indicaba que pronto amanecería. En cuclillas sobre el techo, se dirigió de nuevo a sus hombres:

—Me llamo Hilal, Hilal Nayi. Soy suboficial y estoy al mando de este puesto de observación. Os daré ahora parte de la información, y el resto a medida que sea necesario. Estamos en guerra, así que de momento no son precisos los saludos militares a menos que yo decida en contra. Nuestra tarea es montar guardia y avisar por radio si viene el enemigo. No podemos salir de este puesto ni ir a ningún otro lugar. Uno de vosotros estará siempre de guardia mientras los demás descansan.

Su voz sonó convincente, aunque él trataba de que no fuera dura. Conocía a la perfección las inflexiones de la voz humana y sabía utilizar un lenguaje directo y firme. Los otros le escuchaban con interés, tratando de desvelar dudas rumiadas durante largas horas de inquietud. Cuando Hilal consideró que su discurso había terminado, añadió:

—¿Alguna pregunta?

Uno de ellos, con el pelo cortado casi al borde del cuero cabelludo y con un enorme bigote, abrió el turno:

—¿Cuánto tiempo estaremos aquí?

—No lo sé —respondió Hilal— varias semanas, o quizá meses. Tenemos provisiones para dos meses —mintió— y dentro de dos meses, o quizá uno y medio, vendrán más suministros.

—¿Dónde estamos? —preguntó otro, que hasta entonces había permanecido silencioso, un hombre fuerte y regordete, de baja estatura.

—Lo desconozco. Supongo que es secreto; debe de ser algún lugar del desierto, quizá al sur.

—¿Está cerca el enemigo? —volvió a preguntar el del enorme mostacho.

—Tampoco lo sé. Supongo que no, pero no estoy seguro.

—¿Tenemos armas?

—No sé. Imagino que sí, pero tampoco lo sé. Quizá abajo. Creo que estas cajas no tienen armas —Hilal fue consciente de que el desconocimiento debilitaba su posición en el grupo, así que precisó—. Nuestra misión es defensiva, tenemos provisiones y una radio, y habrá armas.

—¿Pero si no tenemos armas cómo vamos a luchar? —preguntó el más grande de los tres, el que se había enfrentado a él un rato antes.

—Tendremos armas. Dios no ha enviado nunca a sus hijos a guerrear como si fueran mujeres. Nuestra sabiduría será nuestra primera arma. La segunda será la confianza en la infinita misericordia de Su Nombre.

Hilal se levantó y dio por concluida la reunión. Comprobó que el amanecer estaba próximo y distribuyó la tarea entre sus hombres. Se reservó la primera guardia mientras los otros trabajaban. Consideró conveniente hacerlo así para marcar su autoridad pero, también, para poder pensar. Mandó abajo a uno de ellos, con la linterna, para recibir las cajas que enviarían los otros dos. A través del techo de cristal, pudo ver el resplandor de la lámpara. Recordó que no tenía pilas de repuesto y temió que se agotasen, así que dijo desde arriba:

—¡El de abajo! Mira a tu alrededor. Trata de encontrar velas, o alguna lámpara. Quiero conservar las pilas de la linterna.

A través de la cubierta vio cómo la luz se dirigía de un lado a otro del subterráneo y por la amplitud del recorrido pudo percibir que el agujero no debía de ser un simple pozo, sino una habitación extensa. Le sorprendió pensar que tiempo atrás, quizá presintiendo la guerra, otros hombres hubieran estado allí, en ese lugar perdido, construyendo un refugio como aquél. Se preguntó también cuántos puestos habría como ése y recordó que al menos había quince camiones la noche anterior, quizá con destinos semejantes al suyo. Y sólo aquella noche...

Desde abajo se oyó una voz:

—Aquí hay un candil... no... dos candiles. Hay dos candiles por lo menos. Uno de ellos tiene combustible y el otro... el otro está vacío.

—Bien —dijo Hilal—, enciende uno y apaga la linterna cuanto antes.

—¿Encender? ¿Encender con qué? — preguntó el de abajo.

Hilal se sorprendió pensando en la infinidad de problemas que debían resolver. Cayó en la cuenta de que la supervivencia en aquel lugar iba a ser mucho más compleja de lo habitual, cuando no hay un simple fósforo para encender un candil. Uno de los de arriba dijo:

—Si hay candiles, hay cerillas —y bajó al interior del refugio para ayudar a su camarada.

Era el primer gesto de colaboración espontánea entre los miembros del grupo e Hilal se percató de su importancia. Se alegró al oír:

—Hemos encontrado cerillas. Ahora encendemos.

Al poco, un resplandor iluminó la estancia y la luz llegó hasta Hilal, que pudo advertir desde arriba las verdaderas dimensiones de la sala. Retiró con las manos la arena del techo y pudo distinguir algunas sombras, quizá de muebles, incluso. Tenía ganas de entrar y ver el lugar en que iban a vivir. De repente cayó en la cuenta de que la claridad no venía sólo del interior del cubículo, sino también del exterior, del cielo. En la llanura, en un lugar sin montañas, el amanecer se presentaba sin previo aviso. El suboficial fue consciente de que la claridad podía representar peligro y advirtió a sus hombres:

—¡Está amaneciendo! Hay que darse prisa en bajar las cajas.

Hilal descendió del techo, después de echar un último vistazo y de comprobar que a su alrededor no se veía más que desierto. Trabajó con las cajas, acercándolas a la puerta, donde los otros dos las ataban y las hacían bajar. Notó el retraso debido al tiempo que se requería para deshacer los nudos, apartar la caja y liberar la cuerda. Envió a otro soldado al subterráneo y se encontró trabajando con el hombre que antes se le había enfrentado. En una pausa, mientras esperaban a que los de abajo liberaran los nudos, el suboficial se dirigió al él y le dijo:

—Mi nombre es Hilal.

—Lo oí antes. El mío es Sakir.

El sol comenzó a asomar y aún no habían hecho la mitad del trabajo. Hilal consideró dejar las cajas fuera y bajarlas a la noche, pero pensó que si eran provisiones se pudrirían bajo el calor del desierto. Era necesario un esfuerzo supremo. Comenzó a cantar rítmicamente una vieja canción para olvidar el esfuerzo y acelerar el ritmo del trabajo:

Que Dios ayude
hale, hale
Allah, Allah.
Somos tres
bajo el socorro de Dios.
Ciudad de El Cairo, no estás,
no estás lejana.[4]

En las pausas, mientras Sakir apretaba los nudos, Hilal subía al techo de la caseta, tratando de comprobar que todo estuviera en orden. Oteaba en la distancia y en la incipiente claridad veía el terso horizonte, con pequeñas dunas que ocupaban toda la extensión bajo el cielo. No se movía nada, ni destacaba a primera vista ninguna construcción. Después de esos rápidos vistazos, cuando la cuerda subía libre, descendía de nuevo y ayudaba a atar otra y a bajarla hasta el fondo del pozo.

Cuando acabaron de bajar los bultos, los dos hombres descendieron por las escalerillas cerrando la puerta detrás de sí. Hilal fue el último que entró en el refugio. A la luz del candil percibió sus dimensiones, lo bastante amplias para vivir con cierta holgura. Ahora, los cuatro se dieron tiempo para observar la habitación.

Hilal calculó que la planta debía ser casi cuadrada y que se podría recorrer en seis o siete pasos largos si no fuera por las montañas de cajas y bidones apilados. Las paredes y el suelo eran de cemento, sin bruñir apenas, pero relativamente lisos. En un rincón había un pequeño mihrab, seguramente orientado hacia el lugar sagrado. Por suerte, pensó, la casamata no era más que una parte del techo, lo bastante alto además como para dar sensación de amplitud. Aquello no era un pozo, se tranquilizó. Recordó su terror arriba, cuando supuso que les habían condenado a esperar agazapados durante semanas en un agujero. En la pared había unos peldaños metálicos sólidamente anclados, que ascendían hasta la puerta.

La luz comenzó a insinuarse por la claraboya acristalada. Hilal apagó el candil, y la estancia quedó sumida en una leve penumbra, suficiente para distinguir las siluetas de las cajas y de los hombres, las paredes… No era preciso decir nada. Hilal, como los otros, dedicó un tiempo a familiarizarse con el espacio y recorrió la sala esquivando las cajas, tocándolas en ocasiones, palpando las paredes y el suelo.

Un soldado llamó la atención de los demás, golpeando una zona del suelo que parecía estar hueca. Hilal tomó la linterna y los tres acudieron al sitio señalado. En un rincón había una puerta metálica abatible. Los demás esperaron a que fuera Hilal quien investigara. El suboficial tomó el asa y levantó el portillo, dejándolo apoyado contra la pared. Dirigió la linterna hacia el agujero y los cuatro asomaron las cabezas, tratando de ver en la oscuridad.

Era un pozo circular, de un metro de diámetro, en cuya pared había unos peldaños de hierro que descendían hasta el piso, situado a unos dos metros. En el fondo se abría un negro y angosto agujero que parecía perderse en las profundidades de la tierra. Quedaron intrigados, tratando de adivinar su utilidad, hasta que uno de ellos dijo:

—Parece una letrina... ¡Esto es una letrina!

Los cuatro comprendieron el significado y las implicaciones de la construcción. Todo estaba pensado para que permanecieran abajo, sin ser vistos. No debían salir más que para hacer las guardias, e incluso sus desechos quedarían enterrados. Hilal bajó por la escalerilla, tanteó el suelo y enfocó la luz hacia el agujero del fondo, de una negrura insondable. Se preguntó, qué ocurriría pasado un tiempo, cuando hubieran utilizado ese retrete y los olores subieran hacia la habitación. Tuvo ganas de vomitar, pero se contuvo y subió apoyándose en un cajón anclado en el suelo, sobre cuyo contenido prefirió no investigar de momento. Cuando llegó al piso principal, cerró la trampilla.

Le sorprendió notar que la claridad había aumentando notablemente mientras había estado abajo. Ya no sólo se distinguían los bultos, sino los tamaños de cada caja, y pensó que era probable que llegara luz como para que la vida en aquel agujero no fuera la de unos animales condenados a vivir en la oscuridad. Hilal se dirigió a los otros con la intención de facilitar alguna información más:

—Este refugio está preparado para sobrevivir durante semanas. Tendremos la radio siempre dispuesta para recibir mensajes, pero no podemos hablar por ella salvo si viene el enemigo. Haremos guardia arriba por turnos.

Hablaba con frases cortas, a medida que su pensamiento ordenaba sus ideas. No había más órdenes, salvo las ya anunciadas. Debía darse tiempo para conocerlo todo e ir luego ajustando sus instrucciones a las necesidades de la vida en el refugio. En ningún caso, pensó, debía dar la impresión de desconocer el carácter de su misión ni vacilar en su tarea, ya que la supervivencia del grupo dependía de él. Siguió hablando:

—Dentro de media hora comenzaremos las guardias. De momento, los turnos serán de dos horas. Subirá primero Sakir —facilitó el único nombre que conocía—. Después organizaré los relevos. En media hora nos prepararemos y comeremos algo.

Los demás no preguntaron. Pensaron que ya tendrían tiempo de conocer el contenido de las cajas y el resto de órdenes de su comandante. Además, estaban cansados y notaban el hambre. Cuando Hilal terminó de hablar, uno miró hacia la claraboya, que destacaba luminosa, se dirigió hacia el mihrab y se arrodilló. Los otros se acercaron, se echaron al suelo y se postraron en varias ocasiones.

No hubo tiempo para las abluciones, de las que se sentían dispensados en aquel agujero perdido. Los cuatro recitaron la *fatiha* y sus plegarias. Solicitaron la misericordia de Dios, el Creador, el Único, el Verdadero, y la protección de Muhammad, su Profeta. Pidieron Clemencia para sí y para su pueblo y Muerte para el enemigo, que había venido a turbar su paz y a destruir a su país y a sus familias.

Terminada la oración, los hombres quedaron juntos en el reducido espacio que dejaban libre las cajas apiladas. Las plegarias tuvieron el efecto de hermanarlos en su característica común de hijos de Allah y seguidores de su Profeta. Se apartaron los rangos militares y en la incierta luz del amanecer, en la penumbra que apenas permitía entrever sus rostros, cada uno dijo su nombre y abrazó a los demás:

—Mi nombre es Hilal Nayi, ya lo sabéis.

—El mío es Umar Mahdi —dijo el segundo, un hombre bajito, cercano a los cincuenta años, con el pelo grisáceo.

—Yo me llamo Badr Sakir —dijo el más alto de los cuatro y también el más corpulento, con unos anchos hombros y fornidos brazos.

—Yo soy Ahmad Safi —dijo el cuarto, un hombre con la cabeza prácticamente rapada, un enorme mostacho negro y una prominente barriga.

Tras unos segundos de silencio, fue la voz del suboficial quien recordó la tarea pendiente:

—Ya conocéis las instrucciones —dijo Hilal—. Hasta que organice las guardias, Sakir hará la primera, de dos horas. Los demás ordenaremos esto y veremos de qué disponemos. De momento, tomaremos algo. Tú, Mahdi, busca agua. Los demás, tratad de buscar algo que comer.

Pese a que las cajas estaban sólidamente claveteadas y a que no tenían herramientas, abrir algunas no fue una tarea difícil para Sakir. Con sus enormes dedos hizo presión sobre la primera de las tablas y los clavos se rindieron a su férreo empuje. Luego, utilizó la tabla como palanca para retirar las siguientes. Hilal advirtió que sólo debían buscar algo de comer y que ya verían su contenido y ordenarían las provisiones más adelante. Mahdi encontró dos enormes bidones, en cuya base había un pequeño grifo, e informó de ello a los demás. En silencio, almorzaron unas tortas secas de harina y bebieron unos sorbos de agua con sabor metálico. Fue una comida breve pero reparadora.

Hilal dudó si entregar la pistola a Sakir para que hiciese la guardia, pero al final decidió que subiese sin armas. No deseaba quedar desarmado ni entregar los atributos del poder. Le advirtió que diese tres golpes sobre la puerta metálica en caso de emergencia. Cuando el soldado subió las escalerillas, la luz era suficiente para moverse en el agujero con cierta comodidad.

Badr Sakir era el hombre más corpulento del grupo, y sin duda el más fuerte. Era el único que había desafiado las órdenes del suboficial e Hilal consideró que de momento prefería tenerle lejos mientras se daba tiempo para comprobar el estado del fortín. Dio órdenes a los otros para que ordenaran y abrieran las cajas que habían traído, considerando que ya tendrían tiempo para descansar y que era mejor mantenerlos ocupados. Se reservó para sí la tarea de abrir los cajones almacenados antes de su llegada, pues deseaba saber antes que nadie cuáles eran disponibilidades del puesto. Pero, sobre todo, esperaba encontrar instrucciones más precisas. Quizá una carpeta, o un sobre, que le revelasen la auténtica misión del grupo, las medidas que debían adoptar en caso de ataque o de captura, las frecuencias de la radio… Algo, en suma, que le permitiera conocer mejor su situación y la de los demás.

Sakir subió a escrutar el terrible rostro del desierto…

4. Badr Sakir

A Sakir no le importaba que la arena se colase por las hendeduras de sus botas, ni que el sol cuartease su rostro durante las horas más severas, ni que la sed estrangulase su garganta. Badr Sakir había nacido en el desierto, jugado en el desierto y en el desierto había pasado los primeros diecisiete años de su vida. No le importaban ni el sol intolerante, ni el frío de las noches heladoras, ni la soledad, ni el viento, ni la arena.

Durante su juventud apenas imaginó otro ambiente que el de los oasis llenos de palmerales que se resistían ante el imparable avance de la arena. Sólo dos generaciones antes, su familia había formado parte de las tribus beduinas que recorrían las desoladoras dunas vendiendo los productos de artesanía que producían o que robaban a las tribus vecinas. El padre de Sakir fue el primer miembro, de innumerables generaciones, que se había establecido en un reducido poblado, distante del más próximo dos jornadas en camello. En sus primeros dieciséis años, el mundo de Sakir se había limitado al pequeño núcleo de casas alrededor de un histórico y reducido vergel. En él, el padre de Sakir se había establecido como herrero, y su hijo había aprendido el oficio. Sólo las contadas ocasiones en que había visitado el cercano poblado, Badr había tomado contacto con lo que parecía un mundo nuevo, por el que circulaban destartalados automóviles y donde el agua de los pozos se extraía con ruidosas bombas, y no a fuerza de brazos.

Cuando Sakir tenía dieciséis años, vino la guerra. El pequeño asentamiento alrededor del oasis fue desalojado bajo pretexto de ser una zona conflictiva, en la frontera entre dos países rivales. Cuando llegó la paz, Sakir, su familia y el resto de pobladores no pudieron ocupar sus tierras porque habían quedado en manos del enemigo. Entonces supo que la guerra tenía al menos ese significado: el despojo, el desarraigo.

Su familia se estableció en las afueras de una ciudad a la que Sakir nunca se acostumbró. Al cumplir los dieciocho años se despidió de su abuelo, besó a su madre, recibió las bendiciones de su padre e hizo un regalo a sus hermanos y hermanas. Se alejó de un pueblo que no era el suyo y echó a andar por una polvorienta carretera, delimitada por bostas de camellos, rumbo a lo desconocido.

Subió al primer camión que se detuvo. En él viajaba una veintena de trabajadores de poblados vecinos, que cruzaban a diario la frontera para buscar una ocupación en el interior del territorio enemigo. Le detuvieron en el primer control por no llevar documentación. En la comisaría le acusaron de espía, de saboteador, de terrorista y de asesino. Badr no tuvo conciencia del significado de las acusaciones y firmó con un garabato el documento que la policía le puso sobre la mesa. En su salvaje ingenuidad pensó que aquello sería su salvación y resultó ser su condena. Le llevaron a una celda en la más completa oscuridad, de la que le sacaban cada seis horas para torturarle y preguntarle por sus cómplices en un idioma que no entendía. Pasó varios días aturdido y dolorido, sin comprender por qué le golpeaban. Durante ese período perdió la noción del tiempo, pero era el día quince cuando le sacaron de la celda y notó que no le llevaban a la habitación blanca, sino que le metieron en un coche enrejado, con una fuerte escolta, y le trasladaron a la cárcel.

El castigo apenas hizo mella en el cuerpo de Sakir. Para entonces, tenía ya una elevada estatura y sus músculos estaban tallados sobre roca. La consistencia pétrea de su cuerpo contrastaba con un cerebro infantilizado, sin más experiencias que las de su primaria vida en el oasis. Los meses siguientes, sin embargo, le hicieron madurar. En la cárcel fue recibido como un héroe de la resistencia ante el enemigo. Sin saber cómo, su adormilado cerebro se despertó. Las charlas con los compañeros de celda, los períodos de oraciones colectivas y las canciones revolucionarias hicieron de él un fiel creyente y un apasionado defensor de la causa palestina. Lo que antes había vivido como una deslavazada cadena de acontecimientos, la pérdida de identidad de su familia, la ocupación del oasis, la emigración a la ciudad, la detención, las palizas en la comisaría, adquirió la fuerza de un sentimiento colectivo. Así, tomó al tiempo conciencia de sí mismo y de la opresión de su pueblo.

Al abandonar la cárcel, tres años más tarde, Badr Sakir era otro hombre. No sólo su cuerpo era fuerte, sino que también su pensamiento había sido cincelado bajo la disciplina religiosa y militante más estricta. Si entró solo y desvalido en el penal, a su salida se encontró un invisible ejército de resistentes que le ofrecían comida, cobijo y hospitalidad allá donde iba. Durante varios meses trabajó en una madraza, una escuela islámica en la que sirvió como encargado de reparaciones. Su fortaleza y su oficio de herrero le convirtieron en un personaje conocido no sólo en la escuela sino también en los alrededores, lo que le permitió tomar contacto con una hueste de personas que compartían sus sentimientos y sus ideas. La estancia en la madraza le proporcionó una férrea formación en los principios más doctrinarios y rígidos de la religión islámica.

No tardó en ponerse en contacto con miembros activos de la resistencia, hombres y mujeres que le adiestraron en la guerra de guerrillas y en la fabricación de explosivos. Vivió año y medio en las montañas, donde conoció a Rebah, quien sería su mujer y con quien compartió no sólo lecho sino también la pasión por sus creencias y el fiero entusiasmo por una lucha común. Ahora, en la inmensidad del desierto, Badr recordaba a menudo aquellos meses en las montañas, donde el horizonte estaba siempre oculto por la silueta de altos montes cubiertos de nieve durante el invierno. Evocaba las noches en que, como un niño asustado, metía la cabeza entre los senos de Rebah, aterrado por tormentas que no había conocido nunca, en las que el fragor del trueno retumbaba entre los montes y parecía dejar caer el cielo sobre la tierra. Badr, que había soportado la tortura, la sangre, la metralla y el terrible estampido de la dinamita, se estremecía todavía cuando recordaba aquellos tiempos, porque las tormentas eran lo único que hacía temblar su corazón.

Se alegró cuando recibió órdenes de que él y Rebah abandonaran las montañas. La misión de ambos era el entrenamiento de comandos en diferentes lugares y así visitaron Líbano, Siria, Irán, Yemen, Egipto y

Sudán. Viajaban juntos, a veces a pie, a veces en desvencijados camiones, ocultos bajo las más insólitas cargas, en ocasiones porteando entre sus ropas explosivos, detonadores o fulminantes que les hubieran hecho volar en pedazos en caso de accidente. Allá donde llegaban encontraban siempre la hospitalidad de quienes les esperaban. Pero fueron muchas las ocasiones en las que tuvieron que atravesar controles militares en fronteras donde la mera tenencia de un cartucho de fusil les hubiera supuesto una muerte inmediata.

A comienzos de los setenta, Sakir y Rebah se encontraban en la ciudad de Zenyān, alojados en la casa de un comerciante iraní supuestamente afín a la resistencia. La policía del Sha se presentó durante la noche, derribando las puertas y disparando contra las ventanas. Aunque saltaron inmediatamente de la cama, sólo Sakir pudo escapar de la habitación, arrojándose por un balcón. Cayó ileso en la azotea de una casa contigua, sintiendo el silbido de las balas a su alrededor. Oyó los alaridos de Rebah, los disparos de los soldados en el interior de la casa y rezó entonces para que Rebah muriese allí mismo, y no en las temidas dependencias de la policía política del Pahlevi.

Magullado y abatido, consiguió zafarse de sus perseguidores y vagó durante semanas por el país, oculto durante el día y viajando por la noche, siempre hacia el oeste, hasta que consiguió cruzar la frontera con Iraq. Semanas más tarde consiguió recuperar los contactos con miembros de su grupo, a través de los cuáles supo que Rebah había muerto aquella misma noche y que el comerciante iraní era quien había denunciado su presencia a la policía. Entonces juró que aquél hombre moriría por sus propias manos.

La muerte de Rebah sumió a Sakir en una enorme tristeza, sólo mitigada por la complacencia en la venganza contra el traidor y sus cómplices. Se estableció como herrero en Rutba, y no quiso continuar su peregrinaje formando células armadas. No abandonó la lucha, sin embargo. Su habilidad como herrero y su pericia con los explosivos eran apreciados por los guerrilleros, para quienes construyó varios tubos que lanzaban granadas anticarro capturadas al ejército regular. Les enseñó también a limar los proyectiles de las balas, de modo que multiplicaran por diez su fuerza destructiva en contacto con el cuerpo. Ideó varios modelos de granadas de fragmentación, pero se negó a fabricarlas él mismo. Esta cooperación duró el tiempo que tardó en descubrir que uno de los grupos con los que colaboraba había utilizado sus armas contra una facción árabe que luchaba igualmente por la libertad de su pueblo. Desengañado por la delación y por las rivalidades intestinas, decidió cortar toda relación con cualquier grupo armado.

En la pequeña aldea de Rutba, Sakir recibió con alborozo la caída de Pahlevi. Decidió que había llegado su momento. Cerró su casa y su taller e inició un lento viaje, como simple peregrino, buscando su venganza. No tenía prisa e hizo la mayor parte del camino a pie, atravesando el norte de Iraq y penetrando escondido por la frontera de Irán. Descendió por Tabriz y por Miānez hasta Zenyān, donde llegó seis meses después, con la piel requemada por el sol y una espesa barba negra que le llegaba al pecho. Buscó la vivienda del comerciante y la encontró. Durante varios días se apostó como mendigo frente a la puerta del delator y siguió sus pasos desde su casa a la tienda, desde la tienda a la mezquita, y desde ésta a su casa.

Una noche, cuando el comerciante abría el portón, Sakir salió de las sombras y extendió su mano, solicitando una limosna. El hombre gruñó y le despidió, intentando entrar. Sakir colocó el pie en el quicio. Luego, abrió con violencia y vio los ojos de miedo del traidor, inquieto por un posible robo. Badr preguntó: «¿Me reconoces?». Asustado, el otro negó con la cabeza. El fingido mendigo le dijo: «¿Recuerdas a Rebah Badis? ¿Y a Badr Sakir? ¿Recuerdas el asalto de la policía en tu casa?». El hombre palideció de miedo cuando reconoció la mirada dura del herrero y comenzó a balbucear. Sakir lanzó su mano como una tenaza hacia el grueso cuello del comerciante y apretó con fuerza hasta sentir cómo la laringe se quebraba bajo sus dedos. Mantuvo la presión hasta que notó que sostenía a pulso un peso muerto, pues las piernas de su enemigo habían dejado de soportarle. Cerró la puerta y se perdió en la oscuridad de las callejuelas de la ciudad.

Regresó como había llegado, pidiendo limosna en las aldeas que atravesaba. Tardó cinco meses en regresar a Rutba, pero sintió envejecer diez años. La venganza podía ser justa, pero no tranquilizadora. Acostumbrado a caminar, no abrió su casa, no se rasuró la barba y decidió acudir como peregrino a La Meca, a la que llegó tres meses después, tras un recorrido expiatorio por los desiertos, siempre en solitario.

Cuando llegó a la Gran Mezquita, quedó sobrecogido por su inmenso patio porticado, la magnificencia de sus columnas a dos alturas y las barras de plata que mostraban la riqueza de su religión y su cultura. Contempló los siete minaretes con admiración y caminó durante todo un día por el perímetro interior del patio, orando hacia el cubo de seda negra, bordada en oro y en plata, buscando la expiación de sus pecados. Al final de este día, entró por la puerta orientada al norte y besó la ovalada Piedra Negra. A la siguiente jornada hizo los siete recorridos de al-Safā al-Marwa, pasó la noche en la colina de 'Arafa y realizó el sacrificio propiciatorio en Minā. Luego, como otro peregrino más, abandonó la ciudad, reconfortado.

No regresó a Rutba. Carecía de patria en que establecerse y caminó hacia el norte, como un vagabundo, sin rumbo definido. Tenía casi treinta años y lo había perdido todo: su pueblo, su mujer y su casa. Había perdido también las pistas de su familia y carecía de un solo papel que le acreditase como ciudadano de cualquiera de los países que atravesaba. Únicamente poseía sus fuertes manos y su fe en Dios. A veces viajaba solo, pero en otras ocasiones se unía a cualquiera de las pobres caravanas que atravesaban las montañas, casi siempre huyendo de la guerra y de la ocupación. A Badr le parecía que el mundo entero realizaba un éxodo continuo, dejando atrás lo que había sido su vida, para buscar una vida diferente, como si la transmutación de las almas se realizara aquí en la tierra, y no en el más allá.

Se estableció en Sūr, al oeste del Líbano. En una ocasión, cuando viajaba con Rebah, había estado a las orillas del lago Kinnereth y quedó sobrecogido por aquella extensión de agua dulce, tan diferente de los tristes oasis y ríos que había conocido. Pero al llegar al mar quedó más anonadado aún al ver que el agua se extendía más allá de lo que su vista pudiera abarcar. En la pequeña península, construida sobre las ruinas de la legendaria Tiro, encontró trabajo en el puerto, reparando y herrando pequeñas embarcaciones. Tratando de compensar los largos meses vividos en la soledad de su peregrinaje, rodeado de arena, Badr se empapó con el tumulto del puerto pesquero y con el otro desierto que era el mar. A veces, de noche, tomaba alguna pequeña embarcación y a fuerza de remos se distanciaba de la costa para sentirse solo. Contemplaba desde el mar las escasas luces de la ciudad y el rumor del agua fue durante muchas noches su única compañía.

Pasó cinco años en la ciudad, donde se casó con la viuda de un pescador, con la que no tuvo hijos. El matrimonio fue un fracaso. Al cabo de los meses Badr descubrió que la mujer solicitaba de él lo que Sakir no podía darle: estabilidad, holgura económica y seguridad. Cumplido el año, se separaron. Sakir dejó a la mujer sus ahorros y se encaminó hacia la cercana Beirut, una ciudad arrasada por los bombardeos y por las luchas entre los falangistas cristianos y los radicales musulmanes. Badr se estremeció al contemplar las ruinas de la ciudad y se maldijo por el tiempo que él había dedicado a su venganza personal, olvidando el sufrimiento de su pueblo.

No tardó en tomar contacto con las milicias establecidas en Hamā. Allí, reavivó sus conocimientos sobre fabricación de explosivos, abasteció a las tropas con pequeños morteros y lanzagranadas, reparando piezas capturadas al enemigo o utilizando componentes de otros artefactos para fabricar lanzadores. Se familiarizó con toda clase de armas, ligeras y pesadas, y se entretuvo en estudiar el mecanismo de las granadas y de los cohetes lanzados por el enemigo que no habían llegado a estallar.

Vivía en campamentos itinerantes que se camuflaban de los aviones enemigos de reconocimiento. Por la noche, cuando terminaba el trabajo o se daba pausa a los entrenamientos, Badr se reunía en las tiendas con otros camaradas para rezar y leer el Corán. Allí, los apátridas soñaban un día con su regreso a la ciudad santa de Jerusalén, por fin liberada del enemigo. Allí adquirió su primera carta de identidad, con su fotografía, en la que se le acreditaba como ciudadano del inexistente estado palestino. Allí reavivó su fe y su fuerza como combatiente.

Su extremismo religioso y político veía con recelo cualquier negociación que se estableciera con el enemigo. Badr deseaba la paz, como los otros resistentes, pero deseaba una paz honrosa, unida a la posibilidad de regresar a sus tierras para convertirse en agricultores, en comerciantes, en artesanos o en simples soldados de un ejército regular y reconocido. Sabía que nada se lograría mediante la claudicación, y tener un territorio propio era una condición irrenunciable para ser hombres libres, y no esclavos. La Organización había dado pasos, restableciendo las relaciones antes rotas con Egipto y con Jordania, pero él esperaba mucho más. Y estaba firmemente decidido a que las bocas de los fusiles y la metralla de las granadas apuntalaran los intentos de paz.

Sakir se convirtió en soldado y adquirió el rango de suboficial de un ejército inexistente. No tenía hombres a su mando, pero sus galones le permitían formar y organizar pequeñas escuadras de especialistas en explosivos y en armamento semipesado. A Badr le satisfacía escuchar las historias según las cuáles adolescentes y ancianos se oponían al ejército invasor con la contundencia y la desnudez de las piedras. Al anochecer de cada día, las emisoras de radio que llegaban al campamento informaban de la sorda lucha de los resistentes y desgranaban con patetismo los nombres de los mártires que caían bajo las balas de los soldados enemigos. Se rezaba por cada una de las víctimas y se prometían ríos de sangre por cada gota de sangre derramada.

Los combatientes habían hecho suya la canción de un compatriota que se había negado a abandonar la tierra de sus mayores. En las noches que pasaban junto al fuego, las voces de hombres y mujeres se alzaban, despertando a los niños, algunos de los cuales se unían a la canción:

Porque no tejo la lana,
porque a diario soy objeto
de órdenes de detención
y mi casa blanco de las visitas de la policía
para registrar y «limpiar»,
porque no puedo comprar una hoja de papel,
grabaré todos mis secretos
en un olivo
en el patio de mi casa.
Grabaré mi historia
y mis quejas
en el naranjal y en las tumbas de mis muertos.
Grabaré toda la hiel que probé
y que borrará una décima parte de la miel
[que gustaremos.
Grabaré el número del recibo
de nuestra tierra expoliada
y el lugar de mi aldea y sus linderos
y las casas dinamitadas
y mis árboles derribados
y cada florecilla del campo aplastada
y los nombres de los que fueron maestros
en consumir mis nervios y mi aliento,
y el nombre de las cárceles
y de cada clase de esposas
que maniataron mis manos
y el historial de mis guardianes
y cada insulto que me arrojaron a la cara.[5]

A través de la radio, Badr y los suyos supieron que estaban ganando la guerra a pedradas. Pero un día percibieron que algo había cambiado; que la atención del mundo se dirigía ahora hacia otro pueblo árabe al que se consideraba agresor. Los resistentes sospecharon que más allá de sus fronteras se ponía en marcha una guerra de liberación que hicieron propia. Junto con un grupo de camaradas, Sakir cruzó las líneas de Iraq y se ofreció como soldado, sin más precio que el pan y el agua. Sin embargo, nada más atravesar la frontera, los soldados requisaron las armas de la pequeña tropa y condujeron a los milicianos hasta un cuartel cercano, donde pasaron a ser soldados regulares de un país que no era el suyo. Pese a sus protestas, Badr no consiguió que respetaran su graduación y, junto con los otros, fue considerado un soldado raso y obligado a obedecer a oficiales que nada sabían de la guerra. No salió del cuartel más que una vez, cuando a él y a los suyos les dieron uniformes nuevos, les subieron a un camión y les hicieron recorrer la avenida de una gran ciudad, en la que una multitud aclamaba a los luchadores y los arrojaba flores. Los milicianos sonrieron durante el desfile, pensando que el momento del combate estaba cercano, pero al terminar la parada militar les condujeron de nuevo al cuartel, les quitaron los flamantes uniformes y volvieron a ser carne de cañón.

Después de meses de un absurdo entrenamiento, le condujeron una noche a aquel agujero. Acostumbrado a vivir en el desierto sin muros, no entendía su misión en el fortín en que había sido confinado. Esperar encerrado a que el enemigo llegase no era una buena táctica para un ejército que deseaba vencer. Por eso, cuando abandonaba la cueva y tenía que hacer guardias en el exterior, su corazón latía con ansiedad esperando que el enemigo se pusiera a tiro de su lanzagranadas. Era una forma de vengar a su pueblo, de recuperar las tierras perdidas y de rehabilitar la memoria de su nación olvidada y pisoteada.

A Badr no le importaba el agobiante sol del desierto, al que estaba acostumbrado. Lo que no podía soportar era la espera. Badr aliviaba su inquietud cantando quedamente el final de los versos anteriores:

Grabaré: «Kafr Qasim, no te olvido».
Grabaré: «Deir Yasin, tu recuerdo ha arraigado
[en mí».
Grabaré: «Hemos llegado a la cumbre del drama,
nuestra tragedia nos ha roído
pero hemos llegado a la cumbre».
Grabaré todo lo que me cuenta el sol
y lo que me susurra la luna
y lo que me cuenta una alondra
junto al pozo que los amantes abandonaron.
Para recordar
seguiré sin descanso grabando
todos los capítulos de mi tragedia
y todas las etapas del desastre
desde el principio hasta el fin.
Allá, en un olivo
en el patio de mi casa.[5]

Por eso, cuando estaba arriba, en medio del desierto, subido al techo de la casamata, oteaba el horizonte con ansia y miraba hacia la alquibla con impaciencia, como si esperara ver llegar al Profeta a caballo dirigiendo sus huestes hacia el combate con el infiel.

Porque lo peor de todo era esperar.

5. El descubrimiento

Mientras los dos soldados ordenaban paquetes, Hilal miró encima de los camastros y bajo los cobertores, buscó entre las cajas que estaban apiladas en el centro, revisó los rincones… pero no encontró ningún mensaje para él ni para el grupo. Tuvo la esperanza de hallar información en la caja de la radio, y la abrió. Tampoco había nada. Ni siquiera un papel con instrucciones sobre su conexión, y desconocía cómo hacerlo llegado el momento. Desembaló la radio y pidió a los dos hombres que fueran nombrando en voz alta lo que encontraban, para tener una idea de los alimentos con que contarían. Además, si hallaban un sobre con instrucciones, él se enteraría al tiempo que los otros.

Trató de tener una idea de los recursos almacenados en el refugio antes de que llegaran. Comenzó por observar los dos grandes bidones de agua, que habrían entrado antes de cerrar el refugio, pues no cabían por la estrecha abertura de la puerta superior. Golpeó sus paredes con los nudillos y oyó un ruido grave, que indicaba que debían de estar llenos. Contempló luego los dos bidones más pequeños, con una banda de color amarillo, y supuso que eran de petróleo, o queroseno, o gasolina, probablemente para los candiles.

Las cajas no tenían inscripciones, así que debía abrirlas si quería conocer su contenido. Él no tenía fuerza para desclavar las tablas con sus manos, como había visto hacer a Sakir y aún no había encontrado herramientas, pero no quería dejar el trabajo a otros y prefería ser el primero en desvelar el misterio. Como no halló nada con que forzar la tabla próxima al borde, sacó su pistola, extrajo el cargador y comprobó que no hubiera ninguna bala en la recámara. Guardó el peine en un bolsillo y utilizó la culata como martillo, hasta que los primeros clavos cedieron y pudo meter el cañón de la pistola para apalancar. Extraída la primera tabla, separar las siguientes era más sencillo.

Había comenzado por una caja cúbica, apilada junto a una pared. Resultó contener un pequeño hornillo de petróleo con su correspondiente depósito de combustible. Encontró también varios tubos para hacer una pequeña chimenea, aunque no entendía por dónde podrían salir los humos. En uno de los laterales del cajón había un paquete que contenía vajilla de campaña, de aluminio, para cuatro personas.

Eligió luego otra caja grande. Trabajó con ella, de nuevo con la culata de su arma, y levantó las tablas que la cubrían. Nada más quitar la tapa adivinó su contenido. Retiró las virutas de madera y encontró cuatro fusiles AK 47, iguales a los que había utilizado en su entrenamiento militar. Al tomar uno notó cómo sus manos se manchaban de la grasa utilizada para evitar la herrumbre. Con el arma en sus manos, recordó las horas que había dedicado a trabajar con el fusil, armándolo y desarmándolo, limpiándolo y arrastrándolo en las largas marchas, día y noche. Aunque no tenía cargador, echó el cerrojo hacia atrás, pulsó el gatillo, oyó un ruido seco y comprobó que estaba en perfecto estado. Supo sin mirar que en la misma caja hallaría al menos un cargador para cada arma, paños para hacer la limpieza y uno o varios botes de grasa.

Se dirigió a otra caja, más alargada, pero que pudo mover con relativa facilidad. La abrió por el mismo procedimiento y encontró una ametralladora pesada, una PKM también soviética, con su correspondiente soporte. Aunque su entrenamiento se limitaba a las armas ligeras, él había disparado con aquella terrible máquina y supo que podría utilizarla sin dificultades en caso de necesidad. Tomó nota de lo que encontraba. Debía comprobar, sobre todo, cuanta munición había. Ello le daría una idea acerca de cuáles serían las posibilidades de resistir en caso de entrar en combate y ver si el puesto estaba preparado para resistir un asedio largo o una simple escaramuza.

Movió luego un gran cajón, que encontró liviano a pesar de su volumen. Intrigado, pensó que tal vez aquella caja contenía las claves de su tarea, los documentos que necesitaba para conocer mejor sus responsabilidades y el propósito de su misión. Desclavó la primera tabla sin esfuerzo, pues la madera era más delgada que el resto, y la vació. Echó fuera pantalones de uniforme, algunos pañuelos, varios atados de ropa interior y de calcetines militares, algunos pares de botas, esperaba que del número adecuado pues recordó el sufrimiento de sus pies con el primer calzado que le asignaron, zapatillas militares de deporte, un paquete de pañuelos, gorras de campaña y cuatro machetes de combate, colocados en sus fundas. A excepción de los machetes, que ocultó en la caja de los fusiles, dejó en el suelo la ropa y se convenció de que no hallaría más información acerca de la misión del destacamento.

Observó la pirámide de provisiones que habían ido nombrando los soldados, ya fuera de las cajas. Había sacos de tela, bolsas de plástico y una infinidad de latas metálicas sin etiqueta, de diferentes tamaños y formas, con inscripciones grabadas sobre la chapa. Al ver las latas sin envoltorio, cayó en la cuenta de que hasta aquel momento no había encontrado un solo papel. Ni siquiera las cajas de fusiles tenían los esquemas acostumbrados para indicar el nombre de las piezas y mostrar los procesos de montaje y desmontaje. Fue a comprobarlo y metió la mano rebuscando entre el metal, las virutas y la grasa. Efectivamente no había ningún papel, como si se hubiera querido que nadie dejara huellas de sus escritos en aquel puesto, en caso de captura. No había papel, y tampoco nada con qué escribir.

Notó que los soldados, de vez en cuando, dirigían su mirada hacia él, tratando de conocer lo que iba encontrando. A Hilal no le importó, porque no había nada que ocultar en un lugar tan reducido, pero no les dijo nada sobre sus descubrimientos. Ya casi sin interés, buscó otras cajas, tratando de elegir las más livianas. Había encontrado provisiones, agua, combustible y algunas armas, quizá lo indispensable para sobrevivir un tiempo y defenderse de un ataque. Sus ojos se fijaron sobre la única que tenía un símbolo exterior, una media luna roja. Presintió su contenido. La forzó y encontró vendajes, esparadrapos, algunos frascos con alcohol y desinfectantes, bolsas de plástico con pastillas de colores y nombres pintados en su exterior y un pequeño estuche que abrió y en el que encontró hilo de nailon, algunas agujas de diferentes grosores, un par de juegos de tijeras y pinzas de tamaños diversos, un juego de bisturíes desmontables y una pequeña lupa.

Recordó su entrenamiento militar, cuando además del adiestramiento sobre armas recibía clases sobre primeros auxilios, tratamiento de heridas de diferentes armas, identificación de infecciones, traslado de heridos, curas de emergencia... Pensó que todo había estado previsto. Lo que consideró en su día accesorio había resultado cuidadosamente estudiado para hacerle llegar donde se encontraba, al frente de aquellos hombres. Jamás le hablaron de sus responsabilidades como comandante de un puesto, pero quizá nada había sido casual. Ni sus marchas por el desierto, ni las sesiones de primeros auxilios, ni el entrenamiento en combate personal, ni su adiestramiento en armas ligeras. Nada, quizá nada era casual.

Al mirar el plástico de las pastillas y comprobar que las instrucciones y dosis estaban escritas sobre la bolsa, relacionó la ausencia de papeles con la entrega, la víspera, de su chapa militar identificativa, que durante los meses precedentes había colgado a su cuello. Cayó también en la cuenta de que el oficial que le pidió la chapa había tomado su cartilla militar y había guardado ambas en uno de los cajones de su escritorio.

Trató de comprobar una hipótesis. Se dirigió a los hombres y les preguntó:

—¿Tenéis vuestras chapas militares?

—Nno... —dijo Ahmad, considerándose culpable por no llevar consigo la placa que le habían exigido que portase siempre al cuello. Se exculpó—. Ayer me dijeron que la entregase y no me han dado otra nueva.

—Yo tampoco —dijo Mahdi.

—¿Y conocéis vuestros identificativos personales?

—¿El número? Sí, lo recuerdo, aunque no tengo la chapa. ¿Lo necesitas?

—No, ahora no. —dijo Hilal, sin darse cuenta de que los hombres, a su espalda, se miraban extrañados.

Hilal trató de encontrar una explicación. El día anterior les pidieron sus chapas, probablemente también a Sakir, y les retiraron sus cartillas. Les trasladaron en secreto hasta un lugar del desierto. Viajaron en un camión sin luces y llegaron a un lugar desconocido, sin ninguna referencia y con la prohibición de utilizar la radio... A aquel cubículo de hormigón habían llegado cuatro hombres anónimos, en silencio y con misterio. No les habían dejado papel ni útiles de escritura. Hilal tuvo el presentimiento de que ese estrecho recinto podría ser la tumba de cuatro hombres. Trató de sobreponerse a la agobiante claustrofobia que sintió al contemplar las paredes de la cueva y la montaña de cajas recordando unos antiguos versos:

Dormid, y que os visiten las hadas de los sueños
montadas en las sombras;
que una hogaza de pan, como una luna,
os brille entre las manos,
y vuestras sucias chozas os parezcan
espaciosos alcázares de mármol. [6]

El poema no le consoló. Siguió un vago presentimiento de muerte, aunque su cerebro estaba disciplinado para escapar del horror cuando se presentaba. Recordó que las primeras semanas en el cuartel fueron terribles, pero que a partir de la tercera su cerebro se anestesió pensando que aquella etapa de su vida pertenecía a otros y se dejó llevar por los acontecimientos, con dolor pero sin resistencia. Lo importante era sobrevivir hasta donde la vida fuera razonable para ser vivida. Ahora tenía que preparar su supervivencia y la de los otros tres hombres.

Consciente de la infinita extensión del tiempo transcurrido desde que dejara a su familia, miró el reloj, que marcaba las siete y media. Comprobó que Sakir llevaba ya casi dos horas arriba y decidió que era momento del relevo. Se dirigió a Mahdi y le dijo:

—Umar, subirás a relevar a Sakir. Dos horas de guardia, de momento.

—¿Llevaré armas? —preguntó Mahdi.

—No. No, de momento; hay fusiles pero no he visto los cargadores —mintió Hilal, y añadió—. En caso de emergencia, golpea la puerta. En breve comenzaremos a ordenar el armamento.

Hilal confirmó que los soldados habían estado al tanto de sus descubrimientos. Tendió a Mahdi un *kufiya,* y el soldado lo tomó. Umar preguntó si podría beber agua antes de subir y el suboficial respondió:

—Un sorbo, de momento un sorbo. Tendremos que calcular si hay suficiente y cuáles son las raciones diarias.

Mientras Umar se dirigía a los depósitos, Hilal comprobó las montañas de objetos que había en el suelo, sobre el que apenas se podía andar. Miró la claraboya y comprobó que la luz que entraba era suficiente para moverse en el interior del agujero, aunque el sol estaba todavía bajo en el horizonte. Se alegró de ver cómo sus ojos se adaptaban a la penumbra. Además, nada allí exigía una mirada precisa, porque no había nada que leer, pensó, ni nada con que escribir.

Mahdi subió y abajo se notó la claridad añadida durante el tiempo que abrió la puerta. Hilal oyó el murmullo de la conversación de los que estaban arriba, pero sus voces no sonaban nítidas para distinguir sus palabras. Era probable que Mahdi informara a Sakir del contenido del depósito de provisiones y de armas y que el segundo le diera novedades respecto de la situación arriba. Oyó, con la puerta abierta, la recia voz de Sakir cuando se despidió de su relevo, con la fórmula ritual *«Allah ak akbar»* y, luego, los sonidos de sus botas contra los peldaños metálicos.

Hilal y Ahmad recibieron a Sakir y, a un gesto de Hilal, los tres se sentaron para escuchar novedades. Bastó una mirada del suboficial para que Sakir se viera en la obligación de informar:

—No se ve nada, sólo desierto. Desde arriba se pueden divisar muchas millas a la redonda y no hay movimientos ni ruidos.

—¿Algún avión en el cielo? —preguntó Hilal.

—Ninguno, ni estelas de aviones lejanos. Nada más que arena. Hará calor.

—¿Has visto algo arriba que pueda ser útil?

—Creo que no. La caseta está pintada de color arena, así que no se verá desde arriba. Hay dos rejillas cubiertas con plásticos, seguramente para ventilación. Creo que habría que retirarlos.

—¿Lo has hecho?

—No. No he tocado nada.

—¿Alguna sugerencia respecto de las guardias? —Hilal hacía preguntas precisas para conocer la situación.

—Ahora es temprano y el sol está bajo. Más adelante, dos horas serán agotadoras. Hará mucho calor afuera. Habrá que pensar en turnos de una hora.

—Ya veremos —dijo Hilal y preguntó—. ¿Algo más?

—Quiero subir armado la próxima vez. Me siento como una mujer, allá arriba, sin armas, y quiero saber que puedo defenderme.

—Habrá armas —dijo Hilal, dando por cerrado ese asunto.

Sakir se levantó y se dirigió a uno de los depósitos, del que tomó un poco de agua con la palma de la mano, llevándola a la boca. Luego, tomó un poco más y se refrescó la cara. Hilal se levantó y dirigió hacia él una orden contundente:

—¡No vuelvas a hacer eso! ¡Nuestra supervivencia depende del agua! —y añadió fuerte, intentando que oyera el de arriba—. ¡En lo sucesivo, no se podrá tomar agua sin mi autorización, ni derrochar una sola gota!

—¿Y no podemos hacer nuestras abluciones? —Sakir, mientras preguntaba, pasaba la mano húmeda por su cara, desafiante. Hilal notó que el curtido rostro del hombre no se había movido un milímetro cuando él dio aquella orden, y sintió su mirada retadora.

—¡Ni siquiera las abluciones! Tendremos que pasar aquí mucho tiempo y el agua es fundamental —Hilal trataba de hablar fuerte, aunque notaba que, bajo aquella dura mirada su espalda se tensaba en exceso.

—Yo distribuiré mi ración de agua en la comida y en la oración… —el rostro de Sakir seguía desafiante y añadió con sorna— siempre que nuestro comandante nos permita seguir los preceptos del Profeta.

—En el desierto, las abluciones se realizan con polvo limpio, con arena —Hilal hablaba despacio pero con seguridad, tratando de aplacar su ira. Y continuó con firmeza—. El agua sólo servirá para beber y cocinar; arriba tenemos arena bastante para hacer nuestras purificaciones.

Sakir mantuvo su mirada durante un tiempo, pero desvió sus ojos ante la firmeza de su comandante. Hilal sabía que contaba al menos con un adversario entre aquellos cuatro hombres, lo que se había puesto de manifiesto en el camión y en la arena. Tenía que ser exigente para que su autoridad no quedara en entredicho y, al tiempo, flexible para que los hombres no le considerasen enemigo. Lamentó el tercer incidente con el soldado y trató de distender la situación sentándose de nuevo y dando información sobre sus hallazgos. Habló con voz pausada:

—Tenemos provisiones, pero no sé si suficientes. Hay agua y combustible para los candiles y para una cocina que habrá que montar. Hay una radio, vestimenta, equipo sanitario y varias armas. Quedan cajas por abrir. Quiero al final del día un informe completo de todo el equipo.

—¿Qué tipo de armas hay? —era de nuevo Sakir.

—He encontrado cuatro fusiles AK47, nuevos, y una ametralladora PKM sin usar; todavía no he abierto las cajas de municiones.

—¿Nada más? ¿No hay armamento pesado?

—Nada más, de momento.

Hilal vio cómo Sakir echaba un vistazo a los bultos. Sus enormes brazos llevaron al suelo varios cajones y descubrieron dos grandes cajas alargadas y, al parecer, muy pesadas. El soldado dijo:

—Ésos son lanzagranadas.

—Posiblemente —dijo Hilal.

—¿Puedo abrir estas cajas? —la pregunta de Sakir era más bien una afirmación que una solicitud de permiso.

—Ábrelas, si quieres. No hay herramientas —y prosiguió—. ¿Conoces algo sobre armamento pesado?

—Soy especialista en armas pesadas y explosivos.

—¿Eres soldado profesional? —preguntó Hilal.

—Soy herrero —la respuesta de Sakir sonó contundente, y el hombre se giró hacia las cajas, evitando las preguntas del comandante.

Mientras Sakir pugnaba por abrir la tapa de las cajas, Hilal se dirigió a Safi, que seguía ordenando paquetes de provisiones:

—Safi, ¿eres soldado profesional?

—No —rió Ahmad—, nada de eso.

—¿Qué hacías antes de la guerra?

—Trabajaba como carpintero; hace años fabricaba muebles; más adelante me dediqué a hacer de encofrador de obras.

—¿Cuánto hace desde entonces?

—Un mes… cinco semanas —se corrigió.

—¿Qué entrenamiento has recibido?

—De todo un poco; sé disparar con armas ligeras, algo sobre blindajes, y me enseñaron a manejar los equipos de radio —Ahmad se rascaba la cabeza, sorprendido por el interrogatorio del suboficial porque creía que Hilal conocía esos detalles de él.

—¿Sabrías montar aquella radio? —preguntó Hilal volviéndose hacia el aparato que antes había desembalado.

—Sí, creo que sí. Es de un modelo diferente al que conocía, pero creo que podré hacer que funcione.

Hilal comenzaba a encajar las piezas. A falta de conocer la situación de Mahdi, parecía que ninguno era soldado profesional. Los cuatro habían sido reclutados meses atrás, y cada uno había tenido un entrenamiento diferente, complementario del de los demás. Faltaba sólo por comprobar otra característica común, y preguntó de nuevo a Sakir, que había conseguido ya destapar una de las cajas alargadas:

—Sakir, ¿tienes tu chapa de identificación?

—No —dijo lacónicamente.

—Pero, ¿la tuviste?

—Sí, hasta ayer. Tuve que entregarla antes de partir.

—¿Viste tu cartilla militar? ¿Te la entregaron en algún momento?

—No, no la vi, ni la tengo encima —respondió el otro.

—¿Y recuerdas tu número de identificación?

—Por supuesto —dijo Sakir, dando por terminado el interrogatorio mientras se agachaba para continuar su tarea.

El suboficial sopesó otra de las cajas. Supuso que contenía municiones, pero no sabía para cuál de las armas. Pugnó por abrir la tapa sin utilizar la pistola como martillo, y decidió dejar esa tarea a Sakir. En un momento determinado, éste gritó:

—¡Por el Profeta! ¡Por el camello del Profeta!

Safi e Hilal se dirigieron hacia la caja, en la que se veía un lanzagranadas. Al ver su mirada de incomprensión, Sakir trató de explicar:

—¡Es un B-300!

—¿Y qué? —preguntó Hilal sin comprender.

—¡Es un lanzagranadas B-300! ¡Un lanzagranadas israelí! —y continuó—. Allah pone a nuestra disposición las armas de nuestro enemigo, para que muera bajo su propia espada.

—¿De dónde habrá salido? —era Safi ahora el que preguntaba.

—¡Ni lo sé ni me importa! —gritaba eufórico Sakir mientras sacaba de la caja el enorme tubo y se lo cargaba al hombro con pericia—. Sólo sé que son las armas de nuestros enemigos.

—¿Tú sabes quién es nuestro enemigo en esta guerra? —preguntó Hilal a Sakir, mientras éste le miraba con un gesto de incomprensión.

—¿Nuestro enemigo? Nuestro enemigo es el sionismo, es todo aquel que quiere destruirnos; nuestro enemigo es el infiel… —su voz se inflamó con el inicio de un discurso, pero cambió de tono y dirigió una mirada fría hacia el suboficial—. Ésos serán siempre nuestros enemigos.

Sakir comprobó el arma, ajustó el visor, quitó las tapas de plástico que recubrían las bocas del tubo, lo sopesó con una mano, avanzó el pie hasta buscar una posición estable de disparo y sonrió satisfecho considerando que tenía en sus manos una máquina formidable. Luego, se dirigió a Hilal y le preguntó si había encontrado las granadas, e Hilal dijo que no, que sospechaba que muchas de aquellas cajas debían ser de municiones pero que él no había podido abrirlas porque no había herramientas. Sakir buscó en el interior de la caja del lanzagranadas y sacó un estuche de plástico en el que había varios destornilladores y llaves de diferentes tamaños, que tendió a Hilal.

Durante las dos horas siguientes, antes de que Ahmad sustituyera a Mahdi en el turno de guardia, Sakir e Hilal abrieron el resto de las cajas. Encontraron miles de balas del calibre 7.62 para los fusiles y la ametralladora, cintas y cargadores de repuesto para estas armas y un total de veinte granadas para los dos lanzadores B-300, que Sakir sopesó una por una como si se tratase de niños recién nacidos. A Hilal le sorprendió hallar también una caja de munición para su pistola Tokarev, una señal más de que todo aquello había estado perfectamente planeado, aunque no había ninguna otra arma corta. Encontró también dos cajas de granadas de mano que podían también ser disparadas por los AK y diez cartuchos de dinamita cuyo propósito concreto ignoraban.

Al atardecer, Hilal había realizado un inventario de las armas que tenían a su disposición, suficientes para resistir un asedio prolongado de la infantería y para soportar una primera embestida incluso de carros de combate. Sin embargo, todos pensaron que, aislados como estaban, su resistencia no tardaría en debilitarse ante un ataque de armas pesadas, aunque nadie comunicó su pensamiento a los otros tres.

Hubo más tareas en aquel día agotador. Retiraron los plásticos que obturaban las rejillas de ventilación. Montaron la cocina, que no utilizaron porque Hilal consideró que no deberían hacer fuego en el polvorín antes de asegurar su perfecto estado. Instalaron la radio conectándola a una antena que salía del refugio por la pared de la casamata, que en principio había pasado inadvertida. Se distribuyeron los turnos de guardia, cuatro horas durante la noche y dos durante el día. Hilal salió varias ocasiones para otear el horizonte y comprobar personalmente la situación. Oraron haciendo con arena las abluciones preceptivas. Utilizaron las letrinas y consideraron su estado y uso bastante aceptables. Y descansaron por turnos en los tres camastros adosados a la pared, sin notar su incomodidad porque ese día había sido agotador…

Antes de dormir, Hilal consideró de nuevo la situación de los hombres. Supo que Mahdi no había recibido apenas entrenamiento, ya que había sido reclutado sólo una semana antes en el pueblo donde trabajaba como pastor, según contó. Nadie llevaba su identificativo militar, pero Mahdi no había tenido siquiera tiempo de entregar su chapa, pues nunca la había recibido. Hilal se durmió con miedo; hasta que concilió el sueño trató de apartar la idea de que su anonimato en aquel lugar olvidado del desierto pudiera significar su olvido.

Aquella noche, Hilal soñó que a un lugar llamado Muerte llegaban cuatro hombres sin nombre y sin rostro.

6. Hilal Nayi

Los primeros días, Hilal estuvo ocupado en organizar los recursos humanos y materiales del fortín. Tenía que interpretar y llevar a cabo las órdenes que había leído en el camión, órdenes que resultaban deliberadamente inconcretas. La clave estaba en la defensa del puesto pero también en dar aviso por radio si el enemigo aparecía por los alrededores. Sin embargo, él no se sentía capaz de llevar a cabo su misión. No era estratega militar, ni le habían preparado para mandar a otros, pero tenía la sensación de que el armamento no era adecuado para defender el puesto. Ello sin contar con su convicción de que el fortín resultaba vulnerable. Aun sin tener suficiente conocimiento sobre armas, estaba seguro de que una granada de mano arrojada por la puerta convertiría aquel polvorín en una nube de humo y de fuego. Recordó párrafos en las órdenes en las que se insistía en que no les estaba permitido ser capturados como prisioneros. Al segundo día pudo deducir el propósito de los cartuchos de dinamita.

Aunque para encontrarse en ese límite, el enemigo tenía que llegar hasta aquella línea, y para eso estaban ellos cuatro, para evitarlo. Pero lo que a Hilal le resultaba realmente desconcertante era no saber quién era el adversario. Cuando fue reclutado, sus jefes no hablaban sino de la *Yihad,* de la Guerra Santa y, sin embargo, nadie mencionaba el nombre del enemigo. Él sabía que detrás de la fraseología militar y religiosa, el infiel, el traidor, el enemigo del pueblo árabe, el imperialismo, el sionismo o el Gran Satán podían ser un mismo personaje o muchos diferentes, pero no necesariamente identificados. A los cuarteles no llegaba sino la consigna del silencio. Desde que fuera llamado a filas no pudo oír más que las arengas de los oficiales, o escuchar en la radio y la televisión las consignas de su líder, o leer los boletines en los que se hablaba de la grandeza del pueblo árabe. Sin embargo, sabía lo suficiente de historia como para conocer que, en ocasiones, el enemigo de un pueblo árabe podía ser otro pueblo árabe. Siempre había pensado, durante aquellas largas semanas de acuartelamiento, que le gustaría conocer el rostro o por lo menos el nombre de su adversario.

Hasta llegar al cuartel, Hilal había sido profesor de literatura en un pequeño instituto de Ba'qubā, una ciudad del centro del país, pocos kilómetros al noreste de Bagdad. La orden de movilización, tan temida, no le había llegado por sorpresa. Los meses precedentes había contemplado impotente cómo colegas más jóvenes, o amigos, e incluso los estudiantes de los grados superiores del instituto, habían ido incorporándose a filas, unas veces voluntariamente y otras a la fuerza.

Tenía entonces treinta y seis años, y dos meses antes habían llamado a los cuarteles a los hombres de los treinta y cinco. Sabía que debería ir al frente, si la guerra no terminaba en poco tiempo, porque no ocupaba ningún puesto clave en la producción del país y además porque carecía de amistades influyentes. Jamás había pensado en ser voluntario en aquella guerra, aunque no por falta de patriotismo. Estaba decidido a dar su vida por su país y por su fe, pero nunca había entendido el sentido de los conflictos que encubrían intereses no confesados y que periódicamente variaban el nombre del enemigo.

De repente, Hilal cambió la pluma por el fusil de asalto. Los poemas épicos de desiertos y de camellos por la arena y por los ruidosos vehículos de transporte. Los poemas de amor por las proclamas de guerra. Los nombres de autores clásicos por los de desconocidos héroes recientes... Fue un cambio terrible y cruel porque además sustituyó las íntimas noches de amor con Atika Malaika por otras en abigarrados y soeces barracones. De repente, perdió las voces y las caricias de sus hijos, las noticias de sus amigos, los paseos por la ciudad o por el campo... Y lo peor es que el cambio se hacía en vano porque, pensaba, no conocía el nombre ni el rostro de su adversario.

Las dos primeras semanas del cuartel fueron terribles. Le cortaron el pelo al cero y le dieron un uniforme y unas botas de tallas aproximadas. Le indicaron que cualquier acto de rebeldía frente a las órdenes de un superior suponían la acusación de sedición y la pena de muerte. Le obligaron a estar formado, en posición de firmes, durante infinitas horas bajo el sol abrasador. Realizó una instrucción militar que a él le resultaba bárbara e inútil, de la que sólo sabía que tenía como único propósito animalizar a los soldados, desproveerlos de personalidad y convertirlos en máquinas de matar. Le sometieron, como a otros muchos, a los caprichos, veleidades y arrebatos de muchos suboficiales u oficiales que nada sabían de humanidad... Durante esas dos semanas, en algún momento pensó en el suicidio. O en la huida, que era otra forma de muerte.

Pero pasado ese tiempo, su mente se flexionó como un junco ante el viento, sin oponer resistencia. «Flexionarse para no romperse —se decía— pero nunca doblegarse.» Cuando conoció el sentido de la barbarie de la milicia pudo entender el por qué de la formación al sol hasta el desmayo, o el sentido de los ejercicios de combate. Pensó que, algún día, la dureza de su cuerpo o la disciplina de su mente podrían ser aprovechadas para luchar contra un enemigo verdadero. O quién sabía…

En las vacías horas de la instrucción, o mientras desfilaba, o esperaba el rancho, o durante las guardias nocturnas, su mente vagaba hacia su infancia. Recordaba los momentos felices o los instantes de dolor, los amigos perdidos o conservados. Le gustaba pensar en el pueblo en que nació, un pueblo entre montañas y ríos que permanecían blancos y helados en el invierno y que se llenaban de flores en primavera. Recordaba cuando era niño y evocaba su amuleto, colgado con un cordón trenzado de piel de gacela, el amuleto de arcilla cocida que su pueblo, de generación en generación y desde tiempos inmemoriales, había portado como protección ante los malos espíritus de la infancia. O su fiesta de iniciación a la juventud, cuando corrió con chicos de su edad desde su aldea hasta el pueblo vecino, atravesando el bosque durante la noche. O cuando en la aldea le quitaron el collar y le dieron a probar el vino que bebían los hombres. O la primera vez que recibió la sonrisa de una niña, de la misma edad que él, púdica pero provocativa, oculta tras un *shari.* Aquella vida anterior era suya, no podrían robársela, y por ello sus recuerdos eran una anestesia contra las quemaduras del sol, el espanto de la sed, el acoso del hambre o el dolor de la humillación. En esos recuerdos se refugiaba cuando creía que su cuerpo o su mente no podrían soportarlo más.

No podía hacer lo mismo con las evocaciones de sucesos recientes, que le recordaban la pérdida de su vida actual. No sabía recordar a Atika, ni a sus hijos, ni a sus amigos, ni a sus padres, sin sentir una profunda angustia. Y se acostumbró poco a poco no a recordarlos como los vivió, sino a evocarlos congelados, como fotografías, con su gesto más querido, más amable, más humano, pero sin vida. Como si tratara de consolarse con la idea de que la separación era sólo un paréntesis y pensara que después del cuartel, después de la guerra, volvería junto a ellos tal como eran y tal como estaban, devolviendo la vida a aquellas imágenes congeladas. Como si aquel tiempo perdido no hubiera existido.

Huyó del infierno amparándose en la literatura que conocía, desde los *mu'allaqāt* preislámicos hasta los poetas más recientes, recorriendo la historia de su pueblo por todos los extremos de la tierra, desde al-Andalus hispánico hasta los límites de la India, y desde Centroeuropa hasta Somalia. Como creyente, conocía las ciento catorce azoras del Corán y cada una de sus aleyas. Como experto en la producción literaria musulmana, sabía de memoria muchos fragmentos de los *Hadit.* Como enamorado de la poesía árabe, era experto en identificar y recitar poemas antiguos y modernos e interpretar muchas de sus canciones. En las noches de vigilia o en los días de desesperación buscaba en su memoria fragmentos de la literatura religiosa y profana que le consolaran del lento transcurrir del tiempo.

Pero notaba que con el tiempo su memoria perdía fluidez. Los largos poemas que antes recitaba sin vacilación a veces se diluían y dudaba sobre un verso, una rima o una pausa. En el cuartel había copiado algunos de los que recordaba más bellos, y los envió como carta a

Atika o los conservó para sí durante semanas en el bolsillo de su guerrera. Cuando dejó el cuartel hubo de abandonar sus posesiones, incluyendo fotografías y notas personales. Aquí, en el agujero, no le quedaba siquiera el recurso de dejar en un papel sus recuerdos, pues no había encontrado una sola hoja, ni útiles de escritura. Las órdenes implícitas, en caso de captura, eran volar el polvorín y hacer desaparecer todo rastro de su existencia. Consideraba brutal la orden del suicidio, pero más terrible aún le resultaba que les hubieran privado de sus chapas identificativas y de cualquier soporte en los que registrar su memoria. Esa despersonalización era una forma de muerte anticipada, porque era probable que sus nombres y sus tumbas fueran desconocidos para siempre.

Hilal se incluyó en las guardias, aunque las órdenes escritas le dispensaban de ello. Le aterraba estar confinado en el cubículo, sin otra ocupación que limpiar las armas o hablar con sus compañeros. Cuando salía al exterior, con el sol martilleando en su cabeza, en las horas terribles donde la sombra de la casamata se reducía a un delgado hilo, podía respirar libremente y estar a solas con su soledad. Allí evocaba su infancia y juventud. Aunque tenía que hacer esfuerzos por apartar los recuerdos más recientes, en los que estaban Atika y sus hijos.

Resultaba placentero recordar cuando salió del pueblo para ir al instituto superior. Atrás dejaba recuerdos, pero no sentía la pérdida porque su vida se abría a un mundo desconocido y deseado. Eran pocos los que tenían oportunidad de continuar sus estudios y él pudo hacerlo gracias a los magros ahorros familiares y, sobre todo, por los buenos informes de la escuela en la que estudiaba. El joven Hilal debía ganarse la vida al tiempo que aprendía, ya que era un estudiante externo. Y aunque estaba alojado en la casa de unos primos, la situación de la familia era tan precaria que debía trabajar no sólo para costearse sus gastos sino para sostener la maltrecha economía de quienes le hospedaban.

Durante su infancia en Agrah había oído hablar de la cercana Mosul, pero nunca la había visitado. Hizo el camino a lomos de una mula, en una caravana de comerciantes. Llegó de noche y la visión de la ciudad apagada y muerta le estremeció. Los mercaderes le dejaron a la entrada y le indicaron la dirección de la casa familiar, a las afueras, en la zona de los tintoreros y curtidores de pieles. A varios kilómetros del barrio percibió el penetrante olor de los curtidos. A medida que llegaba identificó el espeso hedor de la orina secándose al sol en las tinas. Al entrar en la casa sintió vómitos al notar un vapor que llenaba las habitaciones, producto de la fermentación de las pieles almacenadas en el sótano. Sintió terror al pensar que debía pasar allí dos años. Y, sin embargo, se acostumbró. Su memoria tenía tal poder de evocación que en medio de la pestilencia, cuando trabajaba por las noches agitando con una larga vara las pieles sumergidas en las tinajas, podía recordar la fragancia de las flores que había olido en alguna ocasión: el embriagador aroma de la hierbabuena, la dulzura del regaliz, el perfume del espliego, los efluvios del heno recién segado… Los olores evocados sustituían con fuerza las miasmas vaporosas que emergían del lodo coloreado en que flotaban las pieles.

En la escuela, era reconocido a distancia por el pestilente aroma que emanaba de su piel y de sus vestidos, aunque él se ocupaba, en el camino hacia las aulas, de frotar su ropa con hojas de lavanda y romero que tomaba de los alféizares de las ventanas y de los parterres de los jardines. Ese tiempo no fue feliz, pues para los demás no era más que un campesino o un tintorero que acudía a las clases como alumno externo, sin gozar de los privilegios de sus compañeros. Carecía, sobre todo, de tiempo para el juego con sus camaradas. Acabada su jornada en el instituto, Hilal acudía tres veces por semana a la biblioteca, donde recogía libros que leía después de acabar sus tareas en casa, ya anochecido, a la luz de una vela que él mismo debía comprar. Eran casi todos libros épicos en los que se narraban historias de beduinos del desierto y en los que se loaban los valores de la raza árabe: la hospitalidad, la generosidad, el heroísmo, la solidaridad, la nobleza, la grandeza y el orgullo.

Acabó los dos años en el instituto reconocido por sus maestros como un experto en los *mu'allaqāt* y en la interpretación de metáforas que resultaban oscuras para otros estudiantes. Consiguió una beca para estudiar en la Universidad de El Cairo, como alumno interno. Inició un largo viaje hacia el centro de la sabiduría con otros estudiantes, sin más pertenencias que una maleta de piel de carnero que contenía una muda de ropa y cientos de hojas de papel con sus anotaciones y algún intento de libro de poemas personal.

La llegada a El Cairo le conmovió. Bajó del tren con las ropas y la piel llenos de hollín y el cansancio originado por la estancia durante dos noches seguidas en el techo del vagón, tumbado con otros viajeros de clase económica. Le sobrecogió el hormigueo de turistas, paseantes, vendedores, ladrones, pordioseros, vagabundos, sacerdotes, tullidos, enfermos y asesinos, todo un universo contenido en la explanada donde los trenes vomitaban su carga humana. En la estación, a poco de llegar, boquiabierto al palpar el mundo que estallaba a su alrededor, notó un tirón y vio a alguien correr con su maleta. Hilal siguió al ladrón hasta que éste se perdió entre la multitud. No cejó en la persecución y continuó su búsqueda durante horas, hasta que encontró los restos de su equipaje dispersos en un vertedero. La maleta había desaparecido y la ropa estaba pisoteada, pero el papel estaba intacto, aunque revuelto entre la basura. Hilal tomó las hojas una a una y se las puso en el regazo. Regresó a la estación con la parte delantera de la chilaba recogida, conteniendo con los faldones, formando una bolsa, la montaña de papel que había escrito durante los años anteriores.

El incidente, sin embargo, no constituyó ningún presagio funesto. Llegó a una ciudad occidentalizada, donde convivían todo tipo de credos y de culturas, un mundo distinto del modesto pueblo en que había nacido y de la provinciana ciudad en que había residido. Vivía en el complejo estudiantil que formaban la mezquita de al-Azhar, la universidad y la residencia de estudiantes. Su asistencia a clases y a conferencias era rigurosa, como también lo eran el tiempo destinado al estudio en la rica biblioteca o los momentos dedicados a la oración. Sin embargo, las tardes de los sábados, que quedaban libres, Hilal y algunos compañeros salían del complejo y visitaban los barrios cercanos de Abbāsiyya, de Subrā y de Bulāq, o cruzaban los puentes sobre el Nilo y visitaban las zonas de Yiza, de Dōkki y Nazla, junto al eterno complejo de pirámides. Durante los primeros años, como otros estudiantes, estuvo al servicio de los comerciantes de la zona y se ocupó de acompañar a los turistas por los laberintos de la ciudad, como guías libres, hasta hacerlos recalar en las tiendas en las que gastaban las mugrientas libras y por las que recibía una mísera comisión.

Más adelante, cuando adquirió un cierto dominio del inglés y del francés, obtuvo acreditación como guía oficial. Esperaba a los turistas en el aeropuerto de al-Maza, acompañaba a los clientes a los caros hoteles de Heliópolis y les guiaba a pie o en taxi por la ciudad, para hacer compras y visitar museos. Además de los precios oficiales, Hilal recibía propinas de viejos y ricos turistas y un porcentaje de las tiendas y mercados en las que los viajeros gastaban su dinero. Hilal era hábil como guía y, en ocasiones, algún fin de semana, violaba la regla de la residencia y pernoctaba en la ciudad acompañando a sus clientes, a quienes llevaba a caros restaurantes o a veladas musicales expresamente concebidas para turistas, que casi en nada tenían que ver con la música árabe, o a escondidas tabernas donde los extranjeros fumaban narguiles. A veces, sobre todo en estos locales, Hilal recitaba poemas en árabe que los turistas no entendían pero que elogiaban por su musicalidad, y que reunían en torno a él una nube de curiosos que admiraban al rapsoda por su elegancia y sus vastos conocimientos sobre la poesía y el cancionero.

Al tiempo que mostraba la ciudad a los turistas, Hilal les preguntaba sobre sus ciudades de origen y se sentía cada vez más cautivado por el mundo occidental, sin renunciar a sus raíces árabes. Obtuvo tanta información sobre Londres, París, Bonn, Nueva York o Roma que en ocasiones presumía delante de ellos de haber visitado esas ciudades, y relataba sus fingidos paseos por el Campo de Marte, por los alrededores del Coliseo o por las orillas del Támesis sin que sus clientes detectaran la superchería. Los turistas agradecían los halagos de Hilal sobre su ciudad y redoblaban sus propinas, creyendo que el dinero les hermanaba, a miles de kilómetros de sus tierras, con alguien que apreciaba su forma de vida y su existencia miserable.

Durante su cuarto año en El Cairo conoció a Atika, la hija de un rico comerciante de Imbaba, que residía junto a la isla de Yazira. Ella era dos años más joven que él y había estudiado un bachillerato para señoritas ricas en un pueblo de Austria. Dominaba árabe, inglés, francés y alemán a la perfección y su padre esperaba que, en ausencia de hijos varones, se hiciera cargo del negocio familiar. Atika sin embargo tenía planes diferentes que, cuando conoció a Hilal, se hicieron más concretos. Los dos se enamoraron y él acudió a la casa familiar para solicitar el consentimiento paterno. Los padres se negaron en principio a admitir que su hija se casara con un pobre estudiante de lenguas árabes pero después de varias semanas, al notar la determinación de su hija, accedieron a conocer mejor a Hilal, quien cautivó a la familia con su conversación elegante y sus maneras híbridas entre el mundo árabe y occidental. Quizá convencidos de que admitir el casamiento era la única forma de conservar a su hija, y pensando que Hilal podía ser en su día un hábil comerciante, los padres accedieron por fin a la boda, que se fijó para el año siguiente al que él terminara sus estudios.

Hilal no descuidó su licenciatura. Obtuvo brillantes calificaciones en su carrera y aún le quedó tiempo para escudriñar las bibliotecas de las mezquitas y ampliar sus estudios sobre literatura antigua, tanto religiosa como profana. En su quinto año dictó clases en inglés y árabe a estudiantes extranjeros que acudían atraídos por el prestigio de la Universidad y por vasta cultura acumulada durante siglos en la milenaria ciudad. Le fascinaba el saber, y su contacto con profesores y estudiantes ingleses, franceses o alemanes, le proporcionó una visión del mundo alejada de la rigidez de cualquier fanatismo ideológico o religioso. Mantuvo su fe en los principios islámicos y era un asiduo practicante de los ritos, pero lejos de la concepción dogmática que había vivido durante su infancia y juventud. Mientras, soñaba con la posibilidad de viajar un día, no lejano, a las ciudades que imaginaba repletas de vida, historia y sabiduría: Londres, París, Roma, Berlín…

Los acontecimientos tejieron, sin embargo, su tela de araña, e Hilal se vio atrapado en la urdimbre de guerras, disputas y conflictos lejanos e impersonales. Como había ocurrido en ocasiones anteriores, medio mundo musulmán se declaró enemigo del otro medio y, además, feroz adversario del cristiano, mientras los buitres de un lado y de otro se disputaban los despojos de las víctimas. Iraq y otros países reclamaron a sus ciudadanos en Egipto y mientras este país quedaba aislado del exterior se iniciaron largos éxodos personales. Hilal ya había terminado sus estudios y, en contra de la opinión y de los intereses de los padres de Atika, se celebró una rápida boda, quizá esperando ambos que el casamiento les permitiera continuar juntos en El Cairo. No fue así. Hilal fue reclamado por su país y él y Atika decidieron volver a Iraq.

El viaje de regreso fue doloroso. Atravesaron numerosos controles militares que sospechaban de las vestimentas y del aspecto poco ortodoxo de la pareja. Permanecieron retenidos durante larguísimas horas en dependencias policiales de muchas estaciones donde, al final, les dejaban marchar después de examinar sus pasaportes y su certificado de casamiento y de contrastar sus fotografías con las de miles de ciudadanos perseguidos. Las fronteras se iban cerrando detrás de ellos.

En ocasiones tuvieron que sobornar a los funcionarios que les retenían para tomar un último tren que les conducía a otra miserable estación.

Consiguieron llegar a Agrah, al domicilio familiar de los Nayi, donde vivieron durante dos meses. Poco a poco fueron tomando conciencia de una situación que desconocían. Su país y el vecino estaban a punto de entrar en guerra, y el pueblo ya se había vaciado de jóvenes que, por grado o a la fuerza, eran obligados a empuñar el fusil. Las amenazas y las proclamas bélicas fueron ganando en intensidad y al final estallaron los combates. De la victoria de su pueblo no se podía dudar, a la vista de los triunfales partes de combate. Sin embargo, poco a poco los cementerios de las ciudades iban ganando en extensión al recibir los cadáveres de los héroes.

Hilal fue movilizado, pero no enviado al frente. Se tuvo en consideración que estaba casado y que sus padres eran ancianos pero, sobre todo, a Hilal le protegió su formación universitaria y el dominio de dos idiomas extranjeros. Fue destinado a un cuartel situado en Ba'qubā, en la capital de la provincia de Diyālā, donde se ocupaba de recortar noticias de periódicos extranjeros y de traducir artículos que se suponían de interés, de acuerdo con paranoicos criterios de interés militar. Le hicieron saber del secreto de su tarea y pronto conoció las amenazas de la milicia, que condenaban a muerte cualquier acción que supusiese una traición a los intereses nacionales, desde hablar con extranjeros hasta tener una radio propia. Atika fue con él y se establecieron en la ciudad, en un triste bloque prefabricado destinado a viviendas militares. De vez en cuando, pese a las prohibiciones de llorar a los muertos, se oían los desgarradores gritos de madres o de esposas que gemían por la muerte del hijo o del marido queridos. Poco después esa vivienda quedaba libre y de nuevo era ocupada por la familia de otro militar vivo y en activo. No se volvía a saber de la familia del muerto, que regresaba a su pueblo de origen, reconocida, eso sí, como semilla de la resurrección y la construcción de la patria.

Cuando parecía que el mundo siempre había estado en guerra y hombres y mujeres acabaron por habituarse a la pérdida y al miedo, de repente llegó la paz. Hilal, como otros muchos, no llegaba a comprender cómo era posible que el antiguo enemigo se hubiera transformado en amigo, pero lo consideró como una rutina histórica más, otra de las muchas que abonaban la vida de su país.

Tras licenciarse, accedió al puesto de profesor en un instituto de secundaria de Ba'qubā, donde impartía clases de literatura islámica a grupos de jóvenes estudiantes, muchos de los cuales habían regresado del frente, mutilados algunos. Para entonces, Atika ya estaba embarazada de su primer hijo. Hilal y su mujer pudieron comprar una pequeña casa con jardín en las cercanías del instituto, gracias al dinero enviado por los padres de ella, y fueron aquéllos tiempos amables, en los que la guerra fue convirtiéndose en una pesadilla cada vez más lejana. Atika e Hilal hicieron amigos, con quienes pasaban largas veladas degustando el valor de cada gota de vida. Él impartía clases y preparaba ensayos sobre antiguos manuscritos que había copiado pacientemente durante su estancia en El Cairo. Ella encontró trabajo como traductora al servicio de una empresa de productos químicos. Luego vino el segundo hijo. Y, cómo no, pasados unos años volvieron a soplar los aires de guerra.

Cuando movilizaron a los hombres de treinta y seis años, el instituto estaba casi vacío. Tan sólo acudían a las clases doce alumnos, nueve de ellas chicas, y los tres chicos padecían dolencias que les hacían inútiles para el combate. Él sabía que aquella guerra era diferente a las otras porque de los partes se podía deducir que el enemigo venía igual por el norte que por el sur, por el este que por el oeste. Resignado, como otros miles, una penosa madrugada subió a un camión militar que le llevó al cuartel. Mantenía en su memoria, como si fuera una fotografía antigua, los llorosos rostros de Atika y de sus dos hijos, a la puerta de su casa, mientras él se perdía en la noche.

Por eso, cuando estaba arriba, en medio del desierto, subido al techo de la casamata, oteaba el horizonte con ansia esperando descubrir alguna huella que le permitiera conocer el rostro o, por lo menos, el nombre de su enemigo.

7. La rutina

Al tercer día, en la guarnición se había impuesto una peligrosa rutina. Los hombres no tenían qué hacer y pasaban el tiempo dormitando o mirando con aburrida atención alguna de las cajas, ya lo bastante ordenadas como para no constituir un estorbo. Hilal había establecido turnos de vigilancia de dos horas durante el día y de cuatro durante la noche, aunque se trataba de una prueba porque dudaba que se pudieran resistir dos horas bajo el sol agotador del mediodía.

En el fortín se habían adoptado precauciones especiales y cada uno colaboró como supo en el mantenimiento de cierto orden. Badr Sakir había sugerido bajar a las letrinas la dinamita y las granadas. Opinaba que los cartuchos exudarían nitroglicerina en el ambiente cálido y que el fulminante de las bombas era inestable a una temperatura alta. Cartuchos y granadas se apilaron en el estrecho borde del piso, al lado de la caja descubierta el primer día, que contenía cal viva para desinfectar el agujero. Nadie disputó al herrero su oferta de vigilar el pequeño arsenal. Ahmad Safi se hizo cargo de la radio y de la custodia de las baterías de reserva, que recargaba de vez en cuando con una manivela que movía un alternador. Umar Mahdi se ocupó de la instalación de la cocina y de la supervisión de las provisiones y los depósitos de petróleo.

Hilal no tenía ninguna tarea asignada, aunque le pesaba el cargo de comandante de aquel puesto. Aquella división de tareas era satisfactoria, aunque en su opinión quedaban muchas cosas por hacer. Por ejemplo, realizar un inventario completo y detallado de provisiones y de armas, y hacer cálculos acerca de la distribución de raciones de alimentos y de agua. También, pensaba, era preciso llevar algún tipo de calendario, ya que se corría el riesgo de que un día se hiciera tan igual al siguiente que al cabo de una semana se perdiera la noción del tiempo. Asimismo, consideraba conveniente que cada uno de los hombres tuviera una ocupación que consumiera sus energías para evitar que se produjeran estallidos a causa de la tensión acumulada. Y era imprescindible que se mantuviera en perfecto orden el armamento.

Por lo que sabía, él y Sakir eran los únicos que tenían un entrenamiento militar satisfactorio. Safi apenas había disparado un fusil en el cuartel, y Mahdi no había tenido contacto con las armas. Además, pensaba Hilal, en el puesto se podían producir accidentes o enfermedades que invalidaran a alguien y era preciso que todos tuvieran un conocimiento suficiente para mantener, cargar y disparar todo tipo de armas. El comandante se impuso a sí mismo la tarea de adiestrar a los hombres en el uso de armas ligeras y encargó a Sakir la responsabilidad de enseñar a los demás, y a él mismo, el funcionamiento de la ametralladora pesada y los lanzagranadas. Safi haría lo propio con la radio. Era

Umar, al parecer, quien no podía aportar ninguna experiencia militar al grupo.

El único reloj del puesto era el de Hilal. Al cabo de dos días de soportar que los hombres le preguntaran la hora, optó por colgarlo de un barrote de su litera, de modo que los hombres controlasen por sí mismos los turnos de guardia. Dejó también sobre una caja su linterna, por si era preciso utilizarla durante la noche. Lo único que no puso a disposición de los otros era su *tokarev,* que llevaba siempre al cinto, como símbolo de autoridad. Incluso se acostaba con la pistola, cuyo correaje simplemente aflojaba antes de dormir.

Las conversaciones fueron lánguidas los primeros días. Sólo entre Mahdi y Safi parecía haber cierta cordialidad, que se manifestaba cuando los dos estaban solos. Cuchicheaban en voz baja, cuidando que nadie se enterase de su conversación. Persistía la huella del enfrentamiento entre Hilal y Sakir, y entre ellos no cruzaban más palabras que las imprescindibles. Aunque Sakir se manifestaba respetuoso con su comandante, todos percibían que en los ojos del hombretón había un desafío continuo. Hilal supo que tarde o temprano terminarían por enfrentarse. Confiaba en que la confrontación fuera simplemente dialéctica.

Se despertaban cuando el sol inundaba con una tenue claridad el interior del agujero. Hilal había dispuesto las guardias de modo que un día de cada dos uno de los hombres pasara en la litera una noche completa, sin necesidad de realizar ninguna guardia nocturna. Las abluciones se hacían con arena limpia, y cada uno de los hombres subía a la superficie y se frotaba los brazos y la cara con el polvo todavía no abrasador. Luego, se bajaba y se hacía la primera oración, en dirección al mihrab, bajo el que se había extendido uno de los *kufiyas,* a modo de alfombra. A continuación se tomaba el desayuno, compuesto por leche en polvo, disuelta en un cuenco de agua que se colocaba o no al fuego, acompañado por galletas prensadas y frutas desecadas. Después, quien tenía que subir tomaba su arma y su pañuelo y relevaba al que había realizado la última guardia nocturna.

La mañana era larga y los hombres, a falta de instrucciones más precisas, se entretenían en reubicar las cajas, en ordenar sus literas, en revisar sus uniformes y en dormitar. Al cuarto día, el comandante impuso una hora de limpieza y otra de adiestramiento en el uso del *kalashnikof,* en sesiones dirigidas por él o por Sakir. Hilal había aprendido a desmontar el arma con los ojos vendados y a montarla sin mirar. Cuando estaba en el cuartel consideró absurdo ese aprendizaje, pero ahora lo valoraba indispensable, dado que el arma podía encasquillarse y que era probable que un ataque, de haberlo, se produjera en la oscuridad de la noche y no bajo el ardiente sol del día. Después de enseñar a Ahmad y a Mahdi las diferentes piezas del fusil, dejó que los hombres se entretuvieran desarmándolo y armándolo, en un ejercicio rutinario, una y otra vez, lo que les llevaba un cierto tiempo de la mañana. Cuando aprendieron, Hilal les ordenó hacerlo con los ojos vendados, reduciendo cada vez más el tiempo. El objetivo era el mismo que a él le habían impuesto: treinta segundos para desmontar y un minuto para montar. Ahmad, quizá acostumbrado a manipular piezas, consiguió el objetivo en una semana. Umar en este período logró desmontar el arma, pero tardaba un tiempo insufrible en ensamblar otra vez las piezas, incluso con los ojos abiertos. El comandante exigió al pastor que ensayase cuanto fuera preciso, de modo que cuando no tenía guardias Mahdi permanecía horas manipulando las piezas del fusil y aprendiendo el orden en que unas piezas encajaban con otras.

Hilal, que nunca había sentido atracción por las armas, escuchaba ahora con atención las breves explicaciones de Sakir sobre los componentes y las características del lanzagranadas. Badr era parco en palabras y era Hilal quien le preguntaba sobre el seguro del arma, sobre la posición de disparo, sobre la carga de las bombas, sobre los visores diurno y nocturno, sobre el peligro que representaban el retroceso del tubo durante el disparo y los gases que escapaban de su ánima... A todo respondía Sakir torpemente y con cierto desdén, sin entender que las preguntas no tenían otro fin que obligarle a confiar sus conocimientos a los demás y, al tiempo, hacerle notar la autoridad del suboficial.

Las horas más calurosas eran las que sucedían después de la comida, cuando el sol castigaba de plano la estructura de hierro y hormigón. En los primeros días probaron a mantener abierto el portón metálico, pero el efecto era peor ya que además del calor pasaba dentro un imperceptible polvillo que los hacía toser. No quedaba más remedio que soportar en la penumbra el insufrible ardor, quietos sobre la litera o sobre el ligeramente más fresco suelo de cemento, en los rincones más umbríos del refugio. Eran también las peores horas de la guardia arriba, cuando los labios se resecaban y la cabeza parecía estallar.

Luego, hacia las siete, con el sol más bajo, la vida en el agujero se hacía soportable. Los hombres comenzaban a moverse y continuaban las tareas necesarias para el mantenimiento del fortín: cargar las baterías de la radio, limpiar la cocina, reordenar las provisiones, colocar la munición... Hilal consideraba peligrosa la desocupación, pero no se le ocurría ninguna tarea para mantener la atención o el interés de sus hombres. En los primeros días había notado que el tiempo desde que atardecía hasta la noche era el más temible. Notaba en sí mismo y en los otros que una angustiosa melancolía les inundaba, sin duda al pensar en lo que habían dejado atrás. Durante ese tiempo los soldados evitaban hablarse y tropezar, y en alguna ocasión se había producido algún sordo altercado que había estado en el límite de convertirse en violencia.

Al caer la noche y llegar al refugio un relativo frescor, la tensión se disipaba y los soldados se hacían más humanos. Volvía el sentimiento de solidaridad y todos colaboraban en las tareas generales y en la preparación de la guardia nocturna. Hilal trazó un plan para asegurar la cohesión del grupo, basado en dos pilares: la religiosidad y la disciplina. Los períodos de oración eran estrictamente cumplidos al alba, al mediodía, a comienzos de la tarde, al crepúsculo y por la noche. Por otro lado, aunque los soldados estaban dispensados del saludo hacia su jefe, Hilal exigía siempre que el uniforme fuera el adecuado en las salidas al exterior, y que éste se mantuviera lo más limpio posible. Cambiarse de ropa y de calzado antes de salir, sacudirse el polvo, limpiar las botas al entrar y ponerse de nuevo ropa de faena, exigía de los hombres tareas que les entretenían durante un tiempo.

Sin quererlo, Nayi se convirtió en guía espiritual, aun siendo consciente de que su religiosidad era sólo un recurso para mantener ocupado y unido al grupo. Había percibido que Sakir era el más radical, que Ahmad era un sincero creyente y que Umar se mantenía en una práctica de conveniencia. Sin olvidar el incidente con Sakir en relación con las abluciones, Hilal obligaba a los hombres a realizar las preceptivas purificaciones en la arena, un recurso más para ocupar el tiempo, y luego dirigía los rezos. Su conocimiento profundo del Corán le permitía no sólo el recitado de las aleyas conocidas, sino también el de las menos frecuentes. Los primeros días, Hilal realizaba una declamación apenas audible, pero luego, ante el asombro de sus hombres, utilizó la fórmula salmodiada y en voz alta, empleando la normativa musical que había oído a los almuédanos en sus tiempos de estudiante, ajustada a la acústica tradicional. Cuando dirigía la oración en el agujero, en las horas en que no estaba de guardia exterior, la música de su canto llenaba la habitación y salía afuera, y el soldado de guardia se arrodillaba también en dirección a La Meca y realizaba las inclinaciones prescritas. La oración de los viernes tenía especial significado, con el añadido de la prédica, en la que Hilal no improvisaba sino que recitaba alguna azora completa.

Incluso Sakir, que mantenía sus prevenciones respecto de Hilal, quedaba asombrado por la perfección del recitado de su comandante. Él sólo había oído un canto semejante cuando estuvo trabajando en la madraza y en una ocasión no se resistió a preguntar:

—¿Dónde aprendiste a rezar así?

—He estado siempre atento a mis oraciones y he admirado toda mi vida el recitado del almuédano.

—Pero, ¿has dirigido la oración en otras ocasiones?

—No, en ninguna. La oración sale del alma del creyente y yo sólo le añado lo que he tenido oportunidad de aprender.

—¿Y eres un verdadero creyente? —preguntaba Sakir, aún con recelo.

—Sólo Dios conoce al auténtico creyente. ¿Lo eres tú? —e Hilal miraba a los ojos de Sakir, que apartó su mirada y dio por terminada la charla.

Mahdi y Safi percibían que entre Hilal y Sakir existía una rivalidad que no se atrevían a explicar. No intervenían en las conversaciones entre ellos, pero permanecían expectantes ante sus duelos verbales. Admiraban la serenidad de su comandante y respetaban la jerarquía del mando, que suponían ganada en alguna batalla. Pero también se sentían fascinados por la fiereza y el aplomo de Sakir, y consideraban que éste poseía igualmente un innato don para mantener la autoridad. Entre el carpintero y el pastor había una secreta complicidad, sabiéndose meros peones al lado de fuertes contrincantes. Cuando estaban juntos charlaban quedamente, sin dar oportunidad a Hilal o Sakir de entrar en su conversación. En las guardias en que uno sucedía al otro, Mahdi y Safi se demoraban arriba, para darse últimas noticias o para intercambiar impresiones. Hilal observaba con cautela esta relación, aunque pensaba que de momento no había peligro con ella, pues los hombres se mantenían al margen de la rivalidad entre el herrero y él.

Los cuatro hombres nunca se encontraban juntos. Las órdenes obligaban a que al menos uno de ellos estuviese de guardia, mientras otro más debía quedarse en el interior, pendiente de la radio. Durante el día siempre había tres hombres abajo, pero a partir de la primera semana no era extraño que fueran tres los que subieran arriba algunas horas, a disfrutar del relativo frescor de la noche. Hilal notaba que mientras en el agujero las conversaciones eran escasas y casi siempre tensas, en la arena, apoyados en la pared de la casamata o contemplando las estrellas, las lenguas y los recuerdos se soltaban y se desataban conversaciones en las que los soldados desnudaban su alma.

El día octavo, Hilal iniciaba el primer turno de guardia nocturna, Sakir estaba abajo, al tanto de la radio, y Ahmad y Umar habían salido al exterior a contemplar una noche cuajada de luces. Fue el carpintero quien inició un monólogo, mientras admiraba la bóveda estrellada:

—En noches como ésta, cuando era joven, mi pueblo celebraba la fiesta de la recolección. Cantábamos y bailábamos desde el amanecer de un día hasta el amanecer del siguiente. Las calles se llenaban de niños, jóvenes y viejos que olvidaban sus preocupaciones. Ese día, uno podía bailar con su enemigo y se aplazaban las deudas y las ofensas. Los jóvenes tenían oportunidad de hablar con libertad y era normal que en la semana siguiente se arreglaran casamientos y se ajustaran negocios. Resulta curioso pensar que las estrellas sean las mismas que entonces, mientras nosotros hemos cambiado tanto.

Ahmad hizo una pausa y tragó saliva, conmovido, mientras los otros contemplaban emocionados el firmamento. Siguió:

—Fue en una noche como ésta cuando hablé por primera vez con Hanna, que poco más tarde sería mi mujer. Hasta entonces sólo había visto sus ojos de gacela, cubiertos por el *shari,* cuando traía los cántaros de agua. Fue aquella noche cuando su velo se descorrió y pude ver su hermoso rostro completo y me juré que aquella mujer sería mi esposa —Ahmad hizo una nueva pausa, emocionado, y continuó su monólogo—. Es curioso, pero pocas veces he pensado en aquella noche; ahora recuerdo que después de verla la perseguí por el pueblo, cantando y tocando varios pasos detrás del grupo de mujeres con las que ella paseaba. Nunca le pregunté qué sintió ella aquella primera vez.

La voz de Ahmad se quebró y los otros, quizá con los ojos también húmedos, no pudieron ver cómo dos gruesas lágrimas caían de los ojos del rudo carpintero. Desde lo alto de la casamata, Hilal contempló con emoción el cráneo rapado del hombre sentado en el suelo, con las manos apoyadas en la voluminosa barriga, que había quedado silencioso. Le preguntó:

—¿De dónde eres, Ahmad?

—El pueblo donde nací ya no existe —Ahmad tardó un rato en responder y sus palabras se arrastraban pesadamente—. Era un pueblo pequeño, de casas blancas, con lirios silvestres en los bordes de las tapias y con parras de sabrosas uvas en los patios. Durante la primavera el agua corría por los regatos hasta los campos donde crecían el trigo y la cebada. Los *suttares* vivían en los alrededores y nos protegían del mal.

—¿Qué son los *suttares?* —preguntó Umar

Hilal se sorprendió al oír el término, conocido por él, en boca del carpintero, y prestó especial atención a las palabras de Ahmad:

—Los *suttares* son los pequeños héroes que se oponen al mal, que están al servicio de los hombres bondadosos. Durante generaciones, nos protegieron de los turcos y de los mamelucos, pero un día nos abandonaron y la desgracia cayó sobre nuestra aldea.

—¿Tú crees en los *suttares?* —preguntó Hilal, que se había colocado en cuclillas sobre el techo de la casamata, cerca del carpintero.

—¡Pues claro! —afirmó rotundo mientras giraba el rostro hacia arriba, encontrándose con la mirada de Hilal—. Creo en los *suttares* y en los *awlias* como seres buenos, y en el *gul,* en el *ruj* y en la *yiniyya* como diablos malignos. La vida no es más que un combate entre los primeros y los segundos, y ahora estamos en el reinado de éstos. Si no, ¿cómo explicar lo que está ocurriendo a nuestro alrededor?

Hilal se quedó sorprendido por estas palabras y no respondió. Él había estudiado la tradición oral de su pueblo a través de los *haddutas,* los pequeños acontecimientos narrados, en los que aparecían nombrados personajes como aquéllos, pero pensó siempre que las historias se referían a tradiciones seculares. Jamás sospechó que algún día pudiera encontrar a alguien vivo que pudiera conectar con el origen de aquellos cuentos fantásticos. Nayi trató de saber algo más acerca del hombre que parecía trasladarle a tiempos inmemoriales y le preguntó:

—¿Tú sabes historias de tu pueblo?

—Sé decenas de ellas —respondió Ahmad con firmeza—. Las recuerdo de cuando era niño, pero no he vuelto a oírlas nunca.

—¿Quién te las contaba?

—La abuela, mi abuela Na'ima. Y a ella se las contó su madre. Son historias que yo he contado alguna vez a mis hijos.

—¿Cuántos hijos tienes? —esta vez fue Umar quien terció en la conversación.

—Tuve tres—dijo Ahmad con tristeza—. Sólo vive uno de ellos.

—¿Qué sucedió con los otros dos? —volvió a preguntar Umar.

El carpintero se levantó, respondió: «No quiero hablar de ello», y se alejó hasta el otro extremo de la casamata, quizá a rumiar su tristeza. Hilal y Umar se miraron, lamentando haber hurgado en el dolor de su compañero. El pastor fue hacia Ahmad y puso su mano en el hombro. El otro no se movió y Umar se despidió con la fórmula ritual y bajó hacia el agujero. Los otros dos permanecieron arriba un rato, sin dirigirse la palabra y sin mirarse siquiera.

Al cabo de unos minutos, Ahmad giró y se encaminó hacia la puerta después de saludar al comandante, quien devolvió el saludo. Cuando abría la puerta, el carpintero atendió la llamada de Hilal, que estaba de pie sobre el techo de la casamata, con el fusil apoyado en el suelo.

—¿Querrás contarme un día algunas de las historias de tu abuela?

—Quizá —respondió lacónico el carpintero, y abrió la puerta y bajó las escalinatas hacia el piso inferior.

Bajo la mirada de Hilal, las estrellas titilaron intensamente, porque sus ojos estaban húmedos. Pensó en su abuela, en su madre, en las abuelas y en las madres de todos los soldados que, como él y sus otros compañeros, luchaban sin saber bien por qué. Sintió, bajo la innumerable mirada de las estrellas, una soledad mayor que la que nunca había sentido. Dejó que su memoria vagase por los agradables recuerdos de su infancia y evocó en voz alta, como si lo recitase al aire, un poema del escritor jordano Isa al-Nauri:

En mi aldea, donde las colinas se sumergen en [la belleza
y las aguas de los ríos se desbordan como perlas,
la vida alimenta con sus dulces aguas
las flores y los pastos, los árboles y las parras

y arroja alrededor las alas de las sombras
sobre las raíces vivas de los narcisos
y las flores aromáticas.
En mi aldea, las montañas y las llanuras
se saturan de día con los rebaños,
y los cerros y las praderas se embriagan
de las melodías de los hermosos balidos
y de los cantos de las flautas de los pastores. [7]

Por delante le quedaban a Hilal cerca de tres horas de guardia. Pudo ver a través del cristal que el candil se había apagado y que los hombres debían ya de soñar con sus recuerdos. Era previsible que aquella noche no pasase nada. Nayi apoyó con suavidad el fusil sobre el tejado para no hacer ruido y bajó al suelo, donde recorrió lenta y obsesivamente el estrecho sendero que había entre la caseta y el terraplén.

Evocó sin pasión y sin dolor las fotografías de los rostros de Atika y de sus hijos Nazim y Raqqba y les deseó felices sueños en la distancia. Era lo más que podía hacer por ellos en aquellos momentos.

8. El viento del desierto

La soledad era lo que menos molestaba a Umar durante las guardias. No en vano había pasado solo la mayor parte de su vida y estaba habituado a soportarse a sí mismo. Pero le dolían el sol inclemente, el aire inmóvil y tórrido durante la mayor parte del día, la aridez del suelo y la monotonía del horizonte, donde no se veía más que arena. Además de esto le estorbaban el uniforme, las duras botas, la ausencia de agua y de ruidos, las armas y, sobre todo, aquel lugar perdido en el desierto, que no era una cárcel pero que era mucho peor que la cárcel, porque no había nada que le evitase el terrible aburrimiento.

Todavía eran las primeras horas de la mañana y Mahdi se encontraba sentado en el suelo, con el fusil apoyado en la pared de la casamata. Su AK carecía de cargador, algo que a él le importaba bien poco, pues apenas sabía cómo utilizar un arma tan endiablada. Sakir había contado el día anterior que en una ocasión vio cómo un peine de fusil, apoyado sobre las calientes piedras del desierto, había reventado por efecto del calor abrasador, produciendo graves heridas a algunos soldados que había a su alrededor, por lo que Hilal había decidido que durante el día se subiese con el arma pero sin balas. En caso de necesidad, bastaban sólo unos segundos para arrojar un cargador desde abajo. El comandante decidió que la vida de sus hombres no debería arriesgarse, por lo que a partir de ese momento la guardia con el arma tenía un carácter más testimonial que defensivo.

Umar, acostumbrado a ver crecer con paciencia la hierba bajo sus pies, no comprendía cómo podía haber un lugar como aquél, tan privado de vida. Incluso en los parajes más áridos que había visitado con su rebaño había encontrado siempre animales, flores, briznas de hierba o raíces bajo el suelo, si se escarbaba con cuidado. Aquí había hurgado en la arena con su bayoneta y sólo había encontrado arena bajo la arena.

Contemplaba casi hipnotizado la inclinada muralla que se elevaba hacia el cielo. Sentado, podía ver la monótona variedad de granos, blancos, amarillos u ocres, medianos, pequeños o pequeñísimos, temblando unos contra otros cuando el escaso viento agitaba las dunas. A falta de otras distracciones, escrutaba en los levísimos montones, encontrando a veces algún grano de color negro, o azul claro, que apenas destacaba sobre el fondo dorado. Seguía con atención el camino de alguna de aquellas partículas, a la altura de sus ojos, y veía cómo resbalaba sobre otros granos, que a su vez golpeaban los situados un poco más abajo y formaban una pequeña duna inmóvil que, rápidamente, volvía a desmoronarse a causa de una pequeña catástrofe que provenía de más arriba. Se formaban minúsculos amontonamientos que, poco a poco, terminaban por deshacerse en otros montones más pequeños, y así hasta el infinito. Trató de pensar en dónde había visto un fenómeno parecido y su memoria escarbó hasta recordar que en su casa, las gotas de agua que caían sobre los cristales bajaban también siguiendo un parecido ritmo: despacio primero, hasta que se juntaban con otras gotas y formaban un minúsculo torrente que resbalaba por el cristal a toda velocidad, mientras otras gotas esperaban arriba su precipitación inevitable. El recuerdo de su aldea, de la lluvia y del agua cayendo por los cristales resecó aún más su boca y aceleró un poco su corazón.

Umar tenía la sensación de que tarde o temprano todos los granos de arena de aquel infame desierto caerían en el agujero y acabarían por sepultarle, pues la arena podía bajar al hoyo pero no remontar la pendiente. Se imaginó dormido allí, sentado, mientras el polvo se amontonaba primero bajo sus piernas, después encima de ellas, y luego caía y caía hasta cubrir su cuerpo. Aburrido y molesto por la imagen, decidió levantarse, tomó el fusil por la bocacha, sacudió el polvo de sus pantalones y subió al techo de la caseta. Oteó y olfateó en todas las direcciones, como hacía cuando estaba con sus ovejas, tratando de buscar la humedad, pero no la encontró. Una inspiración más profunda llenó su nariz de un polvillo imperceptible que, poco a poco, entraría por su garganta, llegaría a su estómago, recorrería sus intestinos y volvería de nuevo al desierto, con sus heces, a la profundidad y la oscuridad del innombrable agujero que bajaba desde el segundo piso hasta quién sabía dónde.

Percibió que el polvillo llegaba a él con más intensidad y sintió un sofoco que no era debido al calor. Escupió sobre la palma de su mano y la extendió sobre su cabeza. Pasado un tiempo, observó la humedad y pudo detectar un minúsculo barrillo. Adivinó que soplaba una ligera brisa, desacostumbrada en la quietud de la mañana, pues sólo por las tardes la diferencia de temperatura movía un poco el aire del inmenso horno. Se ajustó el pañuelo cubriendo su boca y su nariz y saltó de nuevo al estrecho corredor de arena que rodeaba la caseta.

Caminó en círculo, observando con detalle las minúsculas dunas del cráter de arena, y percibió que del este venía una ligera brisa que movía con rapidez las partículas de polvo procedentes de ese lado. Notó cómo la arena se acumulaba formando un delgado cordón entre el suelo y la pared de la casamata, señal de que el proceso había comenzado antes de que él percibiera la agitación. Levantó su mano de nuevo, pero apenas pudo notar la señal del viento. Era como si el desierto se arrastrara como una serpiente, a ras de suelo.

A Umar le sorprendió una especial palpitación en un montículo, como si una pequeña porción de la arena bullese desde el interior. Se aproximó y observó con cuidado, comprobando el anormal movimiento de los granos. Tomó el fusil por la culata y extendió el brazo, hasta tocar con la bayoneta los alrededores del pequeño círculo en movimiento. La agitó con cuidado y dejó al descubierto un insecto de color verde metálico, que se afanaba en esconderse cada vez que él lo dejaba al aire. Se acercó un poco más y empujó al animal hacia abajo, haciéndolo rodar por las dunas hasta que se detuvo cerca de sus pies.

El bicho había quedado panza arriba y sus pequeñas patas pugnaban para que su cuerpo recobrase la posición de marcha. Umar lo ayudó empujando un montón de arena con su bota y el insecto, sabiéndose en peligro, trató de alejarse y de ocultarse bajo los granos. Cuando conseguía esconder la mitad de su cuerpo, el soldado escarbaba otra vez con la bayoneta, impidiéndole ocultarse. Tenaz, el animal volvía a andar con sus pequeñas patas bajo el sol abrasador y cavaba desesperado para huir, lo que impedía de nuevo el hombre con la punta del puñal. El juego prosiguió hasta que el insecto quedó inmóvil, quizá fingiendo su muerte, mostrando su negruzca panza al sol. Umar, apiadado, tomó con su mano la porción de suelo sobre el que descansaba y lo depositó cuidadosamente en un rincón sombreado por la casamata. Contempló la dureza de su caparazón verdoso, veteado por tenues líneas negras, y la delgadez de sus oscuras patas. Mahdi pensó que, aparte de los hombres, aquel irracional era el único ser vivo de las proximidades. Descartada la posibilidad de que el insecto sobreviviera durante pocas horas bajo el sol, pensó que tal vez el viento hubiera podido arrastrar hasta allí al desgraciado bicho. Deseoso de compartir con él los recursos de agua, adelantó la cabeza hasta colocar el rostro sobre él y le escupió encima. El salivazo empapó su dorso y formó un levísimo agujero en la base de arena en que estaba depositado. Umar notó cómo una de sus patas se movía y se alejó de él.

Fascinado por el encuentro, Umar paseó sin perder de vista al animal. Incluso cuando subió al techo, percibiendo sobre el rostro el aguijoneo de algunas partículas de arena, el soldado vigiló al bicho por si intentaba escapar. Tras comprobar que nada se movía en el horizonte, cada vez más espeso por el calor, bajó al suelo y espió los movimientos del insecto. Lo empujó con la punta del cuchillo y el animal corrió con sus delgadas patas hacia la arena caliente, buscando refugio. Umar se lo impidió colocando sus pies como barrera entre la sombra y la región soleada, jugando a un imaginario duelo de persecución.

Le sorprendió oír el cerrojo de la puerta, pues las horas habían transcurrido más rápidas de lo esperado. Colocó dentro del pantalón los faldones de la camisa, echó el fusil al hombro, agarró al insecto con cuidado, sujetándolo firme pero delicadamente con la mano y fue al encuentro de su relevo. Se trataba de Nayi, a quien correspondía el siguiente turno de guardia.

—*Allah ak akbar* —saludó el recién llegado.

—*Allah ak akbar* —respondió Umar.

—¿Alguna novedad?

—Ninguna, como siempre.

Intercambiaron un desganado saludo militar e Hilal notó la mano cerrada de Umar y le preguntó qué guardaba. Éste vaciló antes de responder y le explicó mientras abría la mano con precaución. El suboficial bromeó con el pastor: «Esperemos que no sea la vanguardia del enemigo», a lo que Mahdi, poco habituado a los rasgos de humor, no supo qué responder. Los dos quedaron azorados por el silencio y fue el oficial quien rompió la situación diciendo a Umar: «Descansa. Dentro de un poco llegará el calor». El pastor hizo otro amago de saludo y se dirigió hacia la puerta; antes de bajar, advirtió al comandante:

—Creo que se está levantando el viento.

Hilal hizo un gesto, dándose por enterado, y Umar bajó a descansar. El suboficial midió la posición del sol, a punto de completar su primer tercio sobre el cielo, y subió al techo. Como era obligado, comprobó los alrededores, describiendo un círculo con la mirada y colocando la palma de la mano como visera sobre los ojos. Igual que siempre, el nebuloso horizonte vibraba por el calor, pero nada se veía, nada sino arena. Hacia el este, notó que unas finísimas partículas llegaban a sus párpados, y cerró los ojos. Utilizando la mano como visera, esperó percibir alguna otra señal del viento, que no llegó. Si acaso, en contra de la experiencia, notó una mayor calidez en la piel. Hilal tenía asociado el viento con una sensación de frescor y allí, en el desierto, la vivencia anterior quedaba violada, ya que el viento significaba más calor. «Si es que es posible más calor», pensó.

Buscó la sombra, pues sabía que al final de esa guardia el sol sería implacable. Hilal había impuesto, en este sentido, una disciplina rigurosa pero razonable. Obligaba a sus hombres a permanecer a cubierto el mayor tiempo posible y a otear desde el techo a intervalos regulares. Una exposición excesiva al sol no sólo debilitaba sus cuerpos sino que exigía reponer una mayor cantidad de agua, y el agua era el elemento vital de aquel refugio, mucho más que los fusiles y que los lanzagranadas. Había asignado un cacillo a intervalos de dos horas para cada hombre, y el doble cuando se bajaba de la guardia diurna, desde las nueve de la mañana hasta las siete de la tarde. Confiaba en que ese estricto régimen fuera suficiente, antes de que llegaran las vituallas. Si el agua se acababa, sólo tendrían un margen de veinticuatro horas, treinta y seis a lo mucho, para esperar la muerte por deshidratación.

Tomó conciencia de la existencia de un sordo rumor y se sobresaltó. Se alzó sobre el techo y oteó el horizonte, tan solitario como de costumbre. Nada más ascender tuvo que proteger los ojos con una mano, al notar los granos que chocaban contra su rostro. Cuando entendió que el rumor estaba producido por el movimiento de la arena, una luz de comprensión se extendió por su cerebro e Hilal, riendo, bajó al piso. Su sonrisa se prolongó unos minutos, pues había conocido por fin el motivo de la desazón que había sufrido los días anteriores.

Había pensado siempre que el desierto era silencioso y resultó una sorpresa comprobar que no era así. Desde los primeros días, cada vez que salía sentía una sensación opresiva. Pensó que se trataba de un horror al espacio abierto, a la soledad y al calor. Había comprendido de repente que su malestar estaba causado por un imparable rumor, casi inaudible pero siempre presente, que ahora, con el viento, se había manifestado como la suma de infinitesimales ruidos producidos por infinitos granos de arena desplazándose unos sobre otros. La identificación del estorbo constituyó una verdadera liberación. Sus oídos podían percibir ahora el rumor amplificado y perdió la sensación de opresión que había sentido. Pensó que terminaría por acostumbrarse a todo: al blanco del cielo, al tostado de la arena, al calor, a la sed y a la soledad.

Ahora, sentado, con los ojos cerrados, se deleitaba en escuchar el rumor del desierto, como si al desvelar el rostro del miedo éste se hubiera esfumado. Una vez identificado, encontró lógico el ruido y casi pudo imaginar el inaudible golpeteo de los granos de arena, chocando unos con otros, a lo largo de la enorme extensión, hasta formar el rumor que era como una conversación lejana en un idioma que no entendía. Permaneció un rato con los ojos cerrados. Aun sin conocer el mar, pudo imaginar que el agua sonaría como ahora sonaba la arena, como un continuo mostrarse y desvanecerse, como un parloteo incesante con sus acentos, sus ritmos y sus pausas.

Una partícula gruesa le golpeó los párpados e Hilal abrió los ojos. Le sorprendió ver sus botas recubiertas de una pátina blanca y notó que sus labios estaban empolvados. Los lamió y notó que su saliva se embarraba, así que escupió al suelo. Al levantarse percibió una arena fina que caía de su uniforme. Comprobó también sus manos, su pañuelo y el fusil, recubiertos de un polvillo blancuzco. Y sintió, de pie, que lo que antes era una brisa cálida se había convertido en un aire abrasador con partículas de arena que chocaban contra su piel.

Ascendió el muro y oteó el horizonte, después de cubrir su cuello y su cabeza con el pañuelo, del que dejó libre sólo una rendija que permitía la visión. Por primera vez desde su llegada al puesto, diez días antes, el paisaje tenía un aspecto dinámico. Seguía dominando el resplandor claro de la arena, pero era ahora más blanquecino y lechoso, como difuminado. La línea entre el blanco del cielo y el amarillo del suelo había desaparecido y los bordes de las dunas parecían oscilar como si estuvieran vivas. Hasta donde alcanzaba su vista podía contemplar un espectáculo bello pero sobrecogedor: el polvo flotaba sobre las dunas formando olas que parecían moverse como el lomo de un inmenso animal. El sol refulgía con furia pero su disco era ahora visible en el centro de un halo sobre un cielo de un leve color gris. Entretanto, el murmullo estaba dejando paso a un lejano fragor. «Mal tiempo para cualquier ataque», pensó Hilal, y dio un salto hacia el suelo, protegiéndose en la sombra del inclemente sol y de la arena en movimiento.

Enfundado en el pañuelo, Nayi dejó transcurrir el tiempo, notando cómo el viento se hacía más intenso. No sabía nada sobre tormentas del desierto, apenas lo que había leído en antiguas historias sobre caravanas de camelleros sorprendidas por el viento, de las que se contaba que a veces habían perecido enterradas por la arena. Hasta entonces, a Hilal le habían parecido exageradas estas leyendas, pero pasó a considerar que el desierto pudiera tragarse a quien osase penetrar en sus misterios. La casamata resistiría, sin duda, pero Hilal sintió un inexplicable temor a lo desconocido.

Cuando oyó la puerta, la presión del viento ya oprimía las ropas contra el cuerpo, y el rumor se había convertido en un rugido sordo. El suboficial se acercó a la puerta y, tras el saludo ritual, al ver ascender a Sakir sin el pañuelo, Hilal le advirtió:

—Tenemos una tormenta de arena. Creo que estarás mejor en el lado oeste de la casamata, aunque sea soleado. Necesitarás tu pañuelo.

—No lo necesito —dijo Sakir, con los ojos entrecerrados para protegerlos de la arena.

—El viento va en aumento y creo necesario que te protejas de él.

—He dicho que no lo necesito —respondió Sakir, añadiendo con los hombros un gesto de desafío.

—¡Y yo te ordeno que vayas a por tu *kufiya!* —le conminó Hilal, haciéndole sentir su autoridad y sosteniendo su mirada. Mientras Sakir descendía hacia el interior del refugio, el suboficial gritó con voz fuerte para que todos lo oyesen—. ¡Me importa un bledo tu vida, pero es necesario que te mantengas vivo para que los otros tres podamos sobrevivir!

Hilal cerró con un golpe seco y, por un momento, el ruido del portazo enmascaró el sonido del viento. Esperó a que el soldado subiera y cuando lo hizo, con el pañuelo arrollado al brazo, el comandante se plantó a dos palmos de su rostro. Sakir comprendió, desplegó el pañuelo y se lo colocó. Los dos intercambiaron con sus miradas un desafío mutuo, sin testigos, que recordaba el enfrentamiento de los primeros días. Cuando Hilal consideró que Sakir estaba protegido, le pidió: «Dame tu fusil». El herrero dudó y apretó los dientes, considerando que el comandante intentaba humillarle al dejarle desarmado, pero Hilal le tendió al mismo tiempo su *kalashnikof* y le dijo:

—No debemos estropear cuatro fusiles; con uno que esté lleno de polvo es más que suficiente —y

Sakir, comprendiendo, intercambió su arma con la del suboficial.

Al bajar, Hilal percibió la expectación de los hombres, que habían oído la discusión pero que desconocían el origen del altercado. Ni ellos preguntaron ni él dio ninguna explicación, ocupado como estuvo durante los primeros minutos en aplacar los latidos de su corazón. Las manos le temblaban por la ira y el suboficial se tendió en una litera hasta relajar su tensión. Consideró reducir de dos horas a una la guardia de Sakir, pero desistió en parte para castigar al soldado y en parte por mantener la disciplina, pues era probable que tuvieran que soportar, fuera y dentro, pruebas más duras que esa.

Cuando alivió la tensión, Hilal se levantó, fue al depósito, tomó un cacillo, se enjuagó la boca y vertió el buche sobre sus manos, que lavó sobre el balde que recogía el agua sucia y que luego utilizaban para la letrina. Más adelante, bebió el segundo cacillo y se dirigió de nuevo al camastro. Se sobresaltó al ver cómo Ahmad jugaba con su bayoneta, afilándola con parsimonia sobre una de las baquetas del fusil. Permaneció la hora siguiente analizando la situación creada tanto por la tormenta como por el incidente con el herrero. Percibió que incluso dentro se oía el ulular del viento, porque la tempestad parecía haberse desatado con toda fiereza. El sonido del aire y de la arena se mezclaba con el inquietante chirrido de la bayoneta del carpintero, al frotar sobre el hierro. Hilal tuvo miedo y recordó que tenía todavía la pistola al cinto, que ni siquiera había desabrochado cuando se tumbó en la cama.

Cuando notó que Safi se preparaba para la guardia, Hilal se levantó y dio al carpintero las instrucciones para soportar un turno de vigilancia que sería duro:

—Arriba hay una fuerte tormenta. Necesitarás un pañuelo para cubrir tu rostro. Debes intentar resistir las dos horas, pero golpea la puerta tres veces si quieres que alguien suba a relevarte. ¿Has entendido?

—Sí, claro.

—No subirás tu fusil; pide a Sakir que te dé el mío.

—De acuerdo.

Al poco descendió Sakir con el pañuelo sobre los hombros. El comandante percibió un rodete de barro en uno de los extremos, señal de que el herrero lo había utilizado, pues el polvo se había mezclado con la humedad de su respiración. No cruzaron palabras, pues Sakir manifestó ofuscado que no había novedad e Hilal no tenía ganas de contemporizar con el soldado. El herrero se sacudió el polvo, se desvistió, se puso ropa de faena e hizo la oración del mediodía arrodillado hacia el mihrab. Los otros dos rezaron más tarde, pero diciendo cada uno su salmodia particular. El comandante no tenía ánimo para dirigir el rezo. Acabada su oración, el suboficial hizo como todos los días una marca sobre la pared con la punta de la bayoneta, cruzando otras cuatro, indicando que era el día décimo de su estancia en aquel infierno. Se preguntó si sería posible resistir más tiempo, pues los días transcurridos eran ya una eternidad y apenas constituían una pequeña fracción de los que faltaban hasta que llegara de nuevo el camión. «Si al menos pudiéramos utilizar la radio…», pensaba Hilal.

El viento tronaba y se oía el traqueteo de los granos contra la pared este de la casamata. El aire hacía vibrar la rejilla de ventilación y dentro se sentía la pesadez del ambiente cálido, la tensión del silencio y el ruido del aire sobre sus cabezas. La luz llegaba matizada y los tres hombres agradecieron la relativa oscuridad, que les evitaba tener que contemplar sus rostros. Umar encendió el hornillo para calentar la comida y preparó algún plato para el resto de los hombres. Cuando Hilal percibió que la rejilla de ventilación no funcionaba como era debido fue demasiado tarde, porque un espeso olor a humo requemado llenó la habitación. El hornillo se apagó y los tres tomaron en silencio una comida tibia, cuyo sabor estaba invadido por el olor a queroseno.

Cuando Umar subió, los tres hombres no habían cruzado una palabra. Al abrir la puerta, una vaharada de calor y de polvo bajó al interior. Ahmad estaba recubierto de una pátina blanca que llenaba los pliegues de sus ropas y formaba una costra sobre sus labios resecos y su frente. Antes de que nadie preguntara, el carpintero dio el parte:

—Es espantoso. Sólo se puede soportar apoyado en la pared que da al oeste. El viento te derriba cuando subes al techo y casi no se puede respirar. La arena está cayendo al agujero y pronto no se podrá abrir la puerta. Creo que la rejilla de ventilación que da al este está atascada por la arena.

—¿Se ve algo desde arriba?

—Nada; la arena oculta el horizonte; creo que no se puede ver a más de diez metros de la caseta.

—¿Alguien sabe sobre tormentas de arena? ¿Sabéis si durará mucho tiempo? —los otros dos hombres negaron con la cabeza, mientras Hilal pensaba en la situación, y al final dio las órdenes—. Safi, antes de cambiarte de ropa, subirás conmigo arriba para ver la situación. Toma la pala. Limpiaremos la rejilla de ventilación. Colócate de nuevo el pañuelo.

En ropa de faena y con zapatillas, Hilal subió acompañado por el carpintero. La situación era tan dramática como Safi la describía. El viento azotaba con fuerza y apenas se podían sostener de pie sobre la ladera del cráter más castigada por el viento. Comprobaron que la rejilla estaba cegada en dos tercios de su altura. Por señas, pues su voz apenas se oía bajo el rugido del viento, Hilal ordenó a Safi que apartara la arena que la cubría, mientras los pies de ambos se hundían en el polvo caliente amontonado en la ladera. Luego, pidió la pala y él mismo retiró parte de la arena que había junto a la puerta. El comandante hizo una seña y los dos bajaron, despidiéndose con la mano de Umar, que estaba totalmente oculto bajo su pañuelo. Hilal dejó la pala apoyada al lado de la puerta, pues era seguro que deberían utilizarla en poco tiempo.

Una nube de polvo entró en el interior de la cueva cuando se abrió la puerta y los hombres descendieron, totalmente cubiertos por una fina arena. A pesar de sus pañuelos, tenían sus cejas emblanquecidas. Hilal notó que la atmósfera abajo era tan agobiante como arriba, pues el hedor del petróleo quemado invadía la habitación. Se desprendió del pañuelo, que sacudió despacio en un rincón, e indicó a los soldados:

—Creo que la ventilación está obturada. Hay que desarmarla por uno de los lados y limpiar la arena que hay entre las dos rejillas —dirigiéndose a los dos hombres les preguntó—. Sakir: ¿crees que puedes desarmar la rejilla desde el interior? Y tú, Ahmad, ¿puedes fabricar algún tipo de parapeto que impida que la arena se amontone?

Ninguno respondió, pero cada uno de ellos puso manos a la obra. Sakir contempló la rejilla de ventilación y decidió arrastrar una de las cajas de los lanzagranadas, para encaramarse y observar mejor los anclajes. El carpintero, por su parte, se rascaba su cráneo rapado contemplando las montañas de cajas que se agolpaban en una esquina. Pronto, Sakir había amontonado las suficientes cajas como para trabajar sobre la rejilla en una posición cómoda, mientras Ahmad vaciaba otras y observaba sus tablas, separando unas de otras según un criterio que sólo él conocía. El carpintero solicitó un martillo y los tres buscaron por la sala algún objeto que pudiera hacer su función. El herrero sacó uno de los estuches de herramientas del lanzagranadas y ofreció su contenido a Ahmad, quien negó con la cabeza. Sakir tomó una de las llaves planas y buscó entre las cajas de provisiones una lata metálica de conservas. Utilizó un rollo de esparadrapo y ató la lata a la llave, construyendo un rudimentario martillo. Sonrió y le tendió el instrumento a Safi, diciéndole: «Un día de estos te fabricaré un martillo de verdad». Safi le devolvió la sonrisa y respondió: «Te tomo la palabra». Hilal se sonrió porque de nuevo, en una situación de dificultad, había aparecido el sentimiento de unidad en el grupo. Mientras oía los golpes del carpintero y los forcejeos del herrero, Hilal se quitó el cinturón con la pistola y se puso a colocar cajas, ordenando la habitación. Le pareció que el viento sonaba menos, arriba, y que el aire era más respirable que minutos antes.

Los esfuerzos de los hombres surtieron efecto, aunque Sakir había recibido sobre su rostro la arena que llenaba el espacio entre las rejillas y Safi sudaba con los esfuerzos de retirar los clavos de las tablas. El comandante les ayudaba, encaramándose a las cajas para retirar la arena o quitando con sus dedos protegidos por unos calzoncillos los clavos que el carpintero dejaba casi fuera. Hilal sugirió que se colocara la rejilla sólo cuando el parapeto estuviera fabricado e instalado, a lo que Sakir asintió mientras bañaba los tornillos que anclaban la rejilla en el aceite que se utilizaba para engrasar las armas. Por su parte, cuando Safi consideró que ya había desarmado el número de tablas suficiente, pidió a los dos hombres que desenredaran los cabos de una de las cuerdas.

Pasado un rato, el carpintero había construido una estructura plegable de tablas unidas con cuerdas, reforzada con otras cuatro tablillas transversales que armaban una estructura similar a un tejado. Luego, dijo a los otros hombres: «Creo que funcionará por ahora; más adelante pensaré en algo mejor». A continuación, pidió al herrero: «Sube conmigo para colocarlo». Ascendieron con el tejadillo, el martillo improvisado, una caja vacía y algunos clavos sueltos, protegidos por sus pañuelos. Al cabo de un rato, por encima del fragor del viento, Hilal oyó sus golpes instalando el precario parapeto.

Mientras trabajaban, el comandante se alegró al considerar que la tarea había distendido la situación, aunque observaba preocupado el refugio, apestado por el olor del queroseno, en el que se había colado tanto polvo que el suelo y muchas de las cajas y ropas estaban cubiertas de blanco. Utilizó los calzoncillos que había usado antes como bayeta y retiró la arena de los lugares imprescindibles: de los camastros, de la cocina, de los asientos improvisados y, sobre todo, del pañuelo que marcaba el lugar donde se hacían las oraciones.

9. Llega la calma

Cuando Hilal subió, el sol era totalmente invisible, oculto detrás de una capa de arena que debía cubrir el mundo. Sólo un lechoso resplandor demostraba que era de día. Mirando en la dirección que permitía el viento, pues los granos chocaban con fuerza y amenazaban los ojos, el espacio visible se extendía poco más de diez pasos desde la casamata, a cuyo alrededor sólo se percibía una nube de polvo. El aire abrasaba los pulmones a cada inspiración, más intensamente aún que cuando el sol calentaba de lleno el cráter. El vendaval arrojaba partículas que chocaban como alfileres, lacerando la piel. A Nayi no le parecía posible que ningún ejército tratase de atravesar aquel horno azotado por la tormenta y meditó la conveniencia de suspender las guardias mientras durase. Sin embargo, consideró que era preferible mantener la rutina. Además, la situación abajo no era mucho más confortable que arriba.

Quedaban dos horas de guardia e Hilal estaba de pie, recostado en una pared. Eludido el envite del viento y protegido por la ropa que se empapaba de sudor, con las manos metidas en los bolsillos del pantalón, no quedaba sino esperar a que transcurriese el tiempo. No había forma de evitar el bramido del viento que en ocasiones parecía cesar pero que, de pronto, rebrotaba con una inusitada intensidad, como si intentara arrancar de cuajo los cimientos del edificio de hormigón.

La guardia tenía trabajos adicionales: retirar la arena que se amontonaba frente a la puerta y vigilar el comportamiento del parapeto que había fabricado Safi. Hilal hizo ambas tareas, comprobando con satisfacción que el carpintero sabía de su trabajo, pues la arena no se amontonaba sobre la rejilla y la separación entre las tablas permitía la ventilación. La inspección le llevó poco tiempo. Desistió de su intención de subirse al techo, ya que las ráfagas amenazaban con derribarle.

El ruido le impedía concentrarse en sus pensamientos, atareados en mitigar su soledad con recuerdos de poemas que tiempo atrás había estudiado. Pero ni los poemas ni las historias venían a su mente, ocupada en sobrevivir a cada inspiración que destrozaba sus pulmones. Imaginó el interior de su cuerpo embotado por el polvo e hizo otro doblez con el pañuelo sobre su cara, para que filtrase mejor las partículas de arena que llegaban a su nariz. Costaba más trabajo respirar, pero el paso del aire por el cuádruple filtro del algodón contribuía a restar calor y hacía la respiración más soportable. Forzó a su memoria a un trabajo de búsqueda que le hiciera olvidar su sufrimiento y encontró consuelo en un poema que había aprendido tiempo atrás y que pugnaba por aflorar. Al final, tras un rato de evocación, pudo recordar un fragmento aproximadamente así:

Asediado,
en el cáncer del silencio.
Escribo mis poemas sobre el polvo,

con la pluma del cuervo.
Sabiendo
que no me queda luz sobre los párpados,
que nada, ya, poseen:
el sentido del polvo solamente.[8]

Las horas de la guardia transcurrieron, al igual que lo hicieron las otras dos... y las sucesivas. Al llegar la noche, la tormenta no concedió tregua, pues el huracán siguió tronando en la superficie y aunque bajó ligeramente la temperatura, la oscuridad añadió su rostro amenazante. En las noches normales, la quietud del aire y la claridad de las estrellas aliviaban el espíritu, pero en estas guardias bajo la tormenta la negritud y el ruido atenazaban el corazón. Los hábitos de las primeras noches de guardia —sentarse en el muro, contemplar el cielo, buscar estrellas fugaces, seguir el recorrido de la luna o, simplemente, deleitarse en los recuerdos— quedaban rotos, pues no había manera de concentrarse bajo el ruido, ni de moverse hacia ningún lado, ni de mirar a ninguna parte.

Para los hombres, que pasaron la noche en vela porque el ruido y la angustia no les permitió dormir, aquélla fue una experiencia sobrecogedora. Mahdi pensó para sí que el infierno debía ser eso: oscuridad y ruido. Safi tuvo la opresiva sensación de que el refugio se vendría abajo de un momento a otro y bajó en tres ocasiones a las letrinas. A Sakir le castañeteaban los dientes, recordando con pavor su estancia en las montañas bajo los desgarradores truenos, ahora sin los consoladores senos de Rebah. Hilal sentía que cada ráfaga intensa de viento le arrancaba literalmente un pedazo de sus recuerdos, pues era incapaz de pensar en otra cosa que no fuera el aullido de la arena sobre su cabeza.

Tampoco hubo tregua al amanecer, cuando una luz blanquecina comenzó a invadir la estancia. Antes de que subiera Umar, Hilal reunió a sus hombres y los cuatro oraron juntos. Antes, como era preceptivo, utilizaron arena del interior del refugio para frotar sus manos, sus brazos y sus rostros. Se arrodillaron en el reducido espacio del pañuelo extendido sobre el suelo, se prosternaron e Hilal entonó por encima del viento las primeras aleyas de la azora LXXXI, «El Oscurecimiento»:

En el nombre de Dios, el Clemente, el
[Misericordioso.
Cuando el Sol se oscurezca,
cuando los astros se empañen,
cuando los montes se pongan en marcha,
cuando las camellas de diez meses sean
[abandonadas,
cuando las fieras sean reunidas,
cuando los mares entren en ebullición,
cuando las almas se emparejen,
cuando se interrogue a la víctima
acerca del pecado que motivó que se la matara,
cuando las páginas sean abiertas,
cuando el cielo sea destapado,
cuando el Infierno sea atizado,
cuando el Paraíso sea acercado,
toda alma sabrá lo que presenta. [9]

Terminada la oración, tomaron un pequeño almuerzo e Hilal habló con sus hombres. Inició un discurso lento y pausado, midiendo sus palabras, levantando su voz sobre el rugido del viento:

—Llevamos dieciocho horas soportando el viento. No sé cuánto durará la tormenta. Por lo que hemos comprobado, el refugio ha resistido y resistirá. Nuestra situación es incómoda, pero no desesperada. Tenemos agua y provisiones para aguantar, aunque creo que nuestra preocupación fundamental será la alta temperatura. Nadie se atreverá a cruzar el desierto en estas condiciones, por lo que estoy dispuesto a suspender las guardias, hasta que el vendaval amaine. Quisiera conocer vuestra opinión y saber si tenéis alguna idea para mejorar la situación.

Hilal miró uno por uno a sus hombres, pero nadie habló. Ninguno debía de tener experiencias en situaciones de este tipo. Continuó su monólogo, esta vez dando órdenes:

—Suspenderemos las guardias. Cada dos horas, uno saldrá afuera para retirar la arena y comprobar el estado de las rejillas. Aquí abajo nos moveremos lo menos posible. El agua se reducirá a un cacillo cada tres horas. Utilizaremos los camastros por turnos y uno de nosotros estará siempre preparado para subir al exterior. ¿Alguna pregunta?

—¿Por qué racionar el agua? —preguntó Sakir.

—Será menos necesaria si no vamos a salir al exterior. Además, no es bueno que haya mucho sudor en el ambiente —su voz sonaba convincente, como si Hilal supiese realmente qué hacer. Se dirigió a Safi, quien había bajado en el último turno, y le preguntó—. ¿Comprobaste las rejillas y limpiaste la arena?

—Sí —dijo Safi—, creo que podrá acumularse arena durante dos horas sin que tengamos problemas en la salida.

—Bien —respondió Hilal—, lo comprobaremos dentro de una hora. No te cambies de ropa aún, Ahmad; subirás en el primer turno.

El comandante se despojó de la camisa y del pantalón, tomó su reloj de pulsera, se lo colocó en la muñeca y se tumbó en una litera. En la relativa claridad de la cámara, los otros ocuparon diferentes posiciones en el lugar más confortable que pudieron encontrar. Serían horas largas, pensó Hilal, y lo mejor era que nadie dijera una palabra hasta que pasase la tormenta, porque cualquier gesto inoportuno podría originar abajo una tempestad más peligrosa que la de arriba. Cayó en la cuenta de que la pistola había quedado abandonada en un rincón, pero no se levantó a por ella.

No habían conciliado el sueño durante la noche anterior y pesaban las noches transcurridas desde su llegada, así que agradecieron un descanso que podía durar tanto como la tormenta. No se oía más que el viento, y si alguno de ellos roncaba, musitaba una oración, hablaba o cantaba lo hacía para sí, porque nadie podía oírle. Durante el tiempo que transcurrió hasta el atardecer, tomaron agua, subieron arriba o utilizaron a las letrinas, pero nadie interfirió con los demás. Una vez, Umar bajó al agujero y comprobó lo mucho que costaba le orinar con el cuerpo reseco y lleno de arena. El pastor recordó las meadas densas y oscuras de los animales que trasladaba de un lugar a otro, y pensó que todos se convertirían en cabras, si no en algo peor, de seguir encerrados.

Los hombres parecieron no acusar la elevada temperatura de la sala, ni el olor a petróleo quemado, ni el polvo que lo invadía todo, ni el tufo del sudor. Su piel y su olfato se habían embotado de estímulos tan desagradables que no quedaba sino anestesiar los sentidos. Cada uno pensó que no había más remedio que esperar allí, semidesnudos, a que pasara la tormenta. Echaron de menos la cálida calma de las tardes precedentes, cuando sólo el calor era un estorbo. Nada podía aliviarles su sufrimiento, así que no había más que esperar.

Hilal creyó desperezarse de un largo sueño al sentir que la noche estaba a punto de llegar. Miró el reloj y comprobó que habían transcurrido cuatro horas desde que diera el último aviso. Sobresaltado, saltó de la cama y preguntó a los soldados:

—¿Habéis salido afuera hace mucho?

Los otros se rieron y afirmaron que sí, que todo estaba controlado. El comandante se ruborizó y pensó en su estupidez, al suponer que los otros dependían de él y de su reloj para realizar sus tareas. Al notar que el sol se ponía, Hilal recordó una de las aleyas del Corán, «¡Cumple la plegaria en los dos límites del día y en distintas partes de la noche! Las buenas obras alejan a las malas», y preguntó a sus hombres si querían que dirigiera el rezo. Los tres afirmaron, todos se purificaron y comenzaron a entonar la Fatiya, «La Abriente». Las voces de los cuatro, al unísono, se alzaron sobre el ruido.

Al terminar el rezo, quizá porque sintieron que su oración podía ser más poderosa que el viento, quizá porque sus oídos estaban acostumbrados al rugido exterior, a todos les pareció que la tormenta amainaba. Sus cuerpos estaban descansados y dispuestos para resistir las embestidas del viento. Umar sugirió hacer una comida antes de que la oscuridad les impidiese moverse dentro de la cueva, algo que los demás aceptaron entusiasmados. El pastor indicó con un gesto que esperaran, como si se sintiera cocinero de un festín. Se movía con una increíble facilidad entre cajas, latas y sacos de provisiones, y tenía localizados mejor que nadie los alimentos que convenían en cada ocasión.

Sakir despejó un cajón de los lanzagranadas para improvisar una mesa. Los demás acercaron cajas que harían de asientos y cada uno hizo lo posible por disponer la cacharrería como si se tratara de un almuerzo en el mejor escenario. Ahmad hizo ver que esa era su primera comida juntos, y dijo que ese encuentro le recordaba los banquetes de su aldea. Cuando se preparó todo, antes de sentarse a comer, Umar colocó sobre la mesa una lata aparentemente vacía cuyo interior vigilaba con atención. Todos se interesaron por el secreto y comprobaron con emoción que en el fondo de aquel recipiente había un quinto invitado: el insecto que horas antes Umar había rescatado de una muerte segura.

El pastor desplegó un paño que escondía, cuidadosamente amontonados, una docena de panecillos sin levadura, cocidos el día anterior. Vertió en un plato dos latas de maíz, que mezcló con brotes de soja germinada, remolacha desecada, pepinillos agrios, aceitunas negras y trozos de verduras, y lo roció todo con abundante aceite y con sal. Luego, repartió a cada hombre una lata de fiambre de cordero. Y abrió un bote de piña en almíbar, que serviría de postre. Lamentó no poder ofrecer vino, dijo guiñando un ojo a sus compañeros, dio una palmada que hizo saltar polvo de sus manos y consideró abierto el banquete.

Hablaban poco, porque sus voces debían imponerse sobre el viento, pero no eran necesarias las palabras. Todos sabían que esa noche podían morir, por el desafío del desierto o el ataque del enemigo, pero que esos instantes eran suyos y estaban dispuestos a disfrutar los minutos robados a una muerte posible. En medio de un polvo que lo invadía todo, devoraron con avidez la comida, y a todos les pareció que el rugido de la tormenta era más sordo y lejano. Al final, Umar recogió unas migajas y las echó en la lata que contenía al insecto, al que escupió encima para darle parte de su humedad.

Safi eructó, dio una palmada violenta en la espalda al pastor, le felicitó por el banquete y le gritó: «¡Sólo falta el té, posadero!». Umar se volvió con rapidez y se colocó detrás de Ahmad, a quien agarró sujetándole los brazos. Los otros hombres se quedaron sorprendidos porque consideraron aquello una confusión del pastor por creerse agredido, pero se relajaron cuando el pastor afirmó, riendo y todavía sujetando al carpintero:

—¡Si el *sayyid* quiere té, tendrá té!

Mahdi soltó a Ahmad y se dirigió a saltos hacia su almacén, revolviendo paquetes y cajas, hasta que se volvió con una bolsa gritando: «¡Aquí tienen el té!». Les resultó milagrosa la revelación del pastor, y se levantaron y fueron hacia él para comprobar si mentía. Era ya oscuro y apenas se divisaba el paquete, así que conminaron al pastor para que dijera si era realmente cierto que aquella bolsa contenía las hojas oscuras. Umar se soltó de sus perseguidores, subió al cajón que antes les había servido de mesa y gritó por encima del viento:

—¡Atención, *sayyidines,* hay té, pero tenemos un problema!

Los demás se quedaron quietos un momento, preguntándose cuál sería el problema si había té, y Umar alzó su voz de nuevo:

—¡No tenemos agua caliente para prepararlo!

Sakir sugirió utilizar el candil para calentarla, y así se hizo. Umar vertió en el agua hirviendo unas cucharadas de hojitas trituradas, y removió la mezcla hasta que consideró que la bebida estaba preparada. Después, sirvió el líquido en los vasos de aluminio y los cuatro degustaron un estimulante que sus cuerpos necesitaban desde hacía días.

La oscuridad era total, pero sus ojos y sus oídos se habían adaptado a la negrura y al fragor que procedía de la superficie. Los hombres, satisfechos por la comida y excitados por la droga, se tomaron del brazo y danzaron alrededor de su improvisada mesa una canción cuya letra y música fue desenredada por Safi y coreada por el resto de los hombres:

Tu mano en mi mano iremos al valle,
comeremos brevas,
comeremos hasta saciarnos
y con nosotros llevaremos provisiones.
Qué hermosa es la vida en el campo
para estar en libertad:
nuestra existencia nadie puede turbar
en tanto que estemos juntos.
El pan y los higos me son más dulces
con un bello paisaje y tranquilidad en el alma,
dones de Dios son todos ellos.
Y vivo satisfecho y sin ambiciones.
Feliz y contento de mi vida:
comer, beber y cantar.
A mi fortuna y mi alma renunciaría
pero de ti no me privaré. [10]

Luego de las canciones llegó la calma al interior del refugio, y después de las risas le sobrevino a cada uno la melancolía. Hilal se vistió, se colocó las botas, se cubrió con el pañuelo y subió a la superficie. La noche era tan negra como siempre, pero aunque subió la linterna para inspeccionar el refugio, la luz no llegaba más allá de un metro, lo suficiente para comprobar que el armazón del carpintero seguía resistiendo y para utilizar la pala casi a ciegas, retirando la arena de la puerta y arrojándola hacia donde había estado antes el camino que rodeaba a la casamata. Anduvo alrededor de la pared y comprobó con preocupación que se hundía hasta las rodillas en un polvo fino que podía sepultarlos vivos y que el cráter estaba a punto de desaparecer, pues un poco más lejos podía tantear la capa de arena que parecía extenderse más alto que su cintura, e incluso quizá hasta su pecho.

Bajó sin decir nada sobre la alarmante situación de fuera, pero ordenó subir cada dos horas para inspeccionar el armazón y la salida, y cada hora si la tormenta iba en aumento. Colocó el reloj, junto con la linterna, en una caja que podrían encontrar a tientas, y distribuyó los turnos de vigilancia, dejando claro que quería ser despertado en caso de que surgiera alguna emergencia.

Para entonces habían desaparecido los entusiasmos de las horas anteriores. Excepción hecha de Safi, a quien correspondía la primera de las guardias, los otros tres ocupaban ya los camastros. El comandante se despidió de todos mediante un saludo que era al tiempo una orden:

—¡Que Dios nos proteja! Durmamos pues es posible que mañana sea otro día duro.

No supo si los otros respondieron al saludo. Hilal tardó en conciliar el sueño, pues el té le había desvelado y su cerebro trabajaba en resolver los problemas que tenía planteados: Badr Sakir, su rival, la tormenta inacabable, el peso de la rutina, el enemigo sin rostro. Y él mismo, pues no sabía si sería capaz de resistir la tensión impuesta por su condición de suboficial. Maldijo el día de la partida hacia aquel destino, cuando por la mañana le colocaron los galones verdes. Más le valía, pensaba, ser soldado raso y no hacer otra cosa que obedecer, sin tener a su cargo otros hombres cuando no podía valerse apenas por sí mismo.

Pero el sueño le invadió e Hilal descansó como no lo había hecho desde mucho atrás. Cuando despertó era de día y por un momento pensó que seguía soñando. La luz entraba por la claraboya y la estancia estaba saturada por un halo luminoso que procedía de la puerta abierta. No se oía el más mínimo ruido. Al incorporarse, con los ojos abiertos por la sorpresa, vio que Safi probaba su bayoneta en una tabla que había quedado suelta al desarmar las cajas y que Sakir contemplaba con atención la lata en el que Umar había depositado su insecto. Preguntó: «¿Y la tormenta?» El carpintero respondió: «Se ha ido», mientras el herrero levantaba los hombros para indicar que no sabía nada del asunto.

Hilal se sentía ridículo por saber menos que sus hombres sobre la situación y fue a consultar el reloj. Sus ojos casi le salieron de las órbitas cuando comprobó que eran las nueve y media. Había dormido profundamente y sus hombres no le habían despertado para hacer las guardias. Se dirigió a Ahmad y le espetó con seriedad:

—Tenía que hacer el turno de guardia después del tuyo. ¿Por qué no me despertaste?

—¿Yo? —Dejó su tarea y levantó las manos fingiendo enojo— ¡Yo tenía que despertar a Sakir!

—Entonces Sakir, eras quien tenía que despertarme a mí.

—No, yo tenía que avisar a Mahdi.

—Pues era Mahdi quien tenía que levantarme.

—No lo sé. Pregúntaselo —respondió de nuevo Safi.

Medio desnudo, Hilal subió las escalerillas hasta la arena, buscando al pastor. Descalzo, con los pies enterrados hasta las rodillas en la caliente arena, el comandante preguntó:

—¿Eras tú quien tenía que despertarme para hacer el turno de guardia?

—No. Me indicaste que debía despertar al carpintero.

Hilal consideró una burla aquel juego estúpido en el que cada uno echaba responsabilidad sobre el otro, y se consideró cada vez más ridículo. Apenas tuvo tiempo para comprobar que el cielo de la mañana era azul y que aparecía serenísimo en una mañana tranquila. Bajó las escalerillas con un apremiante deseo de orinar. Atravesó por medio de los dos hombres bufando, abrió la escotilla que daba al piso inferior y, mientras descendía, oyó la voz del carpintero que le decía:

—Ahora que lo pienso, ¡creo que se te olvidó incluirte en las guardias!

Mientras orinaba, Hilal sintió las risas de los hombres. Su enfado y sus preocupaciones desaparecían al tiempo que lo hacía aquel chorro de orina espesa que bajaba hasta el centro de la tierra.

10. «YO SOY QUIEN AMA LAS ESTRELLAS»

Al mediodía Hilal hizo dos marcas en la pared, pues recordó que no había señalado el paso del día anterior. Pensó que era sólo el duodécimo de su estancia en aquel puesto de vigilancia, pero ese período le parecía mucho más largo que su estancia en el cuartel. Acostumbrado al incesante rugido del viento durante las horas precedentes, sus oídos disfrutaban ahora con el silencio de la mañana. Incluso los hombres hablaban más bajo que antes, como si no quisieran despertar al aire dormido.

Se organizaron turnos para vaciar de arena el interior de la cueva. Utilizaron como bayetas prendas de ropa interior, que se humedecieron con el agua usada del balde, y Safi sacó filo al borde de una de las tablas, que utilizó como recogedor. Mantener abierta la puerta metálica había contribuído a ventilar la habitación, aunque la hediondez del aceite quemado seguía impregnando la zona más cercana al suelo. Después de retirar el polvo y de ordenar las cajas que habían quedado dispersas, los hombres sacudieron durante un rato sus pañuelos extendidos, para crear una corriente que llevara al interior el aire puro de fuera.

Apenas se habló, pero entre los hombres parecía haber nacido un sentimiento de solidaridad que no existía los días anteriores, como si la amenaza de la muerte les hubiera hecho conscientes de su fragilidad. Incluso Sakir mantenía conversaciones con los otros y se demoraba al hacer el relevo. Sin embargo, alrededor de Hilal persistía una barrera marcada por los reglamentos. Cuando se le acercaban, los soldados lo hacían para consultarle un problema o para solicitar autorización al iniciar una tarea. El suboficial mantenía un sentimiento ambiguo, pues sentía celos de la relación entre sus hombres pero se mostraba satisfecho por mantener la distancia y dejar a salvo su autoridad.

En los días precedentes, los hombres se habían presentado y hablado sobre sus ocupaciones en la vida civil. Sabían que Sakir había sido herrero, que Ahmad carpintero y que Umar pastor. Hilal no había dicho nada. Le consideraban soldado profesional, y por tal quería pasar, al menos mientras afianzara su posición. Ahora, en las conversaciones que se producían arriba, quizá los hombres ahondaban en sus vidas anteriores. Hilal Nayi estaba excluido de tales confidencias.

El comandante consideraba indispensable un inventario detallado de los recursos del fortín, pues sólo tenía una idea general sobre las provisiones. Que Umar conociera que había té y no lo supiera nadie más le puso sobre aviso de la necesidad de conocer y controlar los alimentos, el agua y el combustible, pues una leve desviación en las raciones podía significar la diferencia entre la vida y la muerte. Había no sólo que hacer un inventario sino también racionar el consumo para tener un margen de maniobra en caso de que hubiera retrasos. Era consciente de que había mentido a sus hombres, pues el soldado que les dejó en el desierto le había hablado de mes y medio hasta la llegada del camión, mientras él les había dicho que tardaría dos meses, o quizá más. «¿O dijo dos meses y medio?», se preguntaba Hilal. La memoria humana era frágil y resultaba imprescindible escribir los hechos más relevantes.

Pero en el refugio no había un solo papel, ni útiles de escritura. Todavía resonaba en el cerebro de Hilal el descubrimiento del terrible anonimato a que les habían condenado. Pero esto ya ni siquiera importaba. Había que sobrevivir y ello dependía, entre otras cosas, de la acertada distribución de alimentos y de agua. La idea comenzó a obsesionarle. ¡Tenía que encontrar algo con que escribir, aunque fuera en las paredes! Incluso en los turnos de guardia, Nayi pasaba revista a los materiales que pudieran servir para hacer anotaciones. Pensaba que el ser humano había pintado o escrito, siglos atrás, con fragmentos de carbón, con sangre de animales o con pigmentos obtenidos al triturar hojas, conchas o minerales, pero a su alrededor no había nada de ello. Sólo tenía la grasa traslúcida y untuosa que se utilizaba para engrasar las armas y limpiar las botas, pero no podía teñirla con ninguna sustancia que conociera.

No resolvió el problema hasta su guardia nocturna. No tenía carbón pero podía carbonizar el pan sobrante, pulverizar el hollín y mezclarlo con la grasa o el aceite de los guisos. A la mañana, ante la mirada sorprendida de sus hombres, pidió a Mahdi un trozo de pan duro, subió uno de los hornillos a la superficie, quemó el pan hasta que se volvió negro y trituró el carbón con sus dedos. Tomó dos cucharadas de grasa y obtuvo una pasta densa que aclaró con aceite de cocina. Cuando consideró apropiada la untuosidad de la pasta, bajó, se dirigió a la pared libre y aplicó con los dedos la mezcla sobre el cemento gris, dibujando con los bellos caracteres del alifato:

«La alabanza a Dios, Señor de los Mundos».

Al leer la frase, Ahmad, que estaba a su lado, recitó en voz baja el resto de las aleyas de la primera azora del Corán:

El Clemente, el Misericordioso.
Dueño del Día del Juicio.
A Ti te adoramos y Te pedimos ayuda.
Condúcenos al camino recto,
camino de aquellos a quienes has favorecido,
que no son objeto de tu enojo y no son los extraviados.[11]

Umar felicitó a Hilal por la escritura, cuya caligrafía resultaba tan bella a sus ojos, pero éste no estaba satisfecho. La pasta era apropiada para escribir sobre grandes espacios y había que presionar fuerte con los dedos para que quedase adherida a la pared. Si bien había conseguido escribir, tenía otros problemas: encontrar un instrumento para aplicar el engrudo, quizá un pincel, y dar con una superficie sobre la cual la escritura y el borrado no resultaran difíciles. Los constructores del refugio jamás habrían pensando que las toscas paredes de cemento sirvieran algún día para escribir y su rugosa superficie no era el mejor soporte para recibir textos. Además, estaba el problema del olor, pues la habitación había quedado invadida con un pegajoso tufo a grasa consistente.

Probó a pintar sobre un saco de tela con una pequeña astilla, pero el trabajo era igualmente penoso. Le parecía mentira que un acto hasta entonces sencillo, como escribir, se convirtiera ahora en un costoso descubrimiento. Se propuso resolver el problema lo antes posible, ya que urgía el inventario detallado. Por lo pronto, exigió de Mahdi que extendiera las provisiones de modo que pudieran verse y hacer un recuento. Si era necesario, pensaba Hilal, obligaría a los hombres a memorizar una a una las vituallas, dividiendo entre ellos los diferentes tipos de alimentos: la harina, las legumbres, el arroz, las verduras, las carnes y los pescados enlatados o desecados, la leche en polvo, los frutos secos, la sal, las tabletas azucaradas... Si era preciso, les obligaría a llevar un registro mental de las cantidades de agua consumidas o en reserva, del combustible utilizado... Nada podría escapar a ese control ya que, pensaba, la supervivencia dependía de la minuciosa supervisión de los recursos. Pero si calcular los números de botes, latas o sacos era una tarea sencilla, no lo era tanto conocer la cantidad de agua que contenían los depósitos y hacer un cálculo del consumo. A él, que era profesor de literatura, esos cálculos le resultaban tediosos e imposibles, y se lamentaba por el desprecio que siempre había manifestado hacia los números.

Cuando Sakir bajó, percibió el olor a grasa, pero no se percató hasta pasados unos minutos de la inscripción. Al verla, se acercó y la contempló durante un tiempo, pero no hizo comentarios, aunque Hilal espiaba sus movimientos y esperaba de él alguna manifestación. Fue Mahdi quien se dirigió al herrero, mientras extendía las provisiones por el piso, y le preguntó:

—¿Verdad que era necesaria una escritura como ésta?

—Sí —dijo lacónicamente, y añadió al ver que el pastor esperaba algo más—, queda bien la escritura en la pared.

Hilal se extrañó de la respuesta, pero no hizo ningún comentario. Tampoco pareció satisfecho Mahdi, que miró durante algunos segundos al herrero y prosiguió su tarea. El comandante preguntó a Sakir:

—¿Cómo es la guardia arriba?

—Como siempre. No hay novedades. Hará calor, pero al menos no soplará el viento.

—Funcionó bien vuestro parapeto. Os felicito a Ahmad y a ti.

—Eso díselo al carpintero; yo no hice nada.

—Fabricaste un martillo que nos sacó del apuro —Hilal estaba decidido a alargar su conversación—. Fue muy ingenioso tu invento.

—Sí, funcionó —dijo el herrero mientras dejaba su fusil en el lugar destinado a las armas y se dirigía al depósito del agua.

—Aseguraste al herrero que le fabricarías un martillo. ¿Lo harás?

—No sé si podré. Veré qué piezas tenemos por aquí —respondió Sakir mientras bebía agua, intentando que la conversación languideciera.

—Un martillo en manos de un carpintero puede resolver problemas. Habrá que pensar en fabricar otro parapeto —Hilal intentaba tanto que los hombres estuvieran ocupados como alargar las conversaciones.

—Comandante —la voz de Sakir cambió de tono, introduciendo una frase dubitativa— he estado pensando... —hizo otra pausa y bajó la voz, dirigiéndose sólo al suboficial—. He estado pensando que me gustaría echar un vistazo a los alrededores... No sabemos si hay otro puesto cercano y tampoco sabemos si el enemigo tiene destacado algún punto de observación o de ataque... Me gustaría ir.

Hilal, que estaba interesado en mantener una relación transigente con el soldado, no le respondió lo que pensaba, «es muy peligroso y la salida fuera del puesto no está en las órdenes», sino que dijo:

—No lo sé, no lo había pensado. Es una salida arriesgada... Lo meditaré y te daré una respuesta —y notó como Sakir tomaba el fusil y comenzaba a descerrajarlo para proceder a su limpieza. Lamentó no haber mirado su rostro cuando le dio la respuesta. Antes de dar por cerrada la conversación, Hilal se dirigió a los hombres de abajo y elevó la voz para que le oyera Safi desde arriba—. Esta noche retiraremos la arena que ha caído en el agujero. De día hará calor para realizar el trabajo.

Hilal acompañó a Sakir en la limpieza de su fusil, que había sido utilizado por los hombres durante los días anteriores y estaba lleno de grasa y barro. No se dirigieron una palabra pero ambos admiraron, cada uno en el otro, su pericia en el manejo de las distintas piezas del *kalashnikof* y el cuidado con que cada cual retiraba cada partícula de polvo y comprobaba que las piezas huecas estaban suficientemente limpias, mirando una y otra vez por su ánima y pasando en repetidas ocasiones la gamuza grasienta por su interior.

La rutina regresó y cada cual se ocupó de sus tareas cotidianas, aunque había novedades. Umar ordenó las provisiones y retiró la capa de polvo que había quedado sobre bolsas, sacos y latas. Hilal dio vueltas a los problemas relacionados con el control de las vituallas. Sakir se ensimismó en sus pensamientos, tal vez pendiente de resolver alguna cuestión. Y Safi pasó sus horas libres en jugar con su machete sobre una tabla. Intrigado por la tarea del carpintero, el suboficial se le acercó, observando cómo hacía líneas en la madera, y le preguntó:

—¿Qué haces?

—Corto listones. Listones para hacer una jaula.

—¿Una jaula para qué? —preguntó Hilal extrañado.

—Prometí a Umar que haría una jaula para su mascota, para el bicho.

—¿Puedo ver cómo lo haces?

El carpintero asintió e Hilal permaneció atento a los movimientos del carpintero con el cuchillo. Por lo que podía entender, Safi trazaba líneas sobre una tabla, cada vez más profundas, perfectamente paralelas. Safi explicó que pretendía cortar la tabla en listones finos, y que debía forzar la veta de la madera, que era de mala calidad, para que no se rompiera por puntos no deseados. Trazadas las incisiones, introducía el cuchillo longitudinalmente desde el borde, apalancaba de un lado y la tabla cedía por las líneas, dejando libre un listón delgado y de sección cuadrada. A Hilal, que siempre había admirado la pericia de los artesanos, le sedujo el trabajo de Safi. El carpintero, notando su interés, se volvió y le enseñó uno de los listones acabados, diciéndole:

—La siguiente tarea es más sencilla. Paso el filo del cuchillo por las cuatro caras y queda como ves —Hilal quedó embelesado ante un listón perfectamente pulido. Sus dedos resbalaban sobre él limpiamente, y recordó la piel de una mujer joven, pero desechó la imagen.

—¿Me das uno?

—Claro —le respondió Safi, extrañado ante el pedido del comandante, y continuó su tarea.

Hilal estuvo toda la tarde manipulando el listón. Dejando aparte la suavidad del acero de las armas, tenía el tacto más pulimentado de todo lo que había en los alrededores. Además, pensaba, era el primer producto bello elaborado en aquel lugar por las manos de un hombre, si se exceptuaban las comidas de Mahdi. Mirando el palo bajo el sol, contemplando la delicadeza de sus caras, Hilal pensó en voz alta: «Esto tiene que servir para algo». Su cabeza daba vueltas. «¿Para qué?» Y de nuevo volvía a atacar sus problemas de recuento y de medida, golpeándose la pierna con el listón, y caminando abstraído sobre el borde superior del muro de la casamata.

Después de las oraciones y de la cena, Hilal ordenó retirar el polvo que había caído en el agujero. Mientras Umar hacía la guardia, Ahmad y Sakir se turnaron en arrojar paladas fuera del cráter. Hilal quedó al tanto de la radio, pero subió al poco dejándola desatendida, celoso de oír las risotadas y comentarios de los hombres. Durante esa tarea descubrieron que el cono en el que se alzaba la construcción estaba recubierto de una malla de alambre que proporcionaba consistencia a la duna y que evitaba el deslizamiento de la arena hacia el fondo. La firmeza del terreno facilitó la tediosa faena de llenar la pala, caminar por la ladera empinada y vaciarla al otro lado. No obstante, el trabajo fue largo y pesado por la cantidad de polvo acumulado. Los tres hombres se turnaron en el uso de la pala e incluso Umar bajó de la casamata y colaboró en la tarea, mientras otro subió a vigilar el horizonte.

Terminado el trabajo, se sentaron agotados en el muro, bajo la plácida noche. Las estrellas brillaban con intensidad, como si el viento de los días precedentes hubiera barrido el aire. Fue Umar quien inició la conversación:

—¿Os habéis fijado en que el paisaje ha cambiado?

—Yo no —respondió Safi—; durante el día no he visto más que la misma arena que los días anteriores.

—Sí, pero el paisaje es otro —insistió Umar—. Ahora aparecen montes donde antes no los había, y otros pequeños cerros han cambiado de lugar. Es como si el viento hubiera movido el paisaje.

—Yo no me he fijado. A mí me parece todo igual que siempre. No veo más que arena por todos los sitios —era Hilal quien respondía.

—Menos mal que las estrellas permanecen en su lugar —dijo Sakir—; hay cosas en este mundo que nunca cambian.

—Pero nada es igual que el día anterior —respondió Hilal, mientras contemplaba las estrellas—. Fijaos en nosotros. Ayer pensaba que podíamos morir durante la noche y ahora estamos aquí admirando las estrellas. Éstas pueden ser las mismas, pero nosotros no somos iguales.

—Yo también tuve miedo a morir —confesó Safi—. Pero no era la muerte lo que me preocupaba, sino quedar enterrado en la arena. Si tengo que morir, prefiero que sea empuñando el fusil. Aunque lo que me gustaría de verdad es morir de viejo, tocando la *suffāra,* mientras a mi alrededor danzan varias jóvenes. Seguro que en el Paraíso ésta y otras muchas cosas están permitidas: tocar la flauta mientras te acarician varias jóvenes.

—¿Sabes hacer música? —preguntó Umar mientras se alzaba sobre el techo y oteaba los alrededores.

—Sé tocar algunos instrumentos y durante un tiempo los construí, pero ésa es una época olvidada. Entonces era joven y vivía tranquilo en mi aldea; luego tuve que dedicarme a la carpintería. Pero lo que más deseo es volver a tocar algún instrumento.

—¿Qué hacías antes de venir aquí? —fue Sakir quien mostró interés.

—Trabajaba como carpintero en una obra. Tareas bastas y desagradables: encofrados para el hormigón, plataformas para grúas, pasos para carretillas. Pero no es esto lo que me gusta. Antes fabricaba muebles, pero con las guerras dejaron de comprarse e incluso de arreglarse. Y antes todavía construía instrumentos musicales, pero no es necesario ni siquiera que haya guerra para que no se compren. Basta sólo con hablar de ella para que la gente deje de pensar en la música.

—Puedes fabricar muebles para el refugio —aseguró Hilal—. Nos vendrían muy bien para colocar las provisiones y las armas.

—¡Ja, ja! —Safi consideró aquello una broma del comandante—. ¿Quién quiere muebles en el infierno? Además, no hay madera y no tengo herramientas para trabajar.

—Hay madera. Hay montañas de cajas que nos estorban abajo y con las que no sabemos qué hacer. En cuanto a herramientas, Sakir dijo que te construiría un martillo, ¿no? —Hilal se volvió a Sakir, esperando una respuesta.

—¡Dije que lo intentaría! —protestó el herrero—. Yo tampoco tengo herramientas, y ni siquiera sé si hay piezas adecuadas.

—¡Seguro que las encuentras! —dijo el comandante saltando hacia la arena. Y prosiguió—. Si consigues fabricar un buen martillo para Safi, te dejaré que realices tu exploración por los alrededores.

—¿Qué exploración? —preguntaron casi al tiempo los otros.

—Cuéntalo tú —invitó Hilal a Sakir.

—He pedido... he pedido al comandante que me autorice a salir fuera. Creo que sería bueno saber si hay otro puesto amigo o enemigo en los alrededores. Es posible que no estemos solos por aquí, y si es el enemigo prefiero saber por dónde va a atacar.

—¡Creo que es una buena idea! —respondió el carpintero—. Yo puedo acompañar a Sakir en la exploración.

—Veremos —cortó Hilal la conversación—. Tengo que pensar en ello. De momento, sólo consideraré la oferta de Badr, pero no es seguro.

—¿Y si fabrico el martillo?

—Si lo fabricas, entonces, sí, pero con las condiciones que yo determine —Hilal dio una palmada e hizo una señal a los hombres—. Creo que es hora de acostarse. Yo haré la guardia hasta el amanecer; esta noche he dormido suficiente para un par de días y me corresponde el turno.

Alguno intentó discutir la orden, pero el suboficial fue tajante. Tomó el fusil que estaba en el techo e inició su turno de guardia alzado sobre la casamata, sin el uniforme reglamentario, calzado con las zapatillas militares a las que horas antes había sacado los cordones. Bajo la luz de la luna, la figura de Hilal, así vestido, era menos marcial de lo que parecía en el refugio. Algo debió de llamar la atención en Sakir, pues éste preguntó al comandante, al pie de la puerta:

—¿Tú siempre has sido soldado?

—Ningún hombre tiene toda su vida el mismo oficio. Ahora es tarde; otro día te contaré mi historia. *Allah ak akbar!*

—*Allah ak akbar!*

Abajo no se encendió ninguna luz, ni hubo apenas ruido. Al cabo de unos minutos, un silencio absoluto envolvía el lugar. Hilal sólo percibía el levísimo runrún de los granos desplazándose a millones unos sobre otros aun sin que corriera la menor brisa. Era el acomodo de la naturaleza, el imperceptible cambio necesario para que al siguiente día todo pareciera igual que el anterior. En la noche cálida y silenciosa echó de menos el canto de los grillos, el croar de las ranas o el brillo de las luciérnagas. Pero no había nada vivo en los alrededores. Nada salvo ellos mismos y el insecto cuya llegada fortuita a aquel cráter había anunciado la tormenta. «Mejor si no llegan insectos», pensó Hilal.

Bajo la luz de la luna, pudo ver los bordes de las dunas, que destacaban luminosos en la oscuridad. Como el pastor había notado, las montañas de arena habían cambiado de posición respecto de días precedentes y sus lomos parecían dibujados con precisión. Trató de adivinar cómo se verían esos dibujos desde el cielo e imaginó un paisaje recorrido por curvas trazadas no por el capricho del viento sino por los designios de una fuerza misteriosa. Aquellas líneas eran la escritura del desierto, el lenguaje del viento, los poemas de la arena. Unos poemas que quizá cantaran la gesta de cuatro hombres solitarios y en los cuales, quizá más allá del horizonte, pudiera leerse toda su historia y su incierto porvenir. Los poemas de la arena, escritos sobre el inmenso desierto por la implacable fuerza del viento.

Alzó su mirada, vio las lejanas estrellas y a su mente vino de inmediato un poema de amor que había aprendido en su adolescencia:

Yo soy quien ama las estrellas
que llenan el cielo de sonrisas,
que penetran el secreto de las tinieblas
y descorren un oscuro velo.
Pero en tus pupilas, más queridas son
que en el cielo;
aunque no me revelen secreto alguno,
yo hablo a escondidas. [12]

Nayi evocó con detalle el rostro de Atika. Su cabello negro y rizado, sus ojos profundos, sus carnosos labios, sus orejas pequeñas, su pupila luminosa bajo el resplandor del fuego, su frente despejada y clara, el pequeño lunar al lado del ojo derecho, y el arranque de su pelo en las sienes, en los últimos tiempos plateado. Cuando la fotografía inició una leve sonrisa y sus ojos insinuaron un parpadeo, sintió también que las manos de ella, aunque no aparecían en la imagen, se movían hacia él, intentando acariciarle… Pero aquel cuadro en movimiento era demasiado doloroso y vivo y lo arrancó de su mente. Restauró su figura congelada y, cuando consideró que los ojos de Atika no brillaban, regresó del sueño e intentó resolver algunos de los problemas planteados.

Ese día, el trece, había resultado largo y placentero. Sin embargo, aún quedaban cosas por hacer. Recordó el listón de madera de Safi y supo que en aquel liso objeto, que echaba en falta entre sus manos, debía de existir la clave a algunas de sus respuestas. En las siguientes horas, caminando por el sendero, asomado al horizonte, contemplando las estrellas, Hilal resolvió uno a uno los problemas que tenían que ver con el inventario de provisiones y con el cálculo de las raciones que debía asignar a cada hombre para garantizar que el camión con los suministros les encontrara vivos.

Pero no todas las incógnitas estaban despejadas. Quedaba por saber si vendría el enemigo, si habría otra tormenta, si tendrían accidentes inesperados, si alguna enfermedad peligrosa los acecharía, si alguno se volvería loco por el sol del desierto, si él se sentiría fuerte para continuar con el mando… Faltaban muchas respuestas, pero Hilal se consoló pensando que sólo el Altísimo lo conoce todo.

De momento, había que ayudar a Dios. Tal vez la exploración de Sakir fuese buena idea para conocer si el enemigo estaba cerca. De ser así, era posible que pudiera conocer su nombre o, por lo menos, su rostro, antes de que atacara.

Contempló la huida lentísima de las estrellas y el gradual aclaramiento del cielo. Antes de que saliera el sol, Hilal bajó a la arena, se purificó y musitó en dirección a la alquibla la azora XCI, dedicada al Sol:

¡Por el Sol y la claridad!
¡Por la lluvia cuando le sigue!
¡Por el día cuando le hace brillar!
¡Por la noche cuando le cubre!
¡Por el cielo y quien lo edificó!
¡Por la tierra y Quien la ha extendido!
¡Por el alma y quien la ha modelado
y le ha inspirado el libertinaje y la piedad!
¡Bienaventurado quien la purifica! [13]

11. Los escritos fugaces.

A todos les sorprendió la propuesta de Sakir, pero sobre todo al comandante, porque pensaba que la sugerencia del herrero revelaba un profundo cambio. Safi era quien más apoyaba la idea, porque estaba interesado en disponer de un martillo, y el pastor se alegraba porque al fin el carpintero tendría herramientas para trabajar. Hilal se asombraba de su propio conservadurismo ya que, de todos los hombres, era quien más se resistía a la proposición de Sakir, que en esencia consistía en desactivar y desguazar uno de los cohetes del lanzagranadas y aprovechar sus piezas para fabricar herramientas que según él servirían tanto para el carpintero como para sí mismo. Sakir aseguraba que podía desarmar una granada con los ojos cerrados, sin ningún riesgo, y nadie dudaba de sus palabras, pero era sobre todo el suboficial quien se oponía a prescindir de uno de los cohetes que podía ser fundamental para la defensa del puesto. Cuando Sakir dijo que quedaban otros diecinueve proyectiles, Hilal arguyó que podrían inspeccionar el puesto y solicitar responsabilidades por la pérdida de la bomba. Fue Mahdi quien sugirió responder que se había observado un defecto y que la granada se había hecho estallar, o que se había desactivado para evitar riesgos. Al notar la decisión del resto de sus hombres, Hilal autorizó que el herrero desarmara la bomba al amanecer, el período que Sakir consideraba más adecuado, cuando la luz era suficiente y la temperatura propicia.

A la hora prevista, Sakir bajó a las letrinas y subió portando un oscuro cilindro de aluminio. Hilal recordó la primera vez que le vio acunar entre sus brazos una de las granadas y trató de adivinar qué podría suceder en el alma de aquel hombre cuando estaba dispuesto a pagar el precio de prescindir de uno de aquellos hijos por conseguir la autorización para visitar los alrededores. Los hombres le siguieron arriba y le dejaron hacer cuando desapareció detrás de una duna con el cilindro metálico entre sus manos. Pese a que aseguraba que no había peligro en la desactivación, Sakir impidió que ninguno de los hombres le siguiera e Hilal estuvo de acuerdo con sus precauciones.

Pasados unos minutos, los tres oyeron una detonación seca, como la de un disparo, que les heló el corazón. El carpintero bajó a la arena, con la intención de trepar por el cráter y llegar hasta el lugar donde estaba Sakir, pero Hilal se lo impidió con una orden que restalló en el silencio: «¡Quédate ahí!» A los pocos segundos, los corazones de los tres hombres latieron más rápido cuando vieron que el herrero, aparentemente indemne, caminaba sobre el lomo de la duna cargando en una mano el cilindro y en otra la granada. Hilal gritó desde el muro:

—¿Estás bien?

—¡Bien! —respondió el herrero mientras se aproximaba hacia el lugar en que estaban los otros.

—¿Qué ocurrió? —volvió a preguntar el comandante cuando el hombretón se encontraba ya en el borde del cráter.

—Nada. He hecho estallar el fulminante, que explotaría dentro de un rato, cuando caliente el sol, y he esparcido el resto del explosivo sobre la arena. El viento lo barrerá y no será peligroso.

—¿Sabías que se iba a producir la detonación? —inquirió secamente Hilal.

—Claro —dijo Sakir, en tono tranquilo.

—¡La próxima vez quiero que me avises! —dijo el comandante, nervioso—. ¡No quiero ninguna sorpresa inesperada! —y bajó ofuscado al interior, dejando a los otros arriba.

Hilal comenzó su desayuno sin esperar a sus compañeros. La provisiones se habían ordenado la víspera, después de un inventario general en el que habían participado todos, y encontró fácilmente leche en polvo, panecillos y unos higos secos. Puso el cacillo al fuego, calentó agua, vertió dos cucharadas de leche y removió. Tomó su desayuno de pie, contemplando malhumorado, pero abstraído, los listones que habían colocado en la pared al anochecer del día anterior, de los que colgaban hilos que llegaban casi hasta el suelo.

Su idea para realizar el recuento y control de las provisiones había sorprendido a sus hombres por su ingenio y sencillez. Habían deshilachado un saco de harina y utilizado sus hilos para marcar con nudos las provisiones. Un saco de harina se dividió en tantas porciones como las que Umar necesitaba para fabricar una hornada de pan, que resultaron doce, y por cada uno de los sacos se hicieron doce nudos en un cordel. Cada lata de cada producto se representó con un nudo de otro cordel diferente, y lo mismo se hizo con las raciones del resto de víveres. Sin desatender las guardias, de las que Hilal se eximió, todos contribuyeron a hacer la clasificación, el recuento y los nudos, mientras el comandante controlaba los hilos, que depositaba con cuidado sobre la caja que hacía de mesa, tratando de recordar qué significaba cada uno.

A la noche, las provisiones estaban ordenadas en cajas colocadas unas sobre otras, volteadas de lado, adosadas a la pared y formando largas estanterías donde, ahora sí, aparecían clasificados los distintos alimentos. Hilal utilizó listones para atar los cordeles, que fueron sujetos a la pared con cinta adhesiva del botiquín. Al lado de cada cordel, sobre el listón, Hilal hizo una inscripción grabada con un clavo, indicando a qué tipo de alimento correspondía cada cuerda. En lo sucesivo, el control sería inmediato ya que a medida que se consumiese cada ración, cada lata o cada paquete, Umar no tenía más que cortar con el filo de la bayoneta la porción de cuerda que contenía un nudo.

Nayi contemplaba los nudos con satisfacción, mientras oía el murmullo de la conversación de los hombres. El inventario de los recursos estaba realizado pero quedaban por hacer los cálculos necesarios para asegurar que no consumiesen más de lo preciso. Se había reservado para sí dicha tarea, y para ello debía contar con la colaboración de Umar, el único que tenía experiencia suficiente como para conocer cuánto de cada alimento consumían a diario. Quedaba también pendiente el control del agua y del petróleo, pero Hilal tenía ya idea de cómo lo iba a realizar, quizá en el día de hoy, el quince de su estancia en el refugio.

Mientras tomaba el último sorbo de la leche con cierto sabor agrio, notó que los hombres bajaban las escalerillas. Ya no se cerraba la puerta más que cuando azotaba el calor, pues habían comprobado que en las primeras horas de la mañana y en las últimas de la tarde, el aire del exterior, ligeramente más frío que el acumulado en el interior de la caseta al cabo del día, contribuía a crear una leve corriente que renovaba la podrida atmósfera del refugio, saturada de sudor, de olor humano, de hedor a petróleo y quizá, aunque sus olfatos no lo notaban de forma consciente, de la fetidez que debía ascender del agujero inferior, pese a que periódicamente lo desinfectaban con cal. Hilal había comprobado con sorpresa que su nariz respondía en sentido inverso a como lo había hecho el resto de su vida. No percibía apenas el acre olor del interior del refugio. Su pituitaria entraba en funcionamiento cuando notaba el aire puro del exterior y lo contrastaba con la sensación de putridez que permanentemente saturaba su fosa nasal.

Umar tenía asignado el turno de guardia, y Safi y Sakir esparcieron sobre una caja las piezas de la bomba desarmada. Hilal se sorprendió al comprobar el número y la variedad de componentes, que él nunca habría imaginado en una granada. Había piezas de forma cilíndrica, que se enroscaban unas sobre otras, algunas de las cuales tenían inscripciones escritas en los caracteres cuadráticos que denotaban su origen hebreo. Aparecían también las cuatro varillas de metal que servían como estabilizadores traseros y varios juegos de anillas que aseguraban diferentes componentes de la bomba. Sobresalía un grueso tubo de acero, de más de un palmo de longitud, que debía de estar en el núcleo de la granada. Y había también un sinnúmero de arandelas y otras piezas más de forma cónica. Hilal se sorprendió al pensar cómo era posible que alguien aplicara su inteligencia para fabricar algo tan complejo, con el único propósito de causar la muerte. Y no pudo imaginar cómo de esa colección desordenada de elementos podría fabricarse un martillo. Pero olvidó sus lucubraciones y dejó a los hombres que trabajasen en sus asuntos, porque él tenía otras tareas que atender.

El comandante, cuyo malhumor había desaparecido, comenzó a pensar que por fin los hombres se ocupaban de tareas concretas y que cooperaban entre sí. Estaba seguro de que eso contribuiría a evitar el tedio de las largas horas del día y que cualquier trabajo les haría más soportable la estancia en su prisión. En ese momento sólo sentía miedo de él mismo, pues no tenía ningún oficio una vez acabado el recuento y de distribución de provisiones. Leer o escribir, que eran sus ocupaciones preferidas, eran tareas imposibles en un lugar donde no había libros ni útiles de escritura.

Hilal volvió a contemplar el rosario de cuerdas que colgaban de la pared. Estaban anotadas las provisiones, pero su lectura era difícil. Recontar cada vez que lo necesitaba, uno a uno, los nudos que había en cada cuerda era una tarea tediosa. Por ello, fue a la lata donde guardaba la pasta negra que había obtenido días atrás y marcó en las cuerdas con una astilla tiznada los nudos que indicaban las decenas. Numerar de diez en diez permitía un recuento más rápido y aunque de momento el trabajo era tedioso, aún lo resultaba más estar allí abajo sin otra cosa que hacer, oyendo la conversación en voz baja de los otros. Indicó a Umar que cerrase la puerta, pues el calor de fuera comenzaba a llegar a la estancia, y los tres hombres debieron de acomodar sus ojos a una mayor penumbra, que no les impedía realizar sus respectivos trabajos.

Safi solicitó intercambiar el turno de guardia, que ahora correspondía a Sakir. Hilal asintió con un gesto y el carpintero comenzó a vestirse. Día a día la vigilancia se había convertido en una rutina, pues allí nunca pasaba nada. El comandante consideraba innecesaria la rigidez de los tiempos o de la uniformidad y se subía a intervalos más o menos regulares, pero sin apenas mirar el reloj. En los últimos días, el soldado de arriba golpeaba la puerta, indicando que deseaba bajar, y entonces otro hombre se preparaba para el turno. O el de abajo solicitaba permiso al de fuera para demorar su subida unos minutos más, porque necesitaba tiempo para acabar cierta tarea. Al comienzo, Hilal consideró que la informalidad podría minar el sentido de la disciplina, pero estimó luego que los hombres tenían derecho a introducir las variaciones que consideraran oportunas, siempre que cumplieran sus obligaciones. Él mismo se alarmaba por su rigidez y en esas ocasiones debía recordarse que era suboficial por el simple hecho de que la víspera le habían colocado unos galones verdes en las hombreras. Debía recordarse que en el cuartel había maldecido el sentido estricto de las órdenes militares. Igual flexibilidad se extendió poco a poco al uso de los uniformes. En la arena, los pies se cocían dentro de las botas negras de cuero y era preferible subir con las zapatillas, sin calcetines, para que los pies no sufrieran. De día el uniforme era necesario porque protegía la piel del rigor del sol, pero de noche él mismo se había quitado la camisa para disfrutar en ocasiones de la tibia brisa nocturna. Así que apenas miró cómo subía el carpintero.

Hilal aprovechó que Umar estaba abajo para preguntarle por el consumo de provisiones y el comandante mostró al pastor los nudos agrupados en decenas y le enseñó la forma de controlar el gasto. Utilizaron el arroz para realizar un primer cálculo, quizá el que resultaba más complejo. Hilal pidió a Umar que tomara los puñados necesarios para preparar una comida. El pastor respondía con precisión a las preguntas de Hilal y éste anotaba mentalmente las cantidades. Más adelante, trataron de calcular cuántas raciones se obtenían de un saquito, e Hilal añadió una fracción más, para obtener un margen de maniobra por si había errores de apreciación o de cálculo. Luego, con los nudos que representaban los sacos de arroz, estimaron que las provisiones durarían cerca de cuarenta y tres días más, que sumados a los quince transcurridos hacían un total de cincuenta y ocho. Hilal mostró su satisfacción por comprobar que estaban entre el mes y medio de que había hablado el conductor del camión y los dos meses que él consideraba posibles, aunque manifestó al pastor:

—Es excesivo el gasto. Deben durar quince días más. Reduce en uno el número de puñados de arroz de cada guiso. Y en lo sucesivo, en lugar de ocho puñados de harina utilizarás sólo siete. Con ellos debes fabricar el mismo número de panecillos. No cocerás pan hasta que se haya acabado todo; no tiraremos una migaja, aunque el pan esté duro.

Umar asintió ante las palabras de Hilal y asumió con gusto sus órdenes, pues se sentía responsable último del control de los víveres. Se aseguró que en los próximos quince días utilizaría sólo seis puñados y pasado ese tiempo comprobaría el estado de la harina. El suboficial propuso al pastor que realizaran el cálculo de la leche en polvo, utilizando el mismo procedimiento, y le pidió que buscara en los listones el hilo marcado con la letra correspondiente. Fue entonces cuando el pastor se volvió hacia Hilal y le dijo:

—Nno… no puedo saber cuál es el hilo. Nno sé leer. Me hubiera gustado aprender, pero nunca aprendí a leer el Corán, ni ningún otro libro.

En la oscuridad, Hilal percibió el rubor en las mejillas del viejo, que miraba avergonzado al suelo. Umar había pronunciado esas palabras como un susurro, tratando de que Sakir no le oyera, e Hilal habló en el mismo tono, tomándole del brazo:

—¿Cómo es que nadie te enseñó a leer? La tradición obliga a que todo hombre sea capaz de leer por sí mismo el Libro Sagrado.

—No pude —siguió el pastor en voz baja—. De pequeño tuve que ocuparme de las cabras de la familia. Siempre me he propuesto aprender, pero no he encontrado el momento.

—¿Y sigues queriendo aprender todavía?

—Creo que es tarde. No sé si sería capaz porque mi cabeza es ya vieja y esas cosas se aprenden mejor cuando se es niño. Casi no puedo recordar cosas y creo que no podría…

—Pero si yo te digo que puedo enseñarte —dijo Hilal dándole un golpe en el hombro—, ¿tú estarías dispuesto a aprender?

—¿Ahora? ¿Aquí? —Mahdi encogió los hombros y miró a su alrededor, pensando que ese lugar era el que menos hubiera imaginado para realizar tal tarea.

—¡Aquí mismo! —dijo Hilal con convicción—. Te prometo que, si tienes ganas, antes de que salgamos de este agujero serás capaz de leer por ti mismo. ¿Te agrada la idea?

—Claro —dijo Umar—. ¡Claro que me gustaría!

—¡Bien! Pues comenzaremos pronto. Esta tarde iniciaremos las clases.

Antes de subir para hacer la guardia, Hilal tomó la lata con la grasa, se untó los dedos y escribió en la pared, bajo la inscripción escrita los días precedentes, las letras del alifato árabe: *alif, bā, tā, yīm, hā...* Cuando acabó, limpió sus manos en una sucia pieza de tela y comprobó los caracteres que habían quedado dibujados en la pared. Luego, se puso la sudada camisa y tomó el fusil que estaba apoyado en el suelo.

Mientras Umar se movía entre las cajas de provisiones buscando los ingredientes para elaborar el almuerzo, Hilal contempló a Sakir, que trabajaba con las piezas de la granada, golpeando con cuidado una de las arandelas, y le preguntó en voz queda, para que no le oyera Umar:

—Sakir, ¿sabes leer?

El herrero alzó la cabeza hacia Hilal, sorprendido por la pregunta. Sus ojos brillaban con fuerza, como mostrando la ofensa ante la duda del comandante. Sakir se dirigió hacia él y le respondió lacónicamente:

—Sí, claro.

—¿Y sabes qué dice la primera inscripción? —inquirió Hilal.

—Claro. Está escrito: «La alabanza a Dios, Señor de los Mundos» —respondió Sakir sin mirar hacia la pared.

—¿Y la segunda? —insistió— ¿Sabes qué dice la segunda?

El herrero miró a Hilal, luego giró la cabeza hacia la pared y volvió la mirada hacia su interlocutor. Balbuceó algo y siguió su tarea dando pequeños golpes a la arandela metálica. Nayi, todavía de pie, con el fusil en la mano, insistió una vez más a Sakir:

—¿Qué está escrito?

—¡Déjame en paz! —respondió el herrero con contundencia pero amortiguando su voz—. ¡Desde aquí no puedo leerlo porque está oscuro!

El comandante no insistió y ascendió por la escalerilla. Subía tan ocupado en sus pensamientos que no tuvo la precaución de entornar los ojos cuando abrió la puerta y quedó deslumbrado por el sol del mediodía. Los minúsculos granos de arena reflejaban la luz, como millones de espejos, y su retina se contrajo con violencia ante el fulgor. Arriba, buscó a Safi y lo encontró sentado en el suelo, pegado a la pared para aprovechar el último ribete de sombra. Hilal sabía que aquel turno era el peor, pero sabía también que su piel, sus ojos, sus pies y todo su cuerpo se estaban adaptando poco a poco al calor y al sol infernales. El calor era sofocante pero al menos no había viento.

Safi se levantó despacio, ahorrando esfuerzos, y saludó con un «hola». Desde la tormenta de arena, que tantas cosas había cambiado, se habían abandonado también los saludos rituales. Hilal percibió la variación, pero tampoco dijo nada. Le parecía razonable que las fórmulas establecidas desaparecieran entre hombres que compartían dos metros más abajo el sudor, la visión de su rostros cada vez más ennegrecidos y duros y el olor de las miserias y grandezas de sus cuerpos. Ni siquiera preguntó si arriba había alguna novedad, porque estaba claro que allí nada pasaba. Sí continuó con su particular encuesta:

—¿Sabes leer, Safi?

—¿Leer? Aprendí cuando apenas sabía hablar; no hice otra cosa durante dos años, amenazado por el bastón de mi abuela. ¿Por qué lo preguntas?

—Por nada. He comprobado que Umar no sabe leer y voy a enseñarle.

—Me parece bien —dijo Safi con tranquilidad; dejó pasar un rato y luego fue él quien dijo:— ¿Puedo preguntarte algo? —cuando el suboficial asintió, Safi continuó—. ¿Qué hacías antes de venir aquí?

—¿Por qué me lo preguntas? —preguntó Hilal, prevenido.

—Porque eres un soldado raro. He estado poco en los cuarteles, pero sé que los soldados no recitan poemas, ni conocen como tú el Corán, ni saben dirigir la oración como tú lo haces; y además ahora me dices que enseñarás a Umar a leer. ¿Tú no has sido siempre soldado, verdad?

—Cierto —respondió lacónicamente Hilal.

—¿Y no quieres decirme qué hacías en la vida civil?

La insistencia de Safi incomodó a Hilal, que consideraba aún pronto para que los soldados supieran que él no era un militar profesional. No obstante, consideró conveniente no mentir a aquel hombre que parecía querer entablar con él una relación personal, así que comenzó a relatarle, no sin antes hacerle una solicitud:

—Te lo cuento a ti, pero prefiero que no lo sepan aún los otros. Antes de venir aquí, durante dos años estuve sirviendo en el ejército, a mitad de camino entre la milicia y la vida civil, traduciendo informes. Pero en realidad no soy militar. He estudiado literatura árabe y me he ganado la vida como profesor, primero en la universidad y luego en un instituto. Éste es en realidad mi trabajo. Nunca pensé en vestir un uniforme ni en lucir unos galones.

—¡Así que eres un maestro! Entonces, ¿por qué te han nombrado suboficial?

—No lo sé —respondió sinceramente Hilal—. La víspera de venir aquí yo era un soldado como tú, pero me colocaron estos galones y me dieron un destino desconocido. Podría haber sido al revés, y tú serías ahora suboficial y yo soldado. Y quizá yo estaría más tranquilo si fuera así.

—¿Por qué?

—Porque no tengo práctica en mandar a hombres, ni sé nada de ordenanzas militares. Hasta ahora he tratado sólo con niños, y ni siquiera con ellos estaba convencido de que ordenarles algo fuera bueno. Esta tarea me resulta pesada y no me considero capaz de dar las instrucciones adecuadas para que sobrevivamos. No sé contra qué luchamos y sólo pienso en que cuando llegue el momento vosotros seáis capaces de organizar la defensa del puesto. Porque sé que llegado el momento yo no podré hacerlo.

Safi se quedó mirando a su comandante, sin saber qué decir. Hilal notaba un nudo en la garganta, porque era la primera vez que se sinceraba pero, al mismo tiempo, se sentía aliviado por compartir con alguien el peso del poder. Fue él quien rompió el silencio, diciendo al carpintero:

—¿Satisfecho? Ya sabes que no soy un comandante fiable. Uno de estos días os reuniré a todos y quizá sea conveniente que elijáis un mejor jefe.

—¿Fiable? Creo —balbuceó Safi—, creo que eres la persona más adecuada para llevar el mando de esta guarnición. Tus órdenes han sido siempre las apropiadas. Si hace un rato me hubieras dicho que has pasado toda tu vida en el ejército yo lo habría creído. Creo que sabes más sobre estrategia militar y sobre el liderazgo de lo que tú mismo supones.

—Eso puede que no sea un halago para mí, ¿sabes? —sonrió Hilal.

—Puede ser, pero debes tomarlo como tal —dijo el carpintero mirándole a los ojos y colocando la mano en su hombro—. ¿Me permites un consejo?

—Sí, claro —dijo el suboficial.

—No le cuentes de momento nada a Sakir. Mantén tu autoridad pase lo que pase, y miente si es necesario.

—¿Por qué? —preguntó extrañado Hilal.

—Porque por lo que él me ha contado, él fue durante un tiempo un militar profesional, y creo que alcanzó el grado de oficial. Al alistarse en nuestro ejército fue considerado soldado raso. Saber que un maestro manda sobre él no le dará ninguna satisfacción y puede que se rebele —terminada la confidencia, Safi retiró el brazo del hombro de su comandante.

—Entiendo —asintió Hilal con la cabeza y prosiguió sus preguntas—. ¿Tú eres amigo suyo, verdad?

—Sí, me considero su amigo. Por eso te hago el ruego.

—Lo tendré en cuenta. ¿Puedo hacerte una pregunta más? —cuando el otro asintió, Hilal preguntó—. ¿Sabes si él sabe leer?

—Esto tendrás que averiguarlo tú —sonrió el carpintero—. ¿No eres profesor? En cualquier caso, te lo ruego también: no le humilles. Sakir es un hombre honrado y hay cosas en la vida que no tienen importancia.

—¡Jamás le humillaría! —protestó Hilal y le tendió la mano a su interlocutor, diciendo—. Tú también eres una persona extraña. ¿Algún día me contarás tu historia? Presiento que debe ser una historia bella.

—No lo creas. Pero te contaré mi historia.

Safi rehusó la mano de Hilal, un gesto occidental al que él no estaba acostumbrado. A cambio, se dirigió a su comandante y le saludó con un abrazo y besos en las mejillas. Los hombres se emocionaron y prolongaron su abrazo más allá del tiempo convenido para un mero saludo cortés. Ambos sintieron un escalofrío cuando percibieron el contacto con una piel diferente de la suya y los dos se notaron turbados. El sol cobró su tributo de agua añadiendo al sudor robado de sus cuerpos el hurto de la liviana humedad que brotó de sus ojos.

Cuando Hilal quedó solo, bajo el cielo inclemente, había transcurrido el mediodía. No se arrodilló para rezar, ni purificó su cuerpo, pues sabía que había sido limpiado. Pero se orientó a la alquibla para entonar una oración en la que no recitó ninguna de las aleyas del Corán. Fue una breve oración de súplica, en la que Hilal solicitó que el Altísimo esparciera sus dones entre sus cuatro fieles y les hiciera clementes, sabios, tolerantes y misericordiosos. Y que preservara sus vidas de los peligros del desierto y del odio del enemigo.

Terminada la oración, Hilal ascendió al techo para otear en la distancia. El calor desdibujaba los bordes de las dunas pero no se veía nada en el horizonte, ni una pequeña mancha que delatase la presencia de algo o de alguien que pudiera amenazarles. Sin embargo, sospechaba que el enemigo estaba por ahí, agazapado, y que podría venir por cualquier sitio a reclamar sus vidas. Trató de calcular la distancia que había hasta el punto más lejano del horizonte, pues todavía daba vueltas a la salida de exploración de Sakir, y se sintió incapaz de estimar esa distancia, pues el horizonte podía estar a seis millas, a nueve o a doce. Por otro lado, había que elegir un punto de destino y la elección era difícil pues cualquier punto era igual que otro y el enemigo podía venir por cualquier sitio. Además, había que escoger el momento adecuado para hacer la salida. Y asegurarse, si era posible, de que no hubiera tormentas de arena. No era eso sólo. El explorador debía llevar la suficiente agua para evitar la deshidratación bajo el sol del día. Debía tomar precauciones para ver sin ser visto. Debía ir lo bastante armado como para defenderse de un ataque, pero sin que las armas añadiesen obstáculos a la marcha... Había muchos problemas que resolver antes de realizar la salida.

Hilal bajó al suelo y buscó el único lugar que tenía algo de sombra, apenas un palmo de anchura. Se sentó allí, apoyando el fusil sobre la pared. Dejando aparte el rumor de la arena, el único ruido perceptible provenía del interior y estaba causado por pequeños golpeteos metálicos que debían de estar producidos por el herrero, trabajando en la construcción del martillo. Arriba, todo era quietud y los granos de arena se movían unos sobre otros con una delicada serenidad que proporcionaba una agradable sensación de calma. El comandante extrajo la bayoneta de su funda y la utilizó para alisar con la hoja la pequeña porción de suelo entre sus piernas. Luego, la utilizó como si fuera un estilete y fue trazando símbolos en la arena, pequeños dibujos que luego borraba con el borde de la cuchilla. Poco a poco, los dibujos se convirtieron en letras, primero aisladas y después unidas. Se sorprendió a sí mismo cuando comenzó a escribir sobre la arena un pequeño poema que vino a su mente, unos antiguos versos de Ibn Zaidun:

No alegre mi prisión a mis enemigos:
yo he visto tras las nubes guarecerse el sol;
soy como sable afilado en la vaina,
como león en la selva,
como águila en el nido,
como esencia escondida, guardada en el pomo. [14]

Aunque le desagradaba el peso de la mortífera arma, los movimientos del puñal en su muñeca eran elegantes y sencillos. Cada línea de cada verso, a veces cada palabra, trazada con la punta de la bayoneta, era alisada con la hoja, hasta conseguir a cada paso una superficie plana en la que de nuevo escribía un verso o una palabra, que otra vez borraba hasta componer el poema completo. La escritura sobre el polvo tenía la fugacidad del pensamiento, pero Hilal tuvo la sensación de que esos versos habían sido reescritos y que no se borrarían de su memoria, pues aquel poema no sólo estaba en su mente sino que también había sido dibujado sobre la arena. Por vez primera supo que podía escribir, y trazó con la punta del cuchillo el nombre de su mujer, «Atika Malaika». Se levantó procurando que sus pies no desdibujaran el nombre y contempló la escritura desde arriba. No había viento y el aire tardaría en borrar aquellas letras. Su corazón latió emocionado al saber que podía escribir. Subió de nuevo al techo para otear en la distancia y tras comprobar que nada ocurría bajó otra vez a la arena.

Frenéticamente, se dirigió al borde inclinado del cráter y utilizó la bayoneta para deshacer las diminutas dunas y dejar una superficie lisa e inclinada. A cada pasada de la hoja, la arena de más arriba se deslizaba por la pendiente, pero cuando los granos se detuvieron dejaron una superficie plana e inestable sobre la que Hilal escribió primero su nombre, luego el de Atika y a continuación los de Nazim y Raqqba. A cada trazo, miles de partículas se precipitaban por encima y por debajo de los surcos, pero allí quedaba la huella de su escritura, como si una serpiente se hubiera deslizado sobre el suelo. Excitado por su obra, subió al borde del muro, donde contempló los nombres. ¡Por fin podía escribir! Pasadas las horas, quizá no muchas, los granos llenarían los tenues surcos, pero él podría recomponer esos nombres que quedarían, al menos fugazmente, escritos en el desierto. No se preocupó por otear el horizonte, porque a lo lejos allí nunca pasaba nada, y trató de leer, una vez y otra, las palabras escritas en la arena. Ni siquiera sentía calor.

Le sorprendió el chirrido de los goznes de la puerta, pues no tuvo conciencia de que hubiesen transcurrido dos horas. Pudo ver a Sakir viniendo hacia él, y el herrero debió de extrañarse de la extraña sonrisa de su comandante, porque le preguntó con cierto temor: «¿Qué ocurre?». Hilal no respondió. Subido como estaba a la caseta, tomó del hombro a Sakir y le condujo agarrado, por el camino hasta la zona en la que había escrito los nombres. Badr no entendía nada y cuando vio las huellas en la arena creyó seriamente que el suboficial había perdido el juicio bajo el duro sol del desierto. Su sospecha se confirmó cuando Hilal le gritó, riéndose mientras le sacudía de la hombrera de la camisa:

—¡Puedo escribir, Sakir! ¡Puedo escribir en la arena!

El herrero no lo dudó y volvió hacia la puerta de la caseta, que abrió bruscamente, gritando desde arriba:

—¡Subid! ¡Subid pronto! ¡El comandante se ha vuelto loco!

12. Demasiadas preguntas

A pesar de la fingida tranquilidad, el nerviosismo había hecho mella en los tres hombres. Arriba se hacía vigilancia con especial atención y abajo se deseaba que las horas transcurrieran rápidamente y que regresara Sakir, que había salido del refugio al amanecer de un día especialmente largo. No se dudaba de la capacidad de resistencia del herrero, ni de su habilidad para orientarse en medio del desierto utilizando únicamente la posición del sol. Él había asegurado a sus compañeros que en ocasiones había atravesado en solitario desiertos tan yermos como aquél, con un calor o con un frío infernales, y que siempre llegó a su destino. Había reído con ellos burlándose del calor exterior, refiriéndoles que aquello no era nada comparado con trabajar en verano durante diez horas al pie de una fragua ardiente. Y les había tranquilizado acerca de su compromiso: no arriesgar su vida, ni prolongando más de la cuenta su estancia en el desierto ni provocando ningún ataque suicida contra el enemigo, en caso de encontrarle. Pero subsistían muchas incógnitas, porque el desierto podía ser cruel. Una de ellas estaba despejada, porque no se había levantando ninguna tormenta. Aunque quedaban otras. ¿Resistiría todo el día al sol, cargado con el precario depósito de agua? ¿Sus huellas o su silueta no serían detectadas por el enemigo? ¿No habría sufrido cualquier estúpido accidente, incluso a pocas millas del puesto, y estaría sobre la arena deshidratándose?

Ahmad, Hilal y Umar se hacían esas preguntas y muchas más mientras oteaban el horizonte o esperaban abajo el transcurso de las horas. Aunque cada uno trataba de fingir tranquilidad, la actividad había sufrido cambios que delataban la inquietud existente. Ahora, cuando faltaba poco para el atardecer, no era uno sino dos el número de hombres que montaba guardia en el exterior de la casamata, vigilando en la lejanía cualquier movimiento que delatase la llegada del herrero. Hilal había hecho montar los cargadores en las armas sin dar explicación, pero estaba claro que pensaba en la posibilidad que con él, o tras él, o en lugar de él pudiera llegar el enemigo, siguiendo sus pasos o rehaciendo sus pisadas en la arena.

A lo largo de la larguísima mañana y de la inabarcable tarde, Hilal se había arrepentido en varias ocasiones por dejar salir al soldado. Las posibilidades de encontrar a alguien en aquel desierto eran remotas. Incluso en caso de encontrarlo era probable que el enemigo permaneciera bajo la arena, al acecho como ellos mismos, y entonces pudiera suceder que vieran al herrero antes de que él detectase su presencia. Las posibilidades de sufrir un desvanecimiento o de perderse eran menores pero no por ello despreciables, y el comandante no estaba seguro de poder asumir tal responsabilidad, ni desde el punto de vista militar y mucho menos desde la perspectiva moral. Los cuatro eran indispensables en la guarnición y Sakir era precisamente uno de los más preparados para resolver situaciones en caso de necesidad.

Pero también en las mismas ocasiones Hilal se convenció de que la salida era conveniente y poco menos que inevitable. Resultaba oportuno conocer si en los alrededores había amigos o enemigos, porque ello les permitiría solicitar ayuda o estar más preparados para repeler un ataque. Además, la tozudez del herrero era similar a la tenacidad del hierro con el que trabajaba. El comandante estaba seguro de que, tarde o temprano, tendría que haber autorizado la salida. O peor: haberla consentido sin dar la autorización previa.

Nayi observó la agitación de los hombres. Safi, que llevaba dos días trabajando en su oficio, apenas se pudo concentrar en la tarea. Aparte sus guardias obligatorias, acompañó al otro vigilante casi todo el día pese a las protestas de Hilal, que consideraba que ese dispendio de energías y sudor contribuiría a reducir las reservas de agua. Umar también fue incontrolable en sus subidas y dejó que cada hombre consumiese la comida que su apetito le solicitaba, aunque supervisó el gasto de vituallas bajo la mirada atenta del comandante. Los hombres apenas se intercambiaron alguna palabra y vigilaban el progreso del sol en el cielo, estimando la hora porque Sakir se había llevado el reloj del destacamento. Nadie esperaba al herrero hasta el atardecer, a menos que se hubiera producido algún incidente inesperado, pero era ahora, a punto de ponerse el sol, cuando los hombres calculaban que aparecería de su compañero, primero como un punto en el horizonte y después como una forma humana reconocible.

Todo se había preparado con detalle, y Sakir tuvo que jurar que seguiría al pie de la letra sus instrucciones.

Procuraría no ser descubierto, procuraría no agotarse, procuraría no entablar contacto con el enemigo y no provocar un ataque, procuraría regresar al atardecer o poco después, procuraría volver al puesto ante la más mínima señal de peligro o de desfallecimiento, procuraría tomar agua en poca cantidad a intervalos regulares, procuraría... Pero Hilal sabía que aquéllos no eran más que propósitos, porque el invisible enemigo estaba ahí fuera en forma de disco ardiente, de arena refulgente, de pérdida de orientación, de espejismo, de sed, de dolor de cabeza, de traspiés o de cualquiera otra forma desconocida para los hombres. El herrero había salido con un equipo improvisado, porque las exploraciones no estaban previstas en el puesto. Carecía de brújula, de mapas, de cantimplora adecuada, de equipo de radio, de raciones de supervivencia para el caso de que se prolongara su estancia. Hilal sabía que el herrero podía, si acaso, pasar una noche fuera. De no aparecer al mediodía del día siguiente, ya no volvería más y sus huesos se pudrirían bajo el sol del desierto.

Pero regresó. El sol se había puesto hacía un rato, pero aún había suficiente claridad como para distinguir lo que primero fue una mota en el horizonte, avistada por Safi, que lo anunció a sus otros dos compañeros. Siguiendo las instrucciones de Hilal, dos de los hombres estaban armados y uno ocupaba el borde del cráter, con el arma montada, para disparar en caso de peligro. Con la respiración contenida, vieron cómo el pequeño punto aparecía y desaparecía siguiendo los vaivenes de las dunas, cada vez más grande, caminando hacia donde estaban. Pero podía ser que no fuera exactamente él, sino alguien con su mismo aspecto e incluso su mismo uniforme. O que fuera seguido por el enemigo, dispuesto a tomar la posición. Por ello, fue el mismo Hilal quien recogió de Mahdi el *kalashnikof,* con el cargador repleto de balas, y esperó en el techo de la caseta primero a comprobar que era Badr quien se aproximaba y luego, a verificar que llegase solo.

Y regresó solo. A cincuenta pasos del cráter, la cuadrada mandíbula del herrero era ya reconocible. Sakir hizo la seña convenida para indicar que no había peligro, levantar el brazo izquierdo hasta la altura del hombro en dos ocasiones seguidas. Los soldados colocaron el seguro de los AK. Safi, que estaba al borde del cráter, corrió hacia el herrero sin soltar el fusil, tomó el arma de Sakir y algunos elementos de su equipo y le ayudó a recorrer los últimos metros hasta la casamata.

La visión de Sakir después de su largo viaje les impresionó. Nada más ver su rostro, Umar bajó al refugio para buscar un paño mojado y un cacillo de agua. Por debajo de su pañuelo, la cara del herrero mostraba unos ojos enrojecidos, unos párpados hinchados y unos labios cuarteados. Sus manos, de suyo enormes, aparecían ahora monstruosamente grandes. Pero Sakir no se quejaba de aquéllo. Apoyado en la pared de la casamata y sujeto por Safi, el hombretón señalaba sus pies y decía:

—¡Las botas! ¡Quitadme las botas!

Le dejaron resbalar sobre el suelo y Safi comenzó a quitarle el calzado mientras Umar pasaba el paño húmedo por su cara e Hilal le desabrochaba la camisa y le aflojaba el correaje de la pistola. El hombre parecía agotado y un sentimiento de culpa embargó al comandante, seguro de que el soldado no habría podido soportar una hora más de marcha. Sólo su férrea resistencia debía de haberle permitido llegar hasta el agujero. Pero no era momento ni de culpas ni de reproches, pensó Hilal. De momento, Sakir tendría que reponer fuerzas allí, pues ni los otros tres hombres juntos hubieran podido bajar su marmórea corpulencia por las escalerillas del refugio. Cuando Safi descubrió sus pies hinchados, todos se sorprendieron al pensar que aquellos aparatosos miembros hubieran estado contenidos hasta entonces en unas botas cinco o seis tallas menores. Las uñas de los pulgares estaban amoratadas y unos dedos montaban sobre otros formando un amasijo carnoso.

Nadie hizo comentarios mientras Sakir trataba de reponer energías, bebiendo a pequeños sorbos un vaso de té cargado que Umar había preparado horas antes. Tendieron a Sakir sobre la arena apelmazada del camino y el pastor tomó sus pies y los colocó en alto para favorecer la circulación y reducir la hinchazón. Cubrieron su cara con el paño húmedo e Hilal se esforzó por abanicarle con su camisa. A una palabra del comandante, Safi se encaramó a la caseta para comprobar que no hubiera visitas inoportunas. Cuando Sakir percibió las precauciones de Hilal, murmuró por encima del paño que tapaba su cara:

—No vendrá nadie.

—¿Cómo dices? —preguntó Hilal.

—Que no vendrá nadie —aclaró Sakir retirándose el trapo de la cara—. Nadie vendrá a pie atravesando este desierto. Hay que esperar aviones, o tanques, o camiones, pero no hombres a pie. Es imposible.

Nadie necesitó más información sobre la salida de Sakir. Quedaba claro que el desierto no tenía límites, que el calor era sofocante en todos sus puntos, que no había refugios naturales, que no se había producido ningún encuentro y que, en definitiva, nadie podría cruzarlo a pie, cuando el herrero había estado a punto de perecer en el intento. Por si hubiera dudas, Sakir continuó su informe, con frases entrecortadas:

—No hay más que arena ardiente. Arena y sol... He caminado durante todo el día, quizá treinta millas, y estoy casi seguro de que nadie puede cruzar este infierno a pie. No he visto límites: ni montañas ni huellas de canchales, ni una sola piedra... No hay sombras, ni lugares donde protegerse del sol... Tampoco he visto vehículos, ni depósitos, ni pistas, ni humo a lo lejos.

La noche comenzaba a descender y los hombres se sintieron a gusto arriba, pues el aire era puro y la luna clemente. Umar preguntó:

—¿Tuviste suficiente agua para el viaje?

—Sí, ¿no lo ves? —dijo Sakir riéndose—. El depósito de aluminio tiene pérdidas. Cuando me di cuenta, era mediodía y apenas quedaba un tercio de agua. Bebí el resto en las dos horas siguientes. Creo que por eso sudé más de lo debido y perdí mucha más humedad de la que tomé.

—¿Por qué no regresaste entonces? —fue Hilal quien intervino.

—Lo hice. A las doce creo que llegué al punto más distante de mi recorrido; el regreso ha sido más lento que la ida. Por cierto, Umar —dijo el herrero dirigiéndose al pastor, que aún sostenía elevados sus pies—, te he traído un regalo. Mira en el depósito. Pero no sé si estará vivo.

Umar dejó caer con cuidado los pies de Sakir, tomó el cilindro de aluminio que en su día había servido como envase de la granada, lo abrió y miró en su oscuro interior, sin ver nada. Con cuidado, metió la mano y extrajo un objeto deforme y húmedo, de color claro, que observó detenidamente en sus dedos, sin apenas comprender.

—Es un nuevo bicho para tu corral —le aclaró Sakir.

—¿Otro insecto? ¿Será que viene otra tormenta? —preguntó Safi.

—No lo creo. Es un insecto con alas; es probable que se haya perdido, o que haya llegado arrastrado por el viento. No he sentido la más ligera brisa en mi viaje.

Hilal había esperado más de la salida de Sakir. No haber encontrado rastros del enemigo les daba una relativa tranquilidad, pero no hallar indicios de otro puesto amigo, ni el fin del desierto de arena, suponía una inquietante soledad. El comandante tenía expectativas de que la salida de Sakir le hubiera permitido localizar algún accidente topográfico, un monte, un riachuelo, un oasis o un desierto de piedras con que conocer su situación en un mapa recordado del país. Lo que más preocupaba a Hilal era no saber por dónde podía venir el enemigo. Tal vez, pensaba él, conocer de dónde venía permitiera conjeturar quién era. Y sabiendo quién era tal vez se podría saber a qué venía y deducir de ahí por qué luchaban aquellos cuatro hombres perdidos en la arena. El suboficial trató de obtener más datos:

—Sakir, ¿puedes saber en qué dirección viajaste?

—Creo que sí —dijo pensativo el herrero—. Durante la noche caminé hacia el oeste, aproximadamente hasta las ocho de la mañana; a esa hora creo que viré hacia el sur y describí un arco, hacia el noreste, recorriendo una circunferencia y yendo hacia el este de nuestro puesto; lo he encontrado regresando otra vez hacia el oeste. Imagino que he recorrido la mitad de una circunferencia.

—¿Y no has visto nada en este recorrido? ¿Ninguna huella, ni luces, ni reflejos?

—Nada. Casi puedo asegurar que al sur de nosotros no hay nadie, y tampoco hacia el este, al menos en ocho millas de radio.

—¿Y puedes asegurar que nadie te vio?

—No, no creo —dijo pensativo el herrero—; desde luego, nadie me siguió, porque tuve la precaución de esperar agazapado de vez en cuando para ver si alguien venía tras de mí.

Hilal se quedó pensativo. Entre todos habían elegido esa dirección porque estaban seguros de que el enemigo vendría por allí. Debían de encontrarse en alguno de los desiertos cálidos del sur o del sudeste del país y era de suponer que el ataque podría provenir de su antiguo enemigo o de algunos de sus aliados, y que no procedería del norte. El comandante preguntó a Sakir:

—¿Te atreverías a realizar una segunda exploración, ahora en profundidad, hacia el norte?

—Sí, claro —dijo Badr—, pero no mañana.

—No, no mañana. Creo que tenemos tiempo suficiente para realizarla dentro de dos o de tres noches.

Los soldados extrañaron el súbito interés del suboficial, pues días antes se había resistido a autorizar la primera exploración y ahora se sentía dispuesto a realizar de inmediato una segunda. Fue Safi quien preguntó:

—Comandante, ¿por qué una nueva exploración?

—No lo sé, no estoy tranquilo. Me hubiera gustado que Sakir hubiera encontrado al enemigo, o algún puesto amigo. Parece que estamos demasiado lejos de una línea de frente. Llevamos aquí diecisiete días y no hemos recibido una sola orden por radio ni visto a nadie. Tampoco hemos observado ningún movimiento, ni oído ningún ruido.

—Así nos lo dijeron, ¿no? —dijo Sakir—. Las órdenes son esperar al enemigo y avisar en caso de peligro.

—Sí, es cierto, pero hay algo que me extraña —respondió Hilal y se volvió hacia Safi, preguntándole—. ¿Seguro que la radio está continuamente conectada, verdad? ¿Podemos recibir mensajes en todo momento?

—Siempre que quieran hablar con nosotros —respondió Safi—. La radio siempre está abierta para recibir, y en todo momento con las baterías dispuestas. Podemos recibir permanentemente.

—¿Y emitir? ¿Podemos hablar por radio?

—Sí, podemos hacerlo también cuando queramos, pero en una sola frecuencia. La radio está preparada para recibir y emitir por un solo canal.

—¿Qué significa eso? —preguntó el pastor.

—Nada, nada en especial. Es una medida de seguridad. Se supone que sólo desde el puesto de mando se puede hablar con nosotros, y que nosotros sólo podemos hablar con el puesto de mando. No podemos captar señales de nadie que hable en otra frecuencia diferente, ni hablar con nadie que nos quiera recibir en esa frecuencia.

—¿Y podrías modificar las frecuencias de la radio? —preguntó Hilal.

—No, no lo creo —dijo el carpintero, dubitativo—. ¿Pero por qué quieres hablar, si las órdenes son las de comunicar sólo en caso de emergencia?

—No quiero hablar —dijo el comandante—. Quiero sólo escuchar. Me gustaría saber qué esta pasando ahí fuera, cuáles son las órdenes que se transmiten a otros puestos, en qué idioma hablan, o desde dónde hablan. ¿Podrías modificar las frecuencias de escucha?

—No lo sé —afirmó Safi—. No me han entrenado para eso. Pero me extrañaría que se pudiera. Si quieren que estemos en silencio y que no recibamos mensajes, imagino que habrán tomado las medidas para que sea así. Se me ocurre que no debe ser difícil bloquear la radio.

La conversación estaba agotada en lo que se refería a la misión de exploración y al uso de la radio. Ni habían encontrado al enemigo ni podían oírle. El esfuerzo de Sakir no había servido para nada, pensaba Hilal, porque su situación era igual que la de días anteriores: ni sabían dónde estaba el enemigo ni sabían quién era. El grupo comenzó a moverse, porque el herrero estaba intentando ponerse de pie y sus compañeros se levantaron del suelo, donde estaban sentados, y le ayudaron a incorporarse. Fue precisamente Badr quien se dirigió al comandante, preguntándole directamente:

—Hay algo que nos ocultas. ¿Por qué ahora estás tan preocupado por nuestra posición?

—No oculto nada —respondió Hilal severamente—. Sabéis de las órdenes tanto como yo. No hay más que esperar.

—Pero, ¿tú no sabes de verdad dónde estamos? —interpeló de nuevo Sakir.

—Lo sé tanto como tú. Por el calor y porque estamos en el desierto pienso que nos encontramos al sur o al oeste, y no al norte. Imagino que no estaremos en el corazón del país, porque nuestra misión no es sólo defensiva, sino de observación. No nos han dado prismáticos, por lo que se espera que el enemigo sea avistado a una distancia corta, y quizá el enemigo esté ahí, detrás de la última duna que podemos avistar. Sospecho por ello que la frontera debe estar cerca, pero no sé dónde, ni en qué dirección; en los meses precedentes nuestros vecinos no han dado señales de agresión, y me extraña ahora que temamos una invasión o un ataque.

—¿Sabes? —dijo Sakir con un deje de ironía—. Me parece que para ser un soldado profesional y estar al mando de este puesto sabes demasiadas pocas cosas. Me extraña que en las órdenes que recibiste en el camión no hubiera ningún mapa de nuestra posición, ni ninguna clave para identificar al enemigo, ni pistas acerca de por dónde había que vigilar. ¿Realmente sabes tan poco como dices?

Sobre el grupo se extendió un silencio terrible, pues todos esperaban la respuesta. Hilal estuvo a punto de desvelar su secreto y de decirles a todos que él no era más que un soldado como los otros tres, pero recordó la conversación de los días anteriores con el carpintero.

—Las órdenes militares no siempre son explícitas. No tengo más información que daros, aparte de la que conocéis —su voz sonó tranquila pero firme—. Sin duda, han deseado que no sepamos nuestra posición, y por algo será.

—Pero hay algo que te preocupa —dijo Mahdi—. ¿Qué es?

El comandante estuvo a punto de dar por cerrada la conversación y de responder con evasivas a la pregunta del pastor. No obstante, consideró que sus hombres tenían derecho a compartir con él sus sospechas, y dijo a los tres hombres:

—Cierto, estoy preocupado. Lo estoy casi desde el día de nuestra llegada. He observado que en el refugio no hay un solo mapa, ni órdenes escritas, ni un solo papel, ni nada con que escribir. ¡Por no haber, ni siquiera hay un libro de oraciones!

—¿Y qué importancia tiene eso? —preguntó Safi.

—¿No os resulta extraño? Yo he vivido durante algunos años en cuarteles, y siempre hay órdenes escritas, o instrucciones, o mapas. No han dejado nada de eso. Ni siquiera hay papel en los envoltorios de alimentos, de ropa o de artículos sanitarios. Las cajas de las armas tienen siempre esquemas sencillos sobre su uso o su limpieza, que se han retirado. La caja de la radio tampoco tenía instrucciones. Y las únicas órdenes en papel que nos dieron se quemaron en la arena, para no dejar rastro.

—¿Y qué? —dijo Mahdi, que no comprendía el alcance de las palabras del comandante.

—Pues que sospecho que no quieren que dejemos nada por escrito, en el caso de ser capturados.

—¡Pero eso es lógico! —protestó Sakir—. Cualquier instrucción que dejemos puede ser una pista para el enemigo. ¡Es normal que sea así!

—¿Normal? ¿Ni siquiera un libro de oraciones? —preguntó a su vez Hilal—. ¿En cuántos puestos militares has estado en que no hubiera absolutamente ningún papel, ni ningún Libro Sagrado? ¿En cuántos puestos se retiran a los soldados sus chapas de identificación antes de la salida? ¿Creéis que es casual que no hayan dejado nada con lo que identificarnos, en caso de captura o de que muramos en el desierto? ¿Creéis que es casual que bloqueen la radio para que no podamos oír, o que nos hayan dado órdenes severas de que no la utilicemos bajo ningún concepto?

La voz de Hilal fue tensándose a medida que formulaba sus preguntas, mostrando una indignación que tenía que ver con lo que él consideraba la barbarie de la milicia por el anonimato impuesto. Los hombres no tenían respuesta a sus preguntas y permanecieron en silencio. Pero el suboficial no se detuvo ahí porque su pensamiento iba más lejos, y continuó hablando:

—¿En qué lugar quedará escrito el lugar donde han ido Badr Sakir, Umar Mahdi y Ahmad Safi? Si morimos o si somos capturados, ¿quién lo sabrá? ¿Quién rezará sobre nuestros huesos? En caso de conflicto y de que queden bloqueadas las líneas de comunicación, ¿quién nos abastecerá de agua y de comida? Si termina la guerra, ¿quién recordará que estamos en este agujero? ¿Por qué no se nos ha dicho hacia dónde podemos huir y dónde podemos refugiarnos en caso de peligro? ¿Por qué no se permite nuestra rendición? ¿Adivináis para qué sirven los cartuchos de dinamita que dejaron entre las armas? ¿Podéis sospechar lo que se espera de nosotros en caso de que se agoten las municiones o de que nos veamos irremisiblemente cercados? ¿Por qué no se nos ha dicho quién es el enemigo y por dónde vendrá?

La voz de Hilal se alzó hasta convertirse en un grito angustioso, y los hombres permanecieron silenciosos y quietos. Sobraban las palabras, porque no había más preguntas que hacer ni se podía dar ninguna respuesta consoladora a las preguntas. Por primera vez, los cuatro, solidariamente, tomaron conciencia de su situación de abandono en medio del desierto, y de su vulnerabilidad en caso de que el simple olvido de algún desconocido les condenara a la muerte.

Fue Umar Mahdi quien rompió el silencio creado, formulando una nueva pregunta, mirando a las estrellas:

—¿Os habéis fijado en que el tiempo ha cambiado? En este momento hace un ligero frescor; es la primera vez que siento en mi piel el frío de la noche.

—Quizá haya otra tormenta —dijo Sakir, frotándose los brazos y siendo consciente de que, efectivamente, la temperatura había bajado.

—No, no es eso —dijo el pastor—. No hace viento; simplemente, la temperatura ha descendido. Además, si os fijáis, los atardeceres no son tan rosados como en los días anteriores. Es posible que haya un cambio de tiempo.

—¿Cómo puedes saberlo? —preguntó Hilal.

—Mis ojos han contemplado más atardeceres de los que habéis visto los cuatro juntos. No olvidéis que mi casa ha sido siempre el cielo abierto.

—¡Dentro de poco entraremos en el invierno! —dijo Sakir, como si hubiera hecho un descubrimiento—. Debemos de estar ya en diciembre.

—Veintinueve de noviembre —puntualizó Hilal, y prosiguió—. Es cierto; el calor del desierto nos ha engañado, pero dentro de poco estaremos en invierno. Espero que no bajen mucho las temperaturas, porque no sé si tenemos equipo suficiente para resistir el frío.

El primer turno de guardia le correspondía a Safi, y los otros tres hombres se dirigieron hacia la puerta, cargando entre todos la impedimenta que el herrero había utilizado en su exploración. El carpintero retiró el cargador del arma y se lo tendió a Hilal, quien respondió:

—No. Quédatelo. Esta noche no hará calor. Permanece atento por si hay algún movimiento y llama inmediatamente si hay peligro.

Los tres hombres interpretaron el mensaje del suboficial: «No retires el cargador porque es posible que el enemigo haya seguido a Sakir. Permanece con los ojos bien abiertos porque es posible que haya agitación». Y cada uno de ellos tomó conciencia de que, esa noche y quizá en los días sucesivos, habría que extremar las precauciones en la guardia.

Cuando Safi se quedó solo, escrutó el horizonte en todas las direcciones. No se veía nada, porque la oscuridad más completa llenaba el cielo. La escasa luz de la luna, en un leve creciente, apenas permitía entrever los bordes del cráter en el que estaba construida la casamata. El carpintero pensó que el enemigo podría acercarse en la oscuridad de la noche hasta el borde de la duna, saltar hacia él y acuchillarle en la negrura, sin hacer ningún ruido. En un gesto automático en su origen pero luego consciente, sacó la bayoneta de la funda que llevaba a la cintura y la colocó sobre la bocacha del fusil. Para atemperar su miedo, caminando siempre por el borde del muro de la casamata y oteando en todas las direcciones, comenzó a cantar quedamente una canción, la que recitaba su abuela para aplacar a los genios:

Huéspedes vuestros, huéspedes de Dios,
huéspedes vuestros y de mi Señor,
aquí estamos pidiendo perdón.
Vuestro dueño es nuestro Señor Salomón.
Nada os haremos, no nos causéis dolor.
Ciegos, no podemos veros.
Sordos, no podemos oíros.
Somos musulmanes vuestros.
Nada os haremos, no nos causéis dolor. [15]

Safi recitó la canción una y otra vez, hasta que las palabras perdieron sentido. Por vez primera tenía miedo a la negrura de la noche. Sentía que millares de ojos le contemplaban desde los alrededores. Y que no eran los ojos de las estrellas, aunque titilaban con violencia en la oscuridad del cielo.

13. La creación

Los días comenzaron a transcurrir veloces. Hilal señaló con una muesca en el calendario el número veinticinco de su estancia en el refugio, ya estaba identificado para todos como el seis de diciembre. Precisamente eso deseaba Nayi, como lo deseaban los demás: que los días cayesen uno tras otro, que cada día fuera igual que el anterior, sin sorpresas. Y que pronto llegaran los víveres y, con ellos, noticias y el fin de su incertidumbre, o al menos la respuesta a algunas de sus preguntas.

Como había anunciado Mahdi, el tiempo comenzó a cambiar, primero imperceptiblemente pero luego con la suficiente importancia como para que las variaciones fueran notorias. No estaba claro si los días eran más benignos o era que sus cuerpos estaban ya acostumbrados a padecer el calor, que seguía siendo intenso en la superficie. Pero resultaba evidente que las noches eran más templadas, e incluso frescas algunas de ellas, sobre todo en las horas que precedían al amanecer. La bajada de temperatura disipaba el calor almacenado por los muros de hormigón durante el día y hacía la mañana más soportable y el atardecer más esperanzador. Los soldados comenzaron a notar que la bajada al refugio suponía un alivio para sus cuerpos que no habían sentido antes, cuando la atmósfera recocida de la cámara les devolvía el tufo a orín, a petróleo y a sudor. Se descansaba mejor y sus cuerpos estaban más fuertes y despiertos. Habían decrecido la tensión y la angustia de los primeros días.

Mientras limpiaba el fusil, Hilal contemplaba con admiración el martillo construído hacía varios días por Sakir. Para el comandante, aquella herramienta constituía una muestra admirable de la inteligencia y de la tenacidad humanas y, en particular, de las del herrero. Estaba fabricado a partir de arandelas de acero de la granada, de diferente tamaño, pacientemente dobladas hasta adoptar la forma de rectángulos que encajaban unos dentro de otros. Como el ajuste no era perfecto, el espacio entre ellos estaba relleno de pequeñas cuñas de madera que hacían suficiente presión como para que unas piezas no resbalaran sobre otras. El conjunto estaba atado por dos pletinas de hierro, cerca de los bordes, y el mango era la pieza cilíndrica de acero que formaba el núcleo de la bomba. Como Sakir decía, aquello no era el martillo de un herrero, pero tenía la masa y el tamaño adecuados para que fuera útil en manos de un carpintero. ¡Y vaya si lo era en manos de Safi!

Cuando Ahmad tuvo el martillo en sus manos dio comienzo a una actividad frenética. Comenzó desarmando todas las cajas de madera que no eran indispensables, con lo que durante algunos días las provisiones estuvieron esparcidas por la sala, originando las protestas de Mahdi y las bromas de los otros dos. Más adelante, con ayuda de una pieza acanalada que le había conseguido Sakir y que hacía de tenaza, extrajo uno a uno los clavos que unían las tablas, que enderezó pacientemente. Luego, tras conseguir que el herrero le afilara los extremos de alerones de la granada hasta conseguir cuatro formones de diferente ancho, se dedicó a hacer cajeados a las tablas y las ensambló hasta fabricar estanterías, una pequeña mesa que sustituía al tosco cajón del lanzagranadas y varios colgadores que utilizaban como perchas. Al tiempo que trabajaba, Safi cantaba canciones que coreaba Mahdi con alegría, que admiraba Hilal por su sencillez y de las que se reía Sakir. Estaba tan enfebrecido con su tarea que en varias ocasiones el comandante le impidió salir a hacer la guardia con el martillo, el formón y alguna tabla que el carpintero consideraba urgente trabajar. Hubo que recordarle también su obligación de mantener limpio su armamento y de cargar periódicamente las baterías de la radio y de comprobar su funcionamiento.

El toc-toc del martillo era un sonsonete continuo durante el tiempo en que Safi estaba en el interior del refugio. En ocasiones, el carpintero imprimía a sus golpes un ritmo peculiar que acompañaba a las canciones que cantaba: toc-toc-tototoc, totoc. Otras veces, en silencio, trabajaba con el formón los últimos detalles de una pieza, concentrando en ella sus cansados ojos. O utilizaba el filo de la bayoneta para alisar la tabla y obtener una superficie pulida. Se las había ingeniado para convertir en una regla precisa uno de los listones delgados y era frecuente verle mirando una pieza de madera, contrastando sus propiedades y sus dimensiones a la luz que procedía de la claraboya del techo.

El entusiasmo de Safi tuvo un efecto inductor en las ocupaciones de los demás. Mahdi se había convertido en un experto cocinero que utilizaba los monótonos ingredientes de la despensa en confeccionar comidas que a todos les resultaban deliciosas. Fabricaba pan amasando la harina con semillas de frutos secos, enteros o triturados, y empleaba las cáscaras para dar sabor a guisos de arroz o de alubias. Los paladares de los soldados, que durante los veinte primeros días soportaron el tedio de los guisos sosos o de las carnes desecadas, disfrutaban ahora con sabores inéditos y constituía un juego, durante la comida o en las cenas, tratar de adivinar los ingredientes que Mahdi utilizaba. En algunos casos intuían un leve aroma de té, o el sabor de una fruta dulce que contrastaba con la salazón de la carne, o el toque lejano de algún ingrediente fermentado. Pero en esos juegos el cocinero no afirmaba ni negaba y consideraba un secreto particular la receta que los otros admiraban.

Además de esto, Umar supervisaba su rebaño de insectos, tres hasta la fecha, que habían conseguido en el exterior de la caseta, dos alados y uno áptero. Los cuidados de Mahdi debían ser los precisos, pues los tres insectos medraban descuidadamente en tres pequeñas jaulas construídas con las finas varillas de madera que Safi le preparó y que Umar se ocupó de atar con hilos obtenidos de los sacos de harina o de arroz. El pastor asignó a sus bichos los nombres de las tres primeras letras del alifato: *alif, bā* y *tā.* Sospechaba que los alados eran libadores, pues sacaban pequeñas trompas que movían con fruición cuando su cuidador vertía en las jaulas minúsculas gotas azucaradas, incluso maceradas en su boca, mientras el tercero era un terrible carnicero que movía sus mandíbulas devorando las delgadísimas hebras de carne que Mahdi le acercaba por los barrotes.

No sólo esto. A Umar le quedaba tiempo para trenzar cuero. Los lanzagranadas venían guardados en grandes bolsas de piel, y el pastor consiguió el permiso de Hilal para cortarlas en delgadas tiras que enlazaba con habilidad hasta formar adornos que los hombres convertían en pulseras. Mientras trabajaba, el pastor recordaba en voz alta algunos episodios de su pasado:

—En mi aldea se trenzaban los juncos y el esparto. Con los juncos, las mujeres fabricaban pequeños tiestos que colocaban en los alféizares de las ventanas y en los que colgaban flores durante la primavera. Con el esparto se hacían sandalias para el verano y cubrepiernas para el invierno. Era muy frecuente ver filas de hombres o de mujeres en conversaciones al sol, mientras trenzaban las cuerdas. Con el cuero curtido se fabricaban arreos para el ganado.

—¿No nos vas a contar nunca de dónde eres, Mahdi?

—Mi aldea es muy pequeña y no viene en ningún mapa. No la encontrarías aunque estuvieras andando durante siglos —replicaba el pastor mientras soltaba grandes risotadas, eludiendo una respuesta que había sido ya solicitada por los compañeros en varias ocasiones y que siempre se estrellaba con las evasivas de Mahdi.

Por su parte, Sakir dedicó un tiempo a preparar herramientas para el carpintero o a doblar con sus poderosos dedos los clavos y alambres de las cajas, y tenía un depósito particular de piezas metálicas que adaptaba a las necesidades de Safi. Colaboraba con éste en dar solidez a algunos estantes o muebles que fabricaba, poniendo clavos en lugares estratégicos o fabricando grapas para atar ciertas piezas. Pero pronto se aburrió de esta tarea subsidiaria y trató de encontrar alguna ocupación para sí mismo. En una ocasión desarmó la cocina y los tubos de aluminio extensible que hacían de chimenea, so pretexto de comprobar si había alguna obstrucción. Durante un día entero anduvo encaramado a varias cajas, trabajando con las rejillas de ventilación de la casamata, hasta que consiguió que las piezas metálicas interiores funcionaran como batientes, lo que facilitaba su limpieza y, según él, permitía alzarlas cuando no hacía aire, para facilitar la ventilación de la cámara. Por aburrimiento, mientras los otros trabajaban en sus ocupaciones, cuando no estaba de guardia desarmaba y armaba los fusiles, la pistola o el lanzagranadas, limpiando una y otra vez sus piezas hasta que quedaban brillantes. O sacaba las cajas de munición y esparcía las balas, llenando y vaciando una y otra vez los cargadores y dando aceite a los resortes hasta conseguir que los proyectiles volaran a una liviana caricia de sus dedos. Hilal le dejaba hacer y lamentaba que el herrero no encontrase en aquel lugar ninguna ocupación específica, ya que no había ni posibilidades de hacer una fragua, ni materiales con los que trabajar.

Todos vieron con sorpresa cómo Sakir tomó un día uno de los formones del carpintero y, sin decir nada, comenzó a trabajar sobre la tosca pero sólida mesa que había fabricado Safi. No necesitaba martillo. Arrastraba el filo del instrumento con sus fuertes manos, hasta conseguir incisiones profundas y, cuando era necesario, sujetaba la cuchilla con una mano mientras daba un golpe con la otra, para conseguir un corte más profundo. Nadie sospechó al comienzo lo que hacía el herrero, ni le preguntó por su ocupación. Pero todos miraron sorprendidos cómo a mitad de la tarea era distinguible el dibujo de un tablero para el juego de la *attaula*. Sakir trazó primero con la hoja del formón los bordes de los triángulos y luego, con paciencia, fue vaciando los espacios que debían ser negros, hasta grabar el tablero completo. Todos le veían trabajar y, de cuando en cuando, le animaban en la tarea y le felicitaban por su idea, que permitía una nueva posibilidad de entretenimiento. Al terminar su trabajo, todos quisieron estrenar el juego y se utilizaron alubias como fichas de juego, la mitad de ellas previamente teñidas con el tizne de un trozo de cuero carbonizado al fuego.

Cada vez que alguien introducía una ocupación, Hilal se alegraba porque consideraba que de esa manera las horas pasaban más fugaces. Por otra parte, comprobaba que no se desatendían las obligaciones generales y que, con los trabajos o con el juego, se introducían elementos terapéuticos que aliviaban la tensión, la angustia o la soledad. No se descuidaban las oraciones. Era al atardecer cuando se hacía el rezo más importante del día. El cambio de guardia se realizaba abajo y los hombres se juntaban para oír la salmodia de su comandante y para hacer las inclinaciones prescritas en dirección a la alquibla. La primera vez que se reunieron los cuatro, dejando desatendida la guardia durante los quince minutos que duraban las oraciones, Hilal se inquietó por considerar que ese período podía ser peligroso, pero no dijo nada a sus hombres y luego valoró que si en ese momento, precisamente en este momento del día, llegaba el enemigo, no sería más que la Voluntad de Dios, y dejó que los hombres disfrutaran juntos de aquel instante de encuentro con su Señor y con sus compañeros. Los viernes oraban juntos dos veces, al amanecer y por la tarde y, como día sagrado, la oración era acompañada por un recitado más largo de lo acostumbrado de algunas de las azoras del Corán, generalmente elegidas por Nayi como aquellas que resultaban más consoladoras para los soldados de Dios.

Hilal tuvo conciencia de su papel en el grupo y su autoridad se iba imponiendo sin esfuerzos. No daba más órdenes que las imprescindibles para mantener la rutina diaria y, en ocasiones, cuando no se limpiaban las armas después de bajar, o no se cumplían las tareas asignadas, o se desatendía el cuidado de los camastros, frenaba su impulso de amonestar a los hombres y comprobaba que era alguno de los otros quien recordaba sus obligaciones al renuente. Sus hombres consultaban cada vez menos con él y sólo en ocasiones especiales, como cuando se hizo la segunda salida, esta vez nocturna y en la que Sakir y Safi salieron juntos durante siete horas, Hilal trataba de imponer sus criterios al grupo.

Hilal y Umar prosiguieron el aprendizaje de la lectura y de la escritura. Pronto, el pastor había memorizado los símbolos del alifato que habían sido escritos en la pared e Hilal procuró que él y el pastor coincidieran en los turnos de guardia para continuar con las lecciones. Arriba, Hilal preguntaba a Mahdi por los símbolos y ambos aprovechaban para trazar sobre la arena primero las letras sueltas y luego algunas sílabas al dictado. Como había visto hacer en los textos escolares, Nayi escribía en las sílabas o en las palabras las vocales cortas que se omitían luego en los libros para lectores iniciados. Trató de que Mahdi asociara el símbolo de cada una de las veintiocho consonantes con algún objeto conocido por el pastor, para facilitar su memorización. Así, *alif* era una cayado; *bā,* una barca con un pez; *tā*, un plato con dos alondras; *sīn* recordaba una hoz; *lām,* un anzuelo; *nūn,* en posición aislada, un seno de mujer… Pronto, Umar llamó *mu'allim,* maestro, a su comandante, primero cuando estaban a solas y luego cuando estaba con los otros. Hilal se sentía halagado con el título que, a excepción de su nombre, prefería a cualquier otro tratamiento. Entre los dos se estableció una relación peculiar. El pastor consideraba a Hilal casi como su hijo y le respetaba al tiempo como *mu'allim* y como *sayyid.* En una ocasión, el pastor, al término de una de las sesiones, en un atardecer agrisado, entregó a Nayi un bello collar trenzado con cuero, que el pastor colocó en el cuello del comandante. Umar, poco acostumbrado a hacer y a recibir regalos, hizo un esfuerzo y dijo suavemente a la oreja de Hilal:

—*Mu'allim…* te agradezco lo que estás haciendo por mí… Siempre he deseado aprender a leer y nunca pensé que podría hacerlo en un lugar como éste. Cuando muera podré sostener en mis manos un fragmento del texto sagrado y yo podré saber qué dice.

—Está siendo una de las tareas más hermosas que he hecho nunca —dijo Hilal sin volverse, mientras el pastor ataba a su cuello el collar—. Te puedo asegurar, Umar, que estoy muy satisfecho de poder enseñarte, pero el mérito siempre es del alumno, y no del maestro.

—No, no —protestó Mahdi, después de anudar el collar, mientras el comandante permanecía todavía de espaldas, tratando de que el pastor no viera cómo sus ojos se humedecían de lágrimas— si no fuera por ti yo seguiría siendo un analfabeto y al morir llegaría al cielo sin poder leer el Corán.

—En el cielo no necesitaremos el Corán, porque seremos sabios —dijo Hilal— y tu sabiduría será la más perfecta de todas.

Los dos se volvieron y se fundieron en un abrazo que duró un largo minuto. Cada uno estaba necesitado de los brazos y de la piel del otro. Los dos dejaron caer las lágrimas de sus mejillas y, al final, se volvieron y se besaron. Mahdi, sin soltar los brazos de Hilal, le miró fijamente y le hizo un ruego:

—*Mu'allim,* quiero leer pronto, leer de verdad. Quiero pedirte que me escribas algo que recuerdes, algo bello que tú recuerdes. Yo lo leeré luego para ti.

—¿Escribir? ¿Escribir dónde?

—En una tabla; puedes escribir en una tabla con una astilla tiznada al fuego.

Hilal se quedó tan pasmado ante la sencilla sugerencia del pastor que no supo qué decir. Agarró fuertemente sus brazos y se abrazó a él diciéndole: «¡Umar, tú eres el más sabio de los hombres que hay en muchas millas a la redonda!». E Hilal bailó a su alrededor diciéndole repetidas veces: «¡Gracias! ¡Gracias, Umar!». Y el pastor, que no entendía el motivo de la alegría de su maestro, vio cómo el comandante desaparecía por la puerta de la casamata, dando gritos abajo. Pasados unos minutos, Hilal regresó a la arena con una tabla en la que había escrito en unos caracteres negros ya casi indistinguibles al atardecer, un pequeño poema dedicado al pastor:

Zabyun agarru fattanū,
fī 'āridai-hi bustānu,
wa-l-qaddu min-hu faināmu,
qad zaiyanat-hu rummānu. [16]

A partir de ese momento, Hilal comenzó a escribir. Pidió prestadas al carpintero diez tablillas que consideró apropiadas, las más delgadas del montón y desbastó dos de ellas cuidadosamente, con el borde de la bayoneta, como había visto hacer a Safi. Con la misma astilla carbonizada que había utilizado para escribir la tablilla de Umar, Hilal repitió los versos completos:

Tiene esta dulce gacela
dos jardines en su cara,
y en su talle floreciente

brillan redondas granadas.
Jazminero es su mejilla
protegida por dos lanzas.
¡Cuánto león que en la selva
reinó fiero y sin rivales,
a sus pies, de amor herido,
vino muriendo a humillarse! [16]

La caligrafía resultó imperfecta, con unos trazos más marcados que otros. Alumbrado por la luz del candil, en contra de sus propias normas, que impedían que se utilizase la lámpara más que en casos de emergencia, Nayi completó los versos frenético, arrimando la astilla a la llama, haciendo caso omiso del calor que laceraba las yemas de sus dedos. Safi y Sakir le miraban hacer e intercambiaron miradas en las que había sonrisas complacientes, pues sabían del empeño del suboficial por escribir. Cuando completó los versos, Hilal contempló la tabla a la luz de la lámpara, observando las torpes curvas del poema, que parecían caerse por los bordes. Era una escritura imperfecta, pero era escritura.

Aquella noche, excitado, Hilal apenas pudo dormir. Se reservó para sí uno de los períodos de guardia nocturna, comentó con sus hombres lo que para él significaba aquel feliz descubrimiento y no olvidó elogiar la sugerencia de Umar, que se alegraba por la satisfacción de su comandante. Envueltos en los grandes *kufiyas,* ahora para protegerse del frescor de la noche, los cuatro mantuvieron una larga conversación arriba, bajo un dosel lleno de estrellas. A excepción del pastor, que se mantenía en un silencio respetado por el resto de los hombres, cada uno habló de los lugares de su infancia. La abigarrada ciudad de Nayi, el oasis de Sakir y el poblado de Safi fueron lugares de todos y cada uno pudo evocar la vida y los recuerdos de los demás, lamentándose por estar tan lejos pero al tiempo agradeciendo que el destino les hubiese unido precisamente a los otros tres, y no a otros.

Hilal evocó los orígenes de su literatura y, en especial, de la Revelación Sagrada, en los tiempos en que la escritura era poco menos que imposible y los textos profanos, las canciones populares, las mu'allaqat y el propio Corán eran almacenados por los memoriones, los *hufuz* o los *ruwat,* capaces de reproducir fielmente los textos declamados por el autor y transmitidos por la tradición. Durante varios meses, si se contaba el período de instrucción militar en el cuartel, Hilal había sido *rawi* y *hafiz,* y guardaba en su cerebro centenares de citas literarias, multitud de proverbios, relatos épicos de la Arabia preislámica, poemas del andalusí Zaydūn, decenas de *hadi* o canciones de cuna, varios puñados de *mawwāles* originarios de su propio país, *zayales* o poemas populares de todo el mundo árabe, *qasīdas* que se cantaban en muchas regiones o versos completos de poetas contemporáneos de todo el mundo árabe: Al-Aqqād, Abū Sabāka, Abū Rīsā, Al-Qurasī, Mahmūd Marwīs, Nizzar Kabbāni, Tawfīq Zayyūd... sin olvidar fragmentos enteros del Libro Sagrado. Todos ellos se almacenaban en la memoria de Hilal, que podía evocarlos cada vez con más dificultad, pero que ahora podía escribirlos y dejarlos a salvo de los inevitables desfallecimientos de su retentiva.

Escribiendo en las tablas con la astilla quemada, Hilal evocaba los primeros tiempos de la escritura de su pueblo, cuando las tribus nómadas no tenían a mano más que pedazos de cuero u omóplatos de camello, en los que dibujaban o grababan los caracteres que poco a poco iban a configurar la esencia de una cultura que se iba a extender por todo el mundo conocido. Hilal recordaba con emoción las primeras imágenes de los omóplatos grabados, del cuero y de los pergaminos pintados con los toscos caracteres antiguos que había podido contemplar en mezquitas y en museos de El Cairo. Y se sentía a sí mismo como continuador de una epopeya en la que, al lado de los primeros secretarios del Profeta, dejaba la revelación o la tradición a salvo de la muerte o de la alteración de los memoriones. Desde entonces, pensaba, ya no importaba la muerte, pues él se proponía dejar constancia escrita de cuanto aconteciera en aquel lugar, al tiempo que pretendía rescatar de su memoria los poemas, las canciones o las aleyas que más estimaba, aquéllas que no podían perderse aunque él muriera u olvidara.

El día siguiente, al regreso de su guardia diurna, Hilal encontró diez tablillas preparadas por Safi, y una colección de astillas convenientemente tiznadas. Umar se ofreció a limpiar el fusil del comandante y éste comenzó su tarea como escribiente. Encabezó cuatro de las tablas con los nombres de sus tres compañeros y el suyo propio, y escribió en una quinta un largo poema. La tarea resultó más torpe y lenta de lo esperado, pues las astillas se quebraban bajo la presión de sus dedos y la escritura se borraba con cualquier suave roce sobre la pulida superficie. No se desanimó. Había encontrado el soporte y estaba seguro de que encontraría la herramienta apropiada para dibujar. Aplazó esta tarea y puso en marcha otro de sus proyectos, encargando a Umar tres collares similares al que había recibido el día anterior y solicitando de Safi que le recortara cuatro pequeñas y delgadas tablillas. Al atardecer de ese día, cada uno llevaba al cuello un collar y una pequeña tablilla con su nombre y con su número de identificación militar al dorso, inventado en el caso del pastor, ya que no se le había asignado previamente ninguno.

Nombres y números habían sido grabados en la madera por Hilal, utilizando un clavo con el que realizaba incisiones primero suaves y luego más profundas. Dos pasadas eran suficientes para dejar una escritura indeleble, aunque apenas visible, pero a la que se daba un tizne oscuro con sólo pasar los dedos sucios de polvo y de saliva, que quedaban adheridos a las pequeñas grietas y que remarcaban los caracteres. La tarea había resultado más sencilla de lo que Hilal pensó al principio, y utilizó igualmente el clavo para encabezar las tablillas que a la mañana había dedicado a cada uno de los cuatro hombres. Comprobó que la escritura con el punzón resultaba más precisa, clara y perdurable que con la astilla de madera, y decidió utilizar un hierro aguzado como utensilio de escritura. El comandante estaba feliz con aquellos toscos descubrimientos y su euforia se trasladaba al resto de sus hombres, pendientes de encontrar ocupaciones que aligeraran su espera.

A la mañana siguiente, Hilal recibió de Sakir y Safi un punzón construido con dos piezas de madera que formaban un cilindro y que se ataban mediante alambres protegidos por trozos de piel. El clavo de su interior se podía afilar o recambiar fácilmente y, en los dedos de Hilal, aquel instrumento resultaba un precioso lápiz con el que trazaba los bellos caracteres que formaban canciones y poemas.

Por supuesto, se oteaba el horizonte con regularidad, se controlaban con rigor los víveres y las provisiones, se cuidaban las armas y se seguían realizando los ejercicios de montaje y desmontaje de los fusiles, aunque cada vez más distanciados. Se mantenía la radio en permanente estado de escucha y se hacían las tareas de limpieza del interior del refugio y del exterior del cráter en la medida que eran necesarias. Los días eran cada vez más benignos y las noches cada vez más frescas. Los atardeceres de color gris perla habían sustituido a los intensamente rosados de las semanas anteriores y los pañuelos se utilizaban por la noche, no ya para protegerse del calor del sol sino para aliviar el cada vez más preocupante frío nocturno. Aunque la espera era la misma, el tiempo cobraba ahora un significado diferente. Las angustiosas horas vacías de los primeros días, cuando los hombres esperaban sudorosos, aburridos y tensos el paso del tiempo, estaban ahora llenas de una actividad incesante donde el toctoc del carpintero, la cuchilla o la cuchara del pastor, las tablillas del *mu'allim* o los instrumentos del herrero daban lugar a creaciones cada vez más bellas.

Incluso Sakir había conseguido al fin una ocupación para entretener sus manos ávidas de trabajo. Recabó para sí todas las latas de conservas vacías que hasta entonces habían sido arrojadas al inacabable pozo fétido que había en el piso inferior. Utilizando punzones, recortó pequeños círculos o cuadrados que servían como fichas para la *a-ttaula* o para otros juegos de tablero, a las que mataba los bordes afilados frotándolas contra las paredes de cemento del interior o del exterior de la casamata. Experimentó con diferentes procedimientos hasta conseguir cubrirlas con una pátina de color, y encontró óptima la fórmula de mantener las chapas durante algunos días en el exterior, sumergidas en orina. Dependiendo del tiempo de exposición al aire, Sakir obtenía tonos verdes o negros, colores que se añadían al plateado o al dorado de la chapa original. Un día, solicitó autorización del comandante para tomar treinta balas de la *tokarev.*

Intrigado pero dispuesto a complacer a Sakir, Hilal le concedió el deseo pues había abundante munición para un arma que resultaba inútil para defender el puesto. Provisto de unas improvisadas tenazas, el herrero extrajo de los casquillos de latón los proyectiles de plomo que pasaron a ser piezas de otros juegos, como el de la raya, que se jugaba en exterior o en el interior del refugio.

Observando los casquillos de la pistola, Hilal recordó el juego occidental que había conocido en Egipto, que resultaba desconocido en su tierra, y sugirió que los casquillos de balas fueran piezas de ajedrez. El herrero se entusiasmó con la descripción del juego y contagió su pasión a Safi, quien se ocupó de trazar sobre la otra mitad de la mesa, simétrico al tablero de la *a-ttaula,* los sesenta y cuatro escaques que marcaban el incruento campo de batalla. Sakir hizo caso de la sugerencia de Hilal: asignó a los cartuchos de la pistola el papel de los peones, y extrajo los proyectiles de veinte balas de kalashnikof para construir con los cartuchos las dieciséis figuras. Utilizó las pequeñas herramientas que encontró en la caja de los lanzagranadas para realizar un trabajo artesanal que en pocas ocasiones había intentado, pues durante su vida siempre había trabajado con grandes piezas de hierro. Preguntaba a Hilal sobre la forma de las piezas típicas de ajedrez y el *mu'allim* le dibujaba las figuras con hollín sobre una tabla pulida. Al cabo de tres días, Sakir había realizado un trabajo prodigioso a base de recortar, pulir y dar forma a la boca de los casquillos. Los reyes y las reinas tenían rostros, los caballos poseían orejas y bocas, los alfiles estaban dotados de caperuzas puntiagudas que apuntaban al cielo y las torres parecían alminares. Un juego de piezas tenía un brillante color bronceado mientras las otras estaban recubiertas por una pátina de color verdoso. El herrero se convirtió en un adicto al juego y desafiaba a sus contrincantes hasta que éstos accedían exhaustos a perder una vez más ante la estrategia innata de Sakir. En ocasiones jugaba solo y tomaba nota mentalmente de aperturas y de estrategias. Cuando tenía alguna duda consultaba con Hilal, quien le aclaraba algunas reglas y le informaba sobre la existencia de campeonatos locales, regionales, nacionales e incluso mundiales, en los que Sakir soñaba con participar para aprender y contrastar sus conocimientos.

Umar tardó dos días completos en descifrar el contenido de la primera tablilla entregada por Hilal, pero al cabo de ese tiempo recitó el poema a su maestro y le solicitó más trabajo. Nayi escribía con un tizón cuando los escritos podían ser borrados y grababa con el estilete las tablillas que deseaba que perduraran. Entregó al pastor una tabla tiznada, esta vez con proverbios cortos, y Mahdi los devolvió al día siguiente interpretados. El tesón del viejo era indomable y los ratos en que no tenía ocupaciones pasaba horas enteras siguiendo con los dedos el trazado de la escritura, vibrando cuando descubría una palabra y saltando de alegría cuando encontraba el significado de una frase entera. Para que practicara con la escritura, Hilal le encomendó la tarea de ser su ayudante, algo que encantó al hombre. Así, el maestro realizaba la primera de las incisiones con el punzón, que seguidamente eran profundizadas por Mahdi con un estilete similar hasta dar forma perdurable y definitiva al texto. A veces, el pastor, extasiado por conocer el significado de un escrito, preguntaba ansioso al maestro el significado de alguna palabra, pero éste le solicitaba calma y le daba sólo las instrucciones precisas para descifrarlas.

El primer poema amoroso que escribió Hilal fue trabajado con esmero por el pastor, que pudo descifrarlo después de un penoso arrastrar de letras y de palabras. Cuando lo entendió completo y recordó el sentido de algunos términos ocultos, llamó a sus compañeros y lo leyó en voz alta. Decía:

Te quiero

He escrito que te quiero
encima de los muros de la luna.
Que te quiero muchísimo,
como nunca pudiera amarte nadie.
Pero tú no has leído mis palabras escritas
[en la luna,
escritas en las sillas del jardín
y en la dura corteza de los árboles.
Escritas en el cauce de los ríos,
en las altas espigas y en la piel de los frutos.
Escritas, amor mío, en las estrellas cansadas
[del viaje.
He grabado «Te quiero»
en el primer albor de la mañana.
Lo he grabado en los límites del cielo,
amor, y en el destino.
Que te quiero muchísimo.
Pero tú no las viste brillar entre los pétalos,
ni escritas sobre el puente, el río y la colina.
Grabado en cada gota de rocío y en las conchas
[del mar.
Amor, tú no lo viste
grabado en los luceros, los ramos y las piedras.
He escrito mis palabras, que te quiero,
en las hojas calientes del cuaderno del sol.
¡Ojalá las hubieras leído...! [17]

Nadie supo en quién pensaba Mahdi mientras leía aquellos versos, pero en la penumbra del atardecer Sakir recordaba a su perdida Rebah, Hilal sentía que se movía en su alma la imagen paralizada de su lejana Atika y Safi recordaba con lágrimas a su Hanna del alma. La oración de aquel día fue especialmente triste y nadie dijo una sola palabra hasta el amanecer del siguiente.

La segunda tormenta de arena no les encontró desprevenidos. El viento se levantó al amanecer del día trigésimo primero y en apenas tres horas cobró una inusitada fuerza. Soplaba ahora desde otra dirección, y aunque no era indispensable colocar los protectores externos de las rejillas de ventilación, Sakir levantó las portillas interiores y se colocaron dos filtros de algodón que el pastor había confeccionado días antes a partir de la tela de los sacos. El artilugio funcionó, porque a pesar de que el viento soplaba con fuerza, el polvo quedó retenido lo suficiente como para permitir respirar sin excesivo agobio. No se encendió el hornillo de petróleo y tampoco se hizo guardia fuera. Constituyó incluso un descanso saber que en las siguientes horas no había que hacer los turnos de vigilancia, ya que los hombres se dedicaron a sus tareas. Jugaron, escribieron, oraron y se contaron episodios de sus vidas. Todos, salvo Mahdi, que guardaba un hermético silencio en relación con su pasado. La tormenta ya no inspiró terror, porque la temperatura era soportable y se sabía que, tarde o temprano, el viento acabaría por ceder. En efecto, al atardecer del día siguiente el viento amainó y los hombres salieron y comprobaron que, al igual que había ocurrido la vez anterior, el cráter estaba inundado de un polvo que esa misma noche habría que retirar. El pastor llamó la atención a los demás sobre el cielo. El sol se recortaba, blanco sobre blanco, en un fondo lechoso y espeso. A su alrededor se extendía el arco completo de un halo gigantesco que ocupaba un tercio de la bóveda y que tenía colores grises y morados. Ninguno de los cuatro había visto nunca un espectáculo similar y se sintieron anonadados por su grandiosidad. El halo fue cambiando de tonalidades hasta que los grises tiñeron el arco, y luego se desvaneció. Los hombres se tomaron de los brazos y contemplaron uno de los atardeceres más bellos y terribles que hubieran visto nunca.

El viento escribió otra vez sus poemas sobre la arena. Desde aquel día, el tiempo comenzó a cambiar. Hilal sospechó que el clima del desierto tenía que ver con aquellos gigantescos movimientos de aire, que anunciaban cambios menos violentos pero más persistentes. Recordó haber leído que incluso en los desiertos más cálidos las temperaturas eran extremas, tórridas en los días de verano y heladoras en las noches de invierno. La entrada del invierno se produjo el día trigésimo noveno de su estancia en el refugio e Hilal comenzaba a inquietarse porque el peligro no estaba ahora en las provisiones ni en el agua, controlados con tal rigor que les daba un margen de al menos otros veinte días antes de que llegasen los suministros, e incluso era posible resistir otros diez días más sin que la situación fuese preocupante. El comandante consideró que debía haberse equivocado en los cálculos iniciales porque él no pensaba en la posibilidad de que los víveres los mantuvieran aún otros treinta días, pero como no hizo ningún comentario con Mahdi no pudo suponer que el pastor había tomado sus propias medidas para racionar los alimentos, aprovechando hasta el último ingrediente y hasta la última salsa para los siguientes guisos.

A medida que se aproximaba la llegada de suministros, el suboficial comenzó a inquietarse. Pensando que el cambio de temperatura hacía transitable el desierto, tomó medidas para extremar la vigilancia, esperando que en los días o noches siguientes apareciera el camión. «Aunque —pensaba Hilal— los suministros podrían no venir; bastaría con que alguien hubiera olvidado en algún rincón un papel que dice que en medio del desierto hay cuatro hombres, cuyos nombres poco importan…» Pesaroso por sus negros presagios, preparó una cuarta expedición para conocer los alrededores y saber si había algún lugar a donde huir en caso de peligro. O por donde esperar al enemigo.

Las salidas anteriores no habían ofrecido ningún dato alentador. A partir de la segunda, Hilal y los hombres convinieron que los viajes se hicieran por parejas, para poder superar inesperados accidentes, aprovechando la oscuridad de la noche y en recorridos profundos, para tratar de conocer los límites del desierto. Hilal había preparado un mapa imaginario, cuyo centro estaba ocupado por la posición de la casamata, y a cuyo alrededor no había más que indicaciones sobre puntos cardinales, pues hasta la fecha no se había encontrado ningún accidente topográfico que pudiera servir como referencia al fijar su posición. Se convino que siguiente exploración fuera realizada por Sakir y Safi, como las dos anteriores, pues ambos tenían la resistencia suficiente para que uno sirviera de ayuda al otro y se consideraba necesario que el comandante estuviera en el puesto en todo momento. Pese a las protestas de Umar, se descartó su salida no sólo por su edad sino por su escaso adiestramiento en el uso de las armas.

Los hombres, con las ropas de abrigo que fue posible encontrar, y bien pertrechados de armas y de agua, se deslizaron entre las sombras al anochecer del veintitrés de diciembre, que hacía el número cuarenta y uno de su estancia en aquel destierro. La oración de aquel día había sido especialmente fervorosa, como en las otras tres ocasiones anteriores. El comandante y Umar vieron partir al herrero y al carpintero con cierta aprensión, pues temían no sólo por la vida de los exploradores sino también por las suyas en caso de que sus compañeros no volvieran.

Cuando los dos se perdieron en la oscuridad, Hilal murmuró: «Que Dios os guarde», y vio con sorpresa cómo el pastor hacía un extraño gesto con la mano sobre el pecho. El *mu'allim* preguntó a Umar y recibió una respuesta sorprendente:

—No soy musulmán, como vosotros. Soy de religión cristiana maronita, de rito caldeo. Lo he sido desde que nací, y sigo siéndolo.

—¡Pero tú rezas con nosotros! —afirmó sorprendido el comandante.

—¿Es que hay alguna diferencia entre tu Dios y el mío? ¿Qué importa que las oraciones sean unas u otras, o que vosotros oréis hacia La Meca? A la hora de pedir perdón o de solicitar ayuda todos nos sentamos en la misma mesa.

—¿Y conoces los ritos de nuestra religión?

—Mi familia ha convivido siglos con vuestro pueblo. Hemos asistido a vuestros oficios religiosos, unas veces por obligación y otras con interés. Y, como todos, he oído las llamadas a la oración del almuecín y los cantos sagrados.

—¿Lo sabe alguien más, aparte de mí?

—No, no lo sabe nadie —dijo el pastor— y prefiero que nadie lo sepa; te lo he contado a ti porque en ti sí confío.

—¿Por qué no cuentas nada de tu vida? ¿Hay alguien aquí que tenga idea acerca de quién eres, o de dónde vienes, o de tu familia?

—No, nadie. Mi vida no es interesante. Soy un simple pastor y durante toda mi vida no he hecho sino conducir rebaños ajenos de un sitio a otro diferente —Umar dijo estas palabras mirando en la lejanía, intentando dar por cerrada la conversación.

—Yo no lo creo —protestó Hilal—. Estoy escribiendo nuestras historias, y la tuya me interesa tanto como la de los demás. ¿No querrás contármela algún día?

—No —dijo secamente Mahdi, pero fue consciente de su agravio hacia su maestro y continuó, mirándole a los ojos—. Disculpa, *mu'allim,* ya te digo que mi historia no es importante. No tengo historia.

Transcurrieron largos segundos, en los que ninguno de los hombres habló. Al fin, Hilal puso su mano sobre el hombro del pastor y dijo:

—Umar, ¿me responderás a una pregunta?

—Sí, puede que sí —dijo dubitativo su interlocutor—. Depende de si es sencilla.

—Es muy sencilla —dijo Hilal:— ¿Cuántos años tienes?

—Cincuenta y ocho —dijo el pastor.

—¿Y cómo es que a tu edad te reclutaron?

—Ésa es la segunda pregunta —dijo Umar después de una pausa y añadió después de otro silencio—. ¿Cómo es que te reclutaron a ti? La guerra es inmunda, este lugar es inmundo. Dios no pensó este sitio para que fuera habitado por personas y aquí estamos los dos, yo con mi edad y tú con la tuya. ¿Qué más da la edad?

Hilal percibió en las palabras de Mahdi una sabiduría que no venía dada por el conocimiento de la vida a través de otros, sino por el lento discurrir de una vida sentida interiormente, quizá detrás de muchos años de soledad. Sintió más ganas que nunca de preguntar al pastor, pero respetó su silencio. Tras otros minutos de espera, recibió del hombre otra confidencia inesperada, que paralizó durante unos segundos los latidos de su corazón e hizo que un frío glacial recorriera su piel:

—Desde hace cinco días orino sangre. Me duelen las entrañas y creo que no voy a vivir mucho. Me parece que el calor ha deshecho mis tripas.

Hilal no respondió. Se limitó a colocar de nuevo su brazo en los hombros de Mahdi. Sabía que no podía hacer nada. Al menos, hasta que llegase el camión con las provisiones. Si es que llegaba.

14. La esperada lluvia.

Pasaban seis horas desde el amanecer y los hombres no habían regresado aún. Umar e Hilal estaban inquietos, apostados con los fusiles, uno de rodillas sobre el techo de la caseta y el otro tumbado en la arena, oculto tras el borde de la duna. Hilal los avistó primero e hizo una seña a su compañero, indicando la dirección. Volvían solos. Por precaución, colocaron a las de momento anónimas siluetas bajo el punto de mira de los kalashnikof y otearon los alrededores para ver si venían acompañados. Cuando estuvieron cerca, los exploradores hicieron la seña convenida y las armas se bloquearon.

Al llegar al fondo del cráter, Sakir y Safi comenzaron a desprenderse de las ropas, los correajes, los fusiles, las granadas y los depósitos de agua. Fue el carpintero quien inició el informe:

—Hemos encontrado otro puesto. Está unas doce millas hacia el noreste. Hemos esperado hasta poder verlos al amanecer.

—¿Y os han visto? —preguntó Mahdi.

—Creemos que no —respondió Sakir, y añadió luego con contundencia—. No, desde luego, no nos han visto, aunque nosotros hemos podido verles hasta las cejas.

—¿Es un puesto amigo o enemigo? —preguntó Hilal.

—Es nuestro ejército, según Sakir —dijo el carpintero.

—Bien. Sentaos, descansad un rato y haced un informe ordenado —dijo Hilal mientras el pastor bajaba a buscar un depósito con té.

Aunque el frescor de la noche les había protegido en el viaje, sus rostros denotaban cansancio. El comandante observó que sus barbas y cejas estaban llenas de un imperceptible polvillo. El sudor había formado barro entre las grietas de sus rostros y remarcaba sus arrugas. Tenía la sensación de que los hombres habían envejecido varios años en las seis semanas que llevaban en el desierto. Sospechó que lo mismo debía ocurrir con él mismo y pensó qué sentiría Atika cuando lo viera regresar, si es que regresaba. Los hombres esperaron a que subiera el pastor, y cuando tomaron unos sorbos de té, fue el carpintero quien habló:

—No divisamos el puesto hasta que lo tuvimos encima, a unos cincuenta pasos. Habíamos bajado una duna y nos encontramos una explanada llena de piedras, en cuyo centro se alzaba el fortín. Ascendimos hasta el borde de la duna y esperamos al amanecer, para verlo con claridad.

—Ese fortín no tiene nada que ver con el nuestro —continuó Sakir—. Es una verdadera fortaleza. Tiene forma triangular y sus paredes de hormigón deben de tener diez o quince metros de altura. Uno de los vértices es un puesto de observación sobre un espacio abierto que debe de estar minado, aislado por alambradas. El lado opuesto está protegido por dunas altas. Nos acercamos por una pared lateral y por eso no nos vieron. Los muros nos impedían ver el cielo.

—Sakir calcula que en su interior debe de haber varias decenas de hombres. Es una fortaleza enorme en medio del desierto —dijo el carpintero, sin duda impresionado por la observación de aquel puesto.

—¿Y cómo sabéis que es nuestro ejército? —preguntó Hilal.

—Por los uniformes y los tanques —continuó Sakir—. Eran soldados de élite de nuestro ejército. He visto sus uniformes en muchas ocasiones y a la distancia a la que estábamos podía reconocer incluso las insignias sobre las hombreras de sus camisas.

—¿Había tanques? —esta vez era Mahdi quien se asombraba.

—Sí, por lo menos cinco. Pudimos verlos cuando rodeamos la fortaleza por detrás, bordeando las dunas. Ocupaban el patio interior del triángulo, protegidos por una malla de camuflaje. Cuando amaneció pude ver las torretas redondeadas de los T-72. Una máquina impresionante —era Sakir quien describía con precisión—. Pude ver esos tanques en un desfile, al poco de ser reclutado. Son tanques amigos.

—¿Y por dónde salen del fortín? —el pastor estaba intrigado.

—Hay un enorme portón de acero en uno de los laterales. La fortaleza debe ser inexpugnable. En lo alto de los muros hay nidos de ametralladoras pesadas apuntando en todas las direcciones.

Mientras se quitaban las botas, el comandante bajó a buscar el plano que había dibujado sobre una de las tablas. Subió mientras oía cómo Sakir contaba que en el regreso se habían asegurado de que nadie les siguiera, y que durante un tiempo marcharon en una dirección diferente, para despistar a eventuales perseguidores.

—¿Por dónde decís que está el puesto? —preguntó Hilal señalaba el mapa mudo que mostraba a sus hombres.

—A ver —era Sakir quien manipulaba la tabla y trataba de orientarla en la dirección correcta; al fin señaló con el dedo un punto vacío—. Por esta zona. En esta dirección, pero desconozco la distancia. Puede ser a unas doce millas. Hemos tardado tres horas y media en regresar, caminando a paso ligero en algunos trechos.

—¿Por aquí? —dijo Hilal marcando un punto con la bayoneta.

—Sí, por ahí —remachó el herrero.

Hilal hizo presión con la punta del cuchillo y lo giró, dejando una marca circular. Luego, unió con una línea el puesto de observación y la fortaleza y observó el plano. Los hombres hablaban del frío que habían sentido cuando esperaban la llegada del amanecer tumbados en la arena. Sakir explicaba las características técnicas de los T-72, hablando de su velocidad, de su capacidad de maniobra, de sus poderosas armas de visión nocturna, del cañón de su torreta y de las ametralladoras de sus flancos. El comandante levantó la vista del plano y preguntó:

—¿Cómo sabéis que había tantos hombres? ¿Los habéis visto?

—No —dijo el carpintero, y añadió—. Lo ha calculado Sakir.

—Treinta hombres al menos. Cada tanque tiene una dotación de cuatro soldados. Para el mantenimiento debe de haber al menos dos mecánicos en el puesto.

Hemos contado cinco nidos de ametralladoras y en cada uno hay otros dos soldados. Más por lo menos un encargado de comunicaciones, más el oficial al mando, más los soldados de reserva, por si salen los tanques. Eso sin contar con que haya infantería, en cuyo caso el número podría ascender a cien. Es posible que haya una compañía completa en ese puesto. No tiene nada que ver con éste.

—¿Tantos? —preguntó sorprendido Hilal.

—Puede ser. La fortaleza es enorme; cada lado del triángulo mide unos cuarenta pasos. Y creo que no hemos visto más que el exterior; posiblemente los hombres se alojen en el subterráneo, como nosotros.

Hilal trataba de imaginar las dimensiones de la construcción subterránea, extrapolando a partir del tamaño de su miserable refugio. Intentó hacerse idea de los problemas de infraestructura que la fortificación exigiría: agua, provisiones, quizá corriente eléctrica, comunicaciones... Seguía meditando acerca de la posición de aquel puesto y de la casamata que ocupaban.

—¡Es una buena noticia! —dijo Mahdi—. Estamos protegidos a corta distancia por un verdadero ejército, con tanques y todo.

—Además, podemos refugiarnos allí en caso de peligro —dijo Safi.

—¿Refugiarnos? —preguntó Sakir—. Nuestra misión es no abandonar este puesto, y no lo abandonaremos porque no será necesario.

—¿Qué piensas *mu'allim?* —dijo el pastor, que observaba a Hilal concentrado sobre el mapa, golpeando la tabla con la punta del cuchillo.

—¿Cuál es la orientación del vértice del triángulo y del campo minado delantero? ¿La recordáis? —preguntó Hilal a los dos hombres.

—No sé —Sakir trataba de recordar el punto por donde había amanecido; después de unos segundos, respondió—, creo que hacia el sudoeste.

—Es decir, en esta dirección —Hilal colocó en el mapa el filo del arma, trazando una línea imaginaria que cortaba el punto donde ellos estaban.

—Sí, creo que sí —afirmó el herrero.

—¡Lo sospechaba! —dijo el suboficial con rabia mientras clavaba la bayoneta sobre el mapa, rajando la madera de lado a lado. Se levantó y miró hacia el sudoeste, en la posición indicada por Sakir.

Los tres se levantaron intrigados y miraron en la dirección a la que se orientaba el suboficial. Mahdi se alzó sobre el techo, esperando ver algo. Fue el carpintero quien rompió el silencio:

—¿Qué ocurre, Nayi?

—¿No os habéis dado cuenta? ¡Esa fortaleza no está en la vanguardia, sino en la retaguardia, con los cañones apuntando en nuestra dirección! ¡Nosotros somos la vanguardia de nuestro ejército! ¡Somos quienes recibiremos el primer choque en los combates! ¡El enemigo vendrá por allí! —y levantó el brazo, indicando una dirección inconcreta pero clara.

—¡No es posible! —dijo Sakir, mientras recogía del suelo los fragmentos de madera y trataba de unirlos, intentando asegurarse de sus indicaciones. Permaneció unos segundos observando las marcas y cuando se percató de que el suboficial tenía razón, arrojó las tablas sobre la pared y se dirigió hacia Hilal, encarándose a pocos centímetros de su rostro. Con una voz poderosa, le gritó—. ¡Tu ejército es una mierda! ¿Me oyes? ¡Tu ejército es una mierda y tú eres una basura! —y el herrero desapareció en el refugio, golpeando con furia la puerta metálica.

Tristemente era cierto, pensaba Hilal, que consideraba justificada la explosión de ira. El suyo no era más que un simple puesto de observación, cuya tarea, ahora estaba claro, era avisar al verdadero ejército que esperaba agazapado y pertrechado millas atrás. Con sus limitadas armas, se confiaba en que distrajeran a los atacantes y ganar las horas o los minutos suficientes para que los tanques de su ejército se pusieran en marcha hacia un enemigo por fin localizado. Ésa era su misión en una frágil casamata que no resistiría apenas el disparo de un tanque y que volaría por los aires si alguien arrojaba una granada de mano por la puerta. ¡Por eso los soldados no tenían identificativos! ¡No se esperaba que sobrevivieran a un primer ataque! ¡Y por si aún no quedaba claro, tenían que inmolarse antes de ser capturados!

No era necesario formular preguntas ni hacer observaciones. Hilal se arrepintió por haber puesto en voz alta sus pensamientos pero pensó que no tenía derecho de ocultar a sus hombres la auténtica situación. Safi recogió las armas y los pertrechos y entró en la casamata sin decir palabra. Arriba quedaron el pastor y el maestro, escrutando el horizonte en una misma dirección sobre el techo; Mahdi se acercó a Hilal y le dijo:

—No eres responsable. Tú estás en la misma posición que nosotros. Si hemos de morir, morirás tú también, pero el destino no siempre está escrito. ¡Quién sabe lo que puede pasar si viene la guerra! El único que morirá con certeza seré yo, y quizá no en combate. ¡Mira si el destino es imprevisible!

—Gracias, Mahdi —Hilal se giró y dirigió al pastor una mirada emocionada. Luego, bajó del techo y paseó en silencio durante un buen rato, caminando sobre el estrecho corredor de arena apisonada que bordeaba el edificio, que ahora parecía más frágil que nunca.

No intercambiaron una palabra hasta el atardecer. Aunque Mahdi preparó la comida, nadie se sentó a la mesa. Realizaron los almuerzos cada uno por su lado, como si trataran de huir del destino escrito en el rostro de los otros. La última oración del día tampoco se realizó colectivamente, e Hilal ni siquiera intentó rezar pues se sentía dolido con un Dios inclemente. Al llegar la noche consideró oportuno hablar con sus hombres y se dieron cita arriba, después de la cena. Hilal comenzó un monólogo percibiendo que sólo el pastor tenía el rostro distendido. Safi mostraba su preocupación y Sakir exhibía un gesto iracundo y unos ojos huidizos.

—Ahora sabemos cuál es nuestra situación, pero no todo está perdido. Dentro de pocos días vendrán suministros y tendremos oportunidad de saber cómo va ahí fuera. Ni siquiera sabemos si hay guerra, o si estallará, porque no hemos visto señales del enemigo, ni en tierra ni en el aire. Mi tarea, nuestra tarea —se corrigió— consiste en avistar al enemigo y comunicar por radio su llegada. Que seamos los primeros atacados no significa que vayamos a morir. Hay varias posibilidades: avisar y huir, rendirnos, caminar hacia la fortaleza o volar este puesto después de irnos. Quiero que la decisión que se tome no sea mía, sino de todos.

Nadie dijo una palabra. Hilal hablaba con voz relajada, sin desafío, tratando de que su voz sonase firme y convincente, pero no autoritaria. Ante el silencio de sus camaradas, prosiguió:

—No tenemos por qué decidir nada ahora. Tenemos tantas posibilidades de que el ataque sea inminente como lo teníamos la semana anterior. Creo que además nos avisarán por radio si empiezan lo combates —hizo un silencio, esperó a que alguno hiciera algún comentario y continuó—. Que cada cual piense en lo mejor para sí, para nuestro país y para sus compañeros. Sé de esta guerra lo que vosotros; os he dado la información que conozco. Por eso, porque me encuentro tan capacitado como vosotros, y no más, quiero que la decisión sea colectiva.

—¡Tú eres el comandante! —espetó Sakir—. ¡Decide tú!

—Cierto, soy el comandante, y espero seguir siéndolo. Me han nombrado y lo soy ante nuestro ejército. Pero no puedo tomar decisiones ante situaciones desconocidas. Además, si estáis de acuerdo en sustituirme y en nombrar a otro no tendré inconveniente en ceder el mando de aquí en adelante, siempre que haya una mayoría que lo decida —enfatizó estas últimas palabras y miró a sus hombres; por fin, se decidió a revelar lo que hasta entonces sólo conocía el carpintero y confesó—. Yo no soy militar profesional. Soy un soldado como vosotros, a quien la víspera de venir aquí dieron unos galones. Mi entrenamiento ha versado sobre armas ligeras, y no tengo más idea de cómo defender este puesto que alguno de vosotros, que quizá tenga más experiencia que yo en los combates —Hilal miró a Sakir pero no pudo ver su rostro, que estaba dirigido hacia la arena y precisó—. Sólo mi sentido común me dice cómo podríamos organizar la defensa. Y creo que esto no es bastante. Me gustaría contar con vuestras ideas y sugerencias.

De nuevo se produjo un silencio tan frío como el aire de la noche. Hilal consideró que debía jugar la carta fuerte y preguntó al herrero:

—¿Qué piensas, Sakir?

El hombretón se levantó y el corazón de Hilal comenzó a latir con fuerza. Sentía el miedo de los primeros días ante su contundente figura y, además, en ese momento no estaba armado. Permaneció sentado, esperando una respuesta, como la esperaban los otros hombres:

—¿Pensar? ¿Qué pienso yo? ¡Pues que nos has engañado durante estas semanas, jugando a ser suboficial! ¡Eso pienso yo!

—No he jugado a nada —respondió Hilal con voz calmada—. Soy suboficial porque me han nombrado, pero nunca he dicho que lo fuera antes de llegar aquí. He tratado de que mis órdenes fueran las convenientes dadas las circunstancias y espero seguir haciéndolo con vuestra ayuda, a menos que deseéis relevarme.

—¿Qué has hecho antes de venir aquí? —interpeló el herrero.

—He sido profesor de literatura. Mi experiencia militar se remonta a hace años, cuando estuve dos ocupando un puesto administrativo.

—¡Estamos al mando de un maestro! —dijo Sakir, en tono burlón— ¡Así que tres hombres estamos al mando de un maestro, jugándonos la vida! ¿Sabes que yo era oficial antes de ofrecerme voluntario a tu ejército? ¿Sabes que me degradaron, a mí y a los míos? ¡Y ahora soy soldado al mando de un escribiente!

—No es mi ejército —aclaró Hilal—. Es el ejército de mi país. Yo puedo dar mi vida por mi país, pero no formo parte de su ejército. Al igual que tú, he abandonado cosas queridas a la fuerza antes de llegar aquí. Quizá incluso más que tú. No soy responsable de esta situación y tú lo sabes. Tu ira puede ser justificable, pero también lo podría ser la mía, la de Safi, o la de Mahdi.

Los hombres permanecían sentados, mientras Hilal notaba cómo el herrero clavaba con fuerza los talones de sus zapatillas en la arena, ofuscado por la rabia. El comandante, decidido a que todos supieran lo necesario, siguió hablando:

—A propósito de Mahdi. Está enfermo, quizá gravemente enfermo —el pastor comenzó a protestar pero Hilal hizo un gesto brusco con la mano, exigiendo que le dejara continuar—. Cuando vengan los suministros, voy a tratar de que lo evacúen y entonces seremos sólo tres, si es que no relevan a Umar pronto.

—¿Qué te ocurre? —preguntó Safi, dirigiéndose al pastor.

—Orina sangre —dijo Hilal, que esperó durante unos segundos una respuesta del pastor—. No sé si es algo pasajero o una enfermedad seria. He recibido instrucción acerca de tratamientos médicos, se refieren a heridas y daños de combate, no a diagnósticos de enfermedades.

Otra vez el silencio se cernió sobre los hombres, ni siquiera roto por los ruidos de la noche, porque el desierto sólo producía el inagotable rumor que ya ni siquiera percibían sus oídos. Fue el carpintero quien lo rompió, haciendo una observación y formulando una propuesta:

—Por mí, las cosas están bien como están. Tú estás al mando porque así lo han querido y te agradezco que nos pidas sugerencias, algo a lo que no tenemos derecho en el ejército. En los próximos días podemos pensar en la situación y tomar las medidas que consideremos necesarias. Estoy cansado, porque esta noche no he dormido. Creo que lo que podamos decidir ahora podremos hacerlo también mañana, más serenos.

Hilal se ofreció a hacer la guardia nocturna hasta el amanecer, pero ante la protesta del pastor dejó que Umar realizara el primer turno. La reunión acabó y el suboficial echó en falta el sempiterno saludo religioso que ponía fin a sus encuentros. Pensó en que algo profundo comenzaba a cambiar en las cabezas y en los corazones de los hombres, y no sabía si el cambio iba a ser para bien o para mal.

Para sorpresa de Hilal, no se volvió a hablar del tema ni el día siguiente, ni el otro. La guarnición había caído en un estado de tensa calma en la que todos esperaban una respuesta o una iniciativa, pero nadie se atrevía a dar el primer paso. Se rehuía el encuentro en privado con el otro, quizá para evitar que alguien pensara que existía una conspiración. El comandante sabía que contaba con el aprecio y el apoyo del pastor y le satisfizo que en una ocasión, durante un turno de guardia, Safi le dijera casi al paso estas palabras tranquilizadoras: «Calma. No ocurrirá nada. Se le pasará». Hilal sabía que el carpintero se refería a Sakir, cuyo comportamiento podía ser imprevisible. El herrero sin embargo calló, y si tenía planes no pareció compartirlos con el resto. Aunque el descubrimiento de su papel les sumió a todos en una cierta tristeza, poco a poco volvieron a las ocupaciones habituales. Pero había cambios, casi imperceptibles aunque significativos. Ya no se oteaba el desierto en todas las direcciones, sino en una en concreto, y las armas estaban siempre dispuestas para disparar. Se habían reducido las oraciones colectivas e incluso el rezo privado se efectuaba esporádicamente. Sólo Sakir era fiel a sus cinco períodos de oración. Hilal procuraba cumplir con sus rezos, pero más por no crear un nuevo frente de discusión con el herrero que por auténtica necesidad o convicción religiosa.

Era veintiocho de diciembre cuando la radio habló. Fue poco antes del amanecer. Safi estaba en el interior del refugio y Sakir hacía la guardia. Se oyó primero un carraspeo metálico que puso a los hombres sobre aviso y les hizo saltar de las literas. En dos segundos, el carpintero estaba a la escucha y se oyó una voz que repitió dos veces: «Mensaje al puesto número veinticuatro. Esta noche llegará camión de aprovisionamiento. Confirmen recepción del mensaje. En el nombre de Dios». Safi descolgó el micrófono y respondió: «Entendido desde el puesto veinticuatro. En el nombre de Dios». Hilal, que no esperaba que sonara la radio, estaba tan atento al mensaje que su cerebro daba vueltas sin cesar. Apenas Safi terminó de hablar, le dijo al carpintero: «¡Rápido! ¡Comunica que tenemos un enfermo grave que debemos evacuar!». Safi tomó el auricular, pulsó la tecla que activaba la comunicación y dijo: «Atención. Aquí puesto veinticuatro. Tenemos un enfermo grave. ¿Me escuchan? Tenemos un enfermo grave que...». Al otro lado de la línea se oyó una única palabra que sonó como un latigazo: «¡Silencio!». Y la radio comenzó a emitir un pitido ensordecedor que el carpintero eliminó desactivando la tecla que abría la comunicación. Safi miró al comandante, como diciendo: «¿Lo intento de nuevo?». Hilal movió la cabeza. Sabía que no existía posibilidad de que les escucharan.

Pese al laconismo del comunicado, la llamada era un hálito de esperanza que todos comprendieron. Que les aprovisionaran significaba que de momento no había peligro inminente. Quería decir también que no les habían olvidado. Implicaba que les consideraban importantes, y no simple carne de cañón. El comandante se alegraba doblemente ya que las provisiones llegaban sólo con un día de retraso respecto a la fecha anunciada, cuando les dejaron en el desierto. El ejército, pensaba Hilal, funcionaba mejor de lo que él creyó durante los días anteriores.

Tras unos segundos de silencio, la alegría estalló desbordante. Hubo gritos y Umar se tapó la nariz para emitir un *uiuiui* gutural que a todos les sorprendió por la mezcla de salvajismo y de humanidad. La cabeza de Sakir apareció por la puerta y preguntó asustado: «¿Qué ocurre?». Umar respondió al herrero, bailando en el incipiente amanecer: «¡Vienen! ¡Vienen! ¡Esta noche llegan los suministros!». Hilal percibió que la noticia suponía un cambio en el ánimo de los hombres.

Se hicieron planes para recibir los suministros. Era indudable que el convoy traía provisiones y agua. Quizá, incluso, llegaran armas más poderosas, o minas para protegerse de los asaltantes, o nuevas consignas que permitieran abrir la radio en los momentos deseados, o correo de sus familiares, o noticias sobre la guerra. Durante la mañana, Hilal ordenó actualizar el inventario de provisiones y todos colaboraron contando sacos, latas, botes y paquetes, mientras él comprobaba en los hilos la escrupulosidad de Mahdi, ya que las reservas coincidían perfectamente con las anotaciones del pastor. Hilal hizo destapar el segundo depósito de agua y vio satisfecho que las varillas de madera con graduaciones que había adosado a los bordes interiores, para indicar el consumo, marcaban un nivel suficiente de reserva. Dado que el agua se repondría y que era una lástima desperdiciar los suministros, hizo una propuesta que a todos les habría parecido impensable la víspera:

—¿Quién quiere bañarse?

Los hombres recibieron con júbilo la propuesta, pero acordaron posponer el rito del baño hasta media tarde. Convinieron en realizar una ordenación general del garito y anduvieron la mañana moviendo cajas, armas, ropas y tablas de un lugar a otro y después del mediodía todo quedó recogido y, en la medida de lo posible, limpio de polvo. A esa hora, Mahdi comenzó a cocinar. Aunque Sakir no estaba locuaz, sí intercambió con rancio humor algún comentario con sus compañeros, pero excluyó a Hilal de las bromas.

El comandante consideró que la llegada del camión significaba que no había peligro en los alrededores y decidió que hicieran una comida juntos, subiendo cada diez minutos para comprobar que todo estuviera en orden. Con retraso en relación con los horarios habituales, almorzaron una suculenta comida: alubias negras con arroz, filetes de pavo y cordero en salsa aderezado con verduras. De postre tomaron cerezas en conserva y una lata de piña natural, de la que Mahdi reservó para posteriores guisos el caldo azucarado. Prepararon té en dos ocasiones y alargaron la sobremesa hasta las cinco. Si en esas horas alguien tuvo sombras de temor o de desconfianza hasta el otro, las ocultó celosamente, pues hubo cuidado en no mencionar cualquier tema conflictivo. Nadie quiso dejar resquicios para la tristeza o la melancolía.

Retiraron de la mesa los restos de la comida y Mahdi cebó a sus animales con las sobras del banquete. Safi se ofreció para restregar arriba los platos con arena, una tarea normalmente asumida por el pastor, a quien se cuidaba ahora de un modo especial. Hilal desechó los temores relativos a la visita y trató de convencerse de que llegarían los víveres, que ellos eran el puesto veinticuatro, que la llamada no procedía del enemigo para tomarlos desprevenidos, que entre las provisiones vendrían agua potable y combustible suficientes… Como los otros, se sentía presa de una extraña sensación de ebriedad, una sensación pasajera, se decía, porque la visita representaba tan sólo un interludio en sus sufrimientos y en su destierro, y temía la posterior reacción de sus hombres al saberse de nuevo solos tanto como que no llegaran las provisiones. Fue la voz del pastor quien le distrajo de sus preocupaciones:

—¿Alguien quiere un afeitado? —decía Umar mientras sostenía en sus manos uno de los afilados cuchillos, que pulía con esmero sobre su brazo, sobre el que había colocado la bolsa de piel del lanzagranadas.

Aunque en las cajas había útiles de aseo, y entre ellos instrumentos de afeitado, nadie los había utilizado y sus barbas eran tan recias que no servían de nada las cuchillas que venían en los estuches. Umar vertió un poco de agua sobre el balde y añadió jabón de afeitar. Rasuró al carpintero con habilidad y todos se rieron después, al comprobar el contraste de su cara blanca con su frente ennegrecida. Le siguió Hilal. Sakir se resistió al rapado, tras comprobar el rostro infantil que Mahdi había dejado a sus compañeros pero, al fin, le sujetaron y el herrero se dejó afeitar. Al final fue Mahdi quien pidió un rasurado, que fue realizado, no sin aprensión, por el carpintero.

Se aproximaba el momento del baño o, mejor, de la ducha. Hilal practicó agujeros a uno de los tubos que en días anteriores había servido de improvisada cantimplora. Asignó a cada hombre tres de aquellos vasos y todos consideraron un dispendio dedicar la ración de varios días a aquellos minutos de placer, pero ninguno renunció a él. Constituía una justa compensación por las horas de sed pasadas bajo el sol.

Apartaron la mesa y los taburetes, despejaron la zona central de la sala y colocaron el balde en el centro, que serviría como pileta. Los hombres se desnudaron. Al comienzo, trataron de ocultar sus genitales a la vista de los demás pero poco a poco fueron aceptando con naturalidad su desnudez. Hasta entonces se habían visto con sus ropas militares, e incluso cuando andaban semidesnudos portaban la ropa interior y las zapatillas del ejército. Ahora, con los rostros afeitados, desnudos, se supieron más humanos e incluso Hilal percibió que Sakir había perdido parte de su fiereza. El carpintero y el pastor mostraban sus cuerpos regordetes, si bien Safi conservaba parte de su masa muscular. Umar, desprovisto de su uniforme, parecía más viejo así desnudo, con un vello blanco que cubría su pecho y su espalda, de los que colgaban carnes fláccidas. Hilal pensó que el pastor había envejecido prematuramente, y que quizá este proceso se había acelerado en las últimas semanas ya que, como él decía, el calor debía de haberle destrozado las entrañas.

Fue el comandante quien vertió agua sobre sus compañeros y, al final, recibió de manos de Umar su ración de paraíso. Un primer depósito para recordar al cuerpo que en algún otro lugar del mundo existía la lluvia. Un segundo, para frotarse con jabón y para arrancar con las uñas y con los dedos la suciedad de semanas. Un tercero, para retirar el jabón del cuerpo y disfrutar del agua chorreante por la cabeza y por los brazos. Tras comprobar que el agua apenas había descendido de nivel en el enorme depósito, regaló un cuarto a cada uno. Ese cuarto riego, ya un verdadero don, fue disfrutado de forma especial, porque no era necesario y permitía evocar los tiempos en los que el agua caía del cielo, y era gratuita, y no era preciso racionarla. Por sugerencia de Safi, se utilizó un balde para dejar en remojo los pantalones y las camisas que habían utilizado durante las semanas anteriores.

El baño duró una hora entera, y en él hubo juegos, risas y empujones. El contacto de la piel desnuda con otros cuerpos trajo a sus memorias otros juegos y notaron el pulso de la carne no satisfecha más que en ocasiones esporádicas, en la soledad y en la oscuridad de la noche, bajo las estrellas. Como no podía ser de otro modo, se habló de mujeres, al comienzo de forma tibia y luego con desinhibición. Fue Safi quien cantó una antigua canción de bodas que recordaba haber oído en su aldea:

Alza y avíate, bonita,
rosa en los arriates del jardín
y ramo de claveles, gacelita.
Que las flores por todos los lados nos cubren.
Alza y anuda tu collar de perlas.
Al mozo guapo y esbelto
siete muchachas van a cantarle:
parece una lanza enhiesta. [18]

A lo que respondió Hilal con una antigua *mawwāl,* de la que apenas recordaba el ritmo:

Las granadas del pecho de la hermosa maduraron
[tentadoras,
como regadas con vino. Y quien las pruebe no
[dejará de saciarse.
Le pregunté: «Hermana querida, ¿nadie sino yo
[las ha catado?».
Contestó: «Por vida de mi padre y de la tuya,
[hermano,
nadie más que tú me ha tendido sobre el colchón
[y las sábanas». [19]

Al terminar la canción, los otros aplaudieron. Fue Safi quien dijo: «Hilal Nayi, bandido, esta canción no la has cantado antes, ni la tienes registrada en tus tablillas».

Se puso en el centro del grupo, colocó las manos a la altura del pecho, intentando rescatar letra y música, y cantó: «Las hermosas granadas del pecho, regadas con vino…»

El avejentado cuerpo del pastor se unió también a la danza entonando una canción burlesca que, según informó, se cantaba en su tierra:

Ay, madre, quiero un abrigo
para empezar el invierno.
A ti te calienta mi padre
pero yo sola no me caldeo. [20]

Safi resultó ser un espléndido cantante y a Hilal le sorprendió comprobar la variedad de canciones que el carpintero conocía. Entre ellos se suscitó un particular duelo en el que Safi cantaba e Hilal recitaba poemas a los que en ocasiones el carpintero asignaba melodías que los demás alababan. Safi cantó:

Hermosa, de ti se queja tu camisa de noche
y tu boca goteando miel echa a perder las ropas.
Por Dios, si me dieran arcas de oro por cada uno
[de tus años,
lo dejaría para obtener de ti lo que deseo. [21]

Canción que hacía recordar a Hilal unos antiguos versos:

Tiene carácter dulce, talle perfecto,
y una gracia como el aroma o la euforia del vino.
Me ofrece solaz su charla, tan deleitosa
como la unión amorosa lograda tras la ausencia. [22]

El duelo entre el cantante y el rapsoda se prolongó hasta el atardecer. Mahdi intervino para intercalar un par de canciones más, de carácter picaresco. Sakir no ofreció ninguna canción, lo que fue observado por Hilal, que pensaba que un sufrimiento terrible se debía esconder bajo los músculos de piedra del hombretón que ahora, batiendo palmas desacompasadas, parecía un niño enorme. Aquel hombre parecía no haber tenido tiempo para la diversión o la alegría, e Hilal sabía que, tarde o temprano, la vida pasa factura por el placer no disfrutado.

Se pusieron ropa interior limpia que sacaron de la caja en la que había venido el primer día, transformada en baúl por el carpintero. Safi aclaró la ropa que había en el balde y subió desnudo a tenderla, anunciando a su regreso que todo estaba en orden. Hilal se sorprendió porque hacía más de tres horas que nadie había subido a vigilar, pero recordó el argumento facilitado por él mismo: si venía el camión de provisiones no se debía esperar peligro en los alrededores.

La comida había sido abundante, sus cuerpos estaban limpios. Habían reído y cantado y olvidado preocupaciones. A todos les debió de parecer indecente realizar la oración en ropa interior, porque nadie hizo intención de arrodillarse de cara al mihrab, ni siquiera Sakir, y el rezo se pospuso para otra oportunidad. Los hombres charlaron sobre sus proyectos inmediatos: Hilal escribiría tablillas con canciones amatorias, Safi construiría un pandero, Sakir fabricaría un rompecabezas y Mahdi se las arreglaría para que sus compañeros dispusieran de ropas de abrigo, si no llegaban en el convoy. Pero Hilal tenía otros planes respecto del pastor, que no formuló en ese momento.

Las guardias se restablecieron llegada la noche. Antes, se adecentó el interior del refugio y se pusieron ropa limpia y nueva. Hilal ordenó a los soldados que utilizaran las botas de campaña, limpias, y que el armamento estuviera en estado de revista para recibir al convoy.

Sugirió a Mahdi que ocultara parte de las provisiones. Aunque era improbable, cabía la posibilidad de que realizaran una inspección y que los víveres se ajustaran a las existencias. Las estanterías quedaron casi vacías y Mahdi además llenó con agua decenas de recipientes que repartió por la sala. Al final, el pastor indicó a los hombres que bebieran toda el agua que sus cuerpos pudieran retener. «El agua es buena para los riñones», decía el pastor, e Hilal meditaba sobre la contradicción que suponía tal sentencia en boca de Umar, cuyos riñones destilaban sangre.

Arriba comenzó una tensa espera. Tres hombres aguardaban arriba, apostados en el techo o sobre el borde de la duna, mientras el cuarto estaba pendiente de la radio. A medianoche tomaron una nueva comida, fría esta vez, y bebieron agua que orinaron al rato en la arena, fuera del cráter. Divisaron el camión algo más tarde de las tres. El comandante dio orden de cargar los fusiles y de tener cerca las granadas de mano. Temía que aquello fuera una emboscada del enemigo y, aunque no comentó nada con sus hombres, los soldados debían suponer lo mismo, porque cada cual estaba a la espera de acontecimientos.

Hilal no sabía cómo era posible que el camión los encontrara con precisión, en medio del desierto y por la noche, pues el vehículo se detuvo a pocos metros del cráter. De la cabina descendió un soldado que caminó hacia el refugio. Cuando estaba a pocos metros, Hilal gritó:

—¡Alto! Te estoy apuntando. No des un paso y separa las manos del cuerpo.

El soldado no esperaba tal recibimiento y titubeó unos momentos antes de detenerse, asustado, con las manos sobre la cabeza. Cuando vio a los hombres dirigiendo sus armas hacia él, gritó presa del pánico:

—¡No disparéis! Venimos a traer provisiones.

—¿Quién nos dice que no sois enemigos?

—Nnno. Venimos a traer provisiones.

—¿Qué pasa? —gritó el conductor desde la cabina.

—¿Qué número de puesto es éste? —gritó Hilal.

—¿Sois idiotas o qué? —dijo el conductor—. ¿Quién te crees que eres?

—¡Exijo que me deis el número de puesto! —dijo Hilal, y salió de la duna apuntando con su arma a los hombres, gritando de nuevo—. ¡Baja rápido del camión! ¿Qué número de puesto es éste?

—¡Veinticuatro! —gritó visiblemente molesto—. ¡El veinticuatro, idiota!

Mahdi y Sakir estaban asombrados por la actitud del comandante, pero no dejaban de valorar sus precauciones. Safi había subido alarmado por los gritos, y se tranquilizó al ver que el suboficial colgaba el arma a su espalda mientras el ayudante bajaba los brazos y el conductor situaba el vehículo cerca del borde de la duna. Cuando el camión estuvo alineado, el chófer bajó y se dirigió iracundo hacia Hilal:

—¿Quién te crees que eres? Venimos a traer provisiones. ¿No lo ves?

—No lo sé —dijo Hilal serenamente—. Supongo que sí, pero yo debo tomar mis precauciones y vosotros las vuestras.

—Eres un imbécil y un soldado de mierda, jugando a la guerra. Arriesgamos nuestra piel viniendo hasta aquí y vosotros jugáis a ser soldados.

Hilal descargó el fusil de su espalda y lo tomó con la mano derecha. El soldado que tenía delante era un joven cabo, perfectamente atildado y con el rostro lampiño y pálido, seguramente a salvo de las inclemencias del tiempo y de la guerra. Se acercó él y con voz firme pero suave, señalando sus hombreras, le preguntó:

—¿Sabes qué significan estos galones?

—Sí, esos galones son de suboficial, pero fuera de aquí no valen nada.

—Es posible, pero ahora estás precisamente aquí. ¡Cuádrate y saluda!

—¡Vete a la mierda! —espetó el cabo.

Hilal tomó el fusil con las dos manos y descargó un golpe con la culata sobre el hombro del soldado, que cayó al suelo aturdido. De nuevo, con voz serena, ordenó al cabo:

—¡Cuádrate y saluda! Mis hombres y yo hacemos aquí una tarea y exijo para mí y para ellos el respeto necesario. ¡No somos bestias!

El soldado se levantó, juntó sus pies grotescamente sobre la arena y saludó al suboficial, que devolvió el saludo. Umar, Sakir y Safi rodeaban a los dos hombres, mientras el ayudante del conductor permanecía fuera del grupo. Hilal ordenó a los recién llegados:

—Ahora, saludad a mis soldados.

El conductor dudó un momento, pero saludó. El ayudante, después de mirar a su superior, hizo lo mismo, y los hombres de Hilal devolvieron el saludo. Después de la formalidad, el suboficial preguntó:

—¿Qué traéis?

—Provisiones, ropa, combustible y agua. Mientras descargáis las cajas y los bidones, bajaremos una manguera hasta los depósitos —dijo respetuosamente el cabo.

—Descargaréis las cajas vosotros. Nosotros estamos de guardia. ¿No hay correo?

—Nnno. No traemos correo a estos puestos —dijo el conductor.

—¿Por qué? ¿Es que no recibimos cartas o es que no las hacen llegar?

—Nnno lo sé —dijo de nuevo el cabo, que miró a su ayudante solicitando alguna ayuda, pues temía la furia del suboficial.

—¿Qué noticias hay sobre la guerra? ¿Cuánto tiempo estaremos aquí?

—No lo sé. Sólo tenemos órdenes de traer provisiones, y debemos marcharnos enseguida, antes de que amanezca.

—Tenemos que descargar e irnos pronto —dijo el asustado ayudante.

—Os iréis antes del amanecer. Tú mismo puedes comenzar a descargar, a ti no te necesito —y el ayudante salió del grupo, saludando militarmente, seguido por Safi y por Sakir.

—Quiero conocer lo que sepas sobre la guerra —dijo Hilal al cabo.

—No sé nada. Sólo sé que comenzará pronto y que será breve.

—¿Por qué será breve? ¿Cómo lo sabes?

—Se dice que será breve; apenas una semana, o quizá dos. Es ese tiempo echaremos al enemigo de nuestro país.

—¿Y quién es el enemigo? —preguntó Sakir—. ¿Por dónde vendrá?

—No sé, no sé nada.

Hilal dejó de presionar al soldado, pues consideró que poca información podía darle. Dejó que hiciera su trabajo y el conductor y el ayudante bajaron las cajas, ante la mirada atenta de los soldados de la guarnición, armados con sus fusiles. Los cuatro sintieron que, a diferencia de lo que ocurrió cuando llegaron allí, ahora eran dueños de la situación, con la autoridad que les proporcionaban los litros de sudor entregados al sol y las horas de sueño robadas a sus cuerpos. En un momento determinado, mientras los hombres trabajaban, Hilal percibió la mirada aprobatoria de Sakir, que mostraba su respaldo a lo ocurrido minutos antes. El suboficial no pudo por menos que sentirse aliviado por ese gesto, que era el primero que se cruzaban el herrero y él desde hacía dos días.

Cuando cajas y bidones estuvieron apilados en la arena, el ayudante desenroscó una manguera, que llevó hacia el refugio. Al llegar a la puerta, el soldado dijo «Necesito luz», y Umar bajó y encendió un candil. Hilal hizo un gesto a Sakir para que subiera al camión, y el herrero se colgó el fusil al hombro y ascendió ante la mirada sorprendida del cabo. Sakir reapareció del fondo empujando con los pies una caja y le preguntó al cabo:

—¿Qué es esto?

—Uuuna caja —balbuceó—. Supongo que se nos había olvidado bajarla... Como está oscuro...

—¡Ladrones! —dijo Sakir mientras daba un empellón al soldado, que cayó desde el camión a la arena.

Los depósitos se llenaron hasta rebosar y los soldados dieron por terminado su trabajo. Se excusaron porque era tarde, pero Hilal no estaba dispuesto a dejarlos marchar todavía. Dirigiéndose al cabo, le dijo:

—Uno de mis hombres está enfermo y necesita ser evacuado. Tenéis que llevarle de regreso.

—¡No podemos! ¡Es absolutamente imposible! —protestó el ayudante.

—¡Umar morirá si no regresa con vosotros! Asumo la responsabilidad y quiero que vuelva a los cuarteles. Decid que le habéis llevado amenazados por mi pistola.

—¡Imposible! ¡Es imposible! —y el ayudante comenzó a lloriquear—. Tenemos orden de no dar información y de no llevar a nadie de vuelta. Si ese hombre se va, uno de nosotros debería quedarse.

—¿Y qué haría yo con vosotros? —preguntó Hilal—. Lo que necesito es que Umar se vaya, no que vosotros os quedéis.

Mahdi, que desde el comienzo de la conversación había intentado intervenir, tomó por el brazo al comandante y le dijo en voz baja: «Por Dios, Hilal Nayi, no quiero regresar nunca más allí. No me atenderán. Si he de morir prefiero hacerlo aquí en el desierto y ser enterrado en la arena. Te suplico que no me hagas volver.» Hilal intentó discutir, pero notó la presión suplicante de sus dedos en los brazos, se volvió y dijo:

—Regresad. Y decid a vuestros oficiales que los soldados del desierto desean ser tratados como hombres. Decid que nos gustaría tener noticias de los nuestros, y que vuestros jefes no son nadie para condenarnos a muerte. Decid que regresaremos vivos.

Antes de que los soldados subieran al camión, Hilal y Sakir fueron a la cabina para ver si había algo de utilidad. Hilal echó un vistazo a una carpeta que contenía hojas de papel, cuyo tacto apreció pero cuya posesión desechó, ya que estaban llenas de números y líneas ininteligibles que parecían ser coordenadas de puestos como el suyo. Vio dos brújulas de campaña y se quedó con una. Requisó unos prismáticos, dos pares de guantes, una linterna de bolsillo, una pequeña navaja, unos alicates que llenaron de alegría a Sakir y un atado de cuerda. El herrero tuvo una idea fugaz y abrió la caja de herramientas que había en un lateral del camión, de la que extrajo un martillo, unas tenazas, varios destornilladores, un punzón y pequeños rollos de alambre de diferentes grosores. Terminada la inspección, dieron a los conductores la orden de partir. Arrancaron los vehículos y el conductor, cuando estuvo a veinte metros, se detuvo, sacó el cuerpo afuera de la cabina y gritó levantando el puño amenazante:

—¡Daremos parte de vosotros! ¡Sois unos mierdas!

«¡Canallas!», musitó Hilal, mientras miraba a los ojos de Sakir, quien se mostraba satisfecho por la requisición y por la forma en que su comandante había resuelto el incidente con los soldados. El suboficial miró al herrero y le dijo sonriendo:

—Siempre he admirado las historias de beduinos que robaban con elegancia las caravanas de comerciantes ricos que atravesaban el desierto.

—Mi familia pertenece a las tribus de beduinos.

—Lo había supuesto —dijo Hilal mientras daba una palmada en la espalda de Sakir.

15. Luces en el cielo

Ninguno de los cuatro había oteado jamás con prismáticos el rostro de la luna. Protegidos por las guerreras y con el equipo de invierno, los soldados entretenían ahora sus guardias nocturnas atisbando la palidez del disco noche a noche decreciente. Contemplar la porción de luna iluminada por el sol resultaba insoportable, y los ojos dolían si se miraba con insistencia, acomodados como estaban a la oscuridad. Pero era bello mirar en la zona de penumbra, donde se adivinaban manchas y sombras en completa placidez. Bajo el frío de la noche, la atmósfera se mantenía en una calma absoluta. No había polvo en el aire y el cielo era transparente. Millares de estrellas pugnaban por aclarar la negrura y se divisaba con nitidez, a ojo desnudo, la ancha banda de luces apretadas que cruzaba el cielo de extremo a extremo. Tumbado sobre el techo de cristal, los prismáticos hacia las estrellas, se divisaba una nube de puntos que inundaba el campo de visión y que parecía estallar encima del observador. Entonces, sobrevenía un mareo y había que apartar la vista de aquel incontable enjambre. Y resultaba tranquilizador retirar la mirada del cielo y dirigirla hacia el gris oscuro de la arena.

Mahdi, acostumbrado desde niño a dormir al raso, no podía recordar ninguna noche tan fantasmal como ésas, sobre todo desde que había llegado el frío. Las estrellas apenas titilaban y tenían una mirada fija, casi hipnotizadora. El silencio era total y en muchas ocasiones contenía la respiración para no oír ningún ruido. Si cerraba los ojos casi podía sentir la muerte. Pensaba que la muerte debía de ser eso: silencio y oscuridad. Para percibir el silencio no había más que dejar de respirar, porque a sus oídos no llegaba ningún sonido: ni el canto de los grillos, ni el rumor del agua, ni el balido de los corderos. Para notar la oscuridad no había más que cerrar los ojos. Dejar de respirar y cerrar los ojos en silencio. Así de sencilla, pensaba, debía de ser la muerte.

El pastor notó en sus riñones el frío del cristal y del acero. Se incorporó sobre el techo, procurando que sus botas no despertasen a los hombres que dormían abajo, oteó el horizonte hacia el suroeste y se dejó caer desde el muro hasta el suelo. Meó en la arena forzando los músculos de la vejiga hasta sentir dolor. Por lo que podía notar en la oscuridad, la orina tenía color claro, y no el tinte cobrizo de otras ocasiones. Su cuerpo le daba ocasionales respiros y sus entrañas se comportaban a veces sin sobresaltos, destilando correctamente el agua que, por imperativos del comandante, Mahdi bebía cada hora. Durante las primeras semanas, el pastor había meado arriba, como había hecho toda su vida, a la intemperie. Cuando descubrió el tinte primero rosado, luego cárdeno y al final casi negro de su orina, se acostumbró a hacerlo abajo como los demás, confiado en que la oscuridad le ocultase o le alejase la enfermedad de sus tripas. Durante el tiempo en que había sido pastor, casi toda su vida, había pensado que su orina fertilizaba los campos, que su humedad proporcionaba vida aunque fuera a una brizna de hierba. Ahora, el líquido que expulsaba su cuerpo era estéril y nada había que fecundar en aquel desierto tan yermo como la cara abrasada de la luna.

Con el amanecer llegó el relevo y la contundente figura del herrero apareció sobre la arena. *«Allah ak akbar»,* se dijeron, e intercambiaron perezosas impresiones sobre el estado del tiempo. El pastor tendió a su compañero el cargador repleto de balas y Sakir contempló el color dorado de los proyectiles antes de encajar el peine en su fusil con un golpe seco. Mahdi sentía prevención ante aquel hombretón, que disputaba el poder del *mu'allim.* Aunque sabía que era su camarada no habría tenido dudas en alojar una bala en la cabeza del herrero, si hubiera que defender a su maestro.

A Mahdi le complacía regresar abajo, a la calidez del agujero, y ver las estanterías llenas de nuevo con las provisiones llegadas la semana anterior. Se sentía responsable de la supervivencia de sus compañeros, en lo que se refería al estado de los víveres, y no le costó trabajo volver a anotar y a controlar las vituallas recibidas, utilizando el método descubierto por Hilal. Había colocado las raciones anteriores de modo que fueran las primeras en ser consumidas, en un orden que él sólo conocía y que nadie se atrevía a vulnerar. Safi había hecho la prueba de trasladar de lugar algunas latas, para comprobar cómo en algún momento el pastor, sin decir una palabra, contemplaba extrañado el ínfimo desorden y volvía a situarlas en el lugar conveniente. Mahdi podía adivinar el estado de los depósitos de agua o de petróleo con sólo golpearlos con los nudillos. El sonido grave o agudo le devolvía casi de inmediato el nivel de agua, satisfactorio, salvo accidentes, hasta que llegase el próximo relevo. Aunque quizá no sería necesario si, como habían anunciado los soldados, la guerra estaba cercana y era breve.

Después de limpiar su arma, Mahdi bebió unos sorbos de agua, comprobó la buena salud de su rebaño y se tendió sobre la litera para descansar bajo la mirada de su comandante, que establecía estrictos períodos de reposo para el pastor. Descansaría hasta el próximo cambio de guardia y aplazaría para entonces, cuando Hilal hubiera subido, su última tarea: adelgazar a filo de cuchillo un trozo de cuero que secaría y tensaría al sol hasta que tuviera la tersura suficiente para fabricar el pandero que Safi se había propuesto construir. No tenía sueño y el pastor tomó de la mesa cercana la última tablilla escrita por el *mu'allim*, cuyos caracteres oscuros se destacaban en bajorrelieve sobre la claridad de la madera. Siguió los caracteres con el dedo, de derecha a izquierda, hasta descifrar frase a frase su contenido:

El alba no despunta en mi aldea
hasta que el gallo quiere que amanezca.
Canta con fuerza gritando
¡Kikirikí! Y no tarda en amanecer.
La aldea abre sus párpados
recibiendo la vida para un nuevo día.
Y aquel coro de la aldea,
que interpreta la misma melodía desde que existe,
empieza a repetir sus cantos:
el borriquillo avanza, sigue el cordero
y el perro aparece con somnoliento ladrido
y el ternero aparece con hastiado mugido,
y el pájaro envía sus trinos

como saludo al nacimiento de la aurora,
más dulces que la salmodia y la poesía. [23]

Tardó en comprender la última línea de la tablilla, porque estaba fuera de contexto, y se emocionó al comprobar que decía: «A Umar Mahdi, el enigmático pastor». No necesitó mirar a su comandante porque sabía que aun en el silencio Hilal percibiría su reconocimiento. Se recreó una vez y otra en los versos, tratando de evocar las imágenes más agradables de su vida anterior y apartando la hiel que amargaba sus recuerdos. En la penumbra, los símbolos eran visibles gracias al tratamiento que el pastor daba a la tablilla, que tanto agradó al escritor. Una vez grabados los caracteres, Mahdi esparcía por su superficie una pátina de la crema negra que se utilizaba para limpiar las botas, que quedaba embutida en las ranuras. A continuación, volvía a pasar la cuchilla sobre la tabla, esta vez con delicadeza, para arrastrar la grasa que quedaba en la superficie, rescatando el color claro de la madera, sobre el que se destacaban entonces los negros caracteres esculpidos en el bajorrelieve.

Hilal había notado que durante el tiempo que Sakir estaba en el interior del refugio las oraciones de los otros dos hombres se realizaban con puntualidad, mientras que en los turnos en los que el herrero permanecía en la superficie los rezos se distanciaban o simplemente se olvidaban. Él mismo sentía que su libertad para moverse, para orar o para opinar estaba en manos de otro hombre, y se preguntaba hasta qué punto los sentimientos religiosos y políticos de su pueblo no estaban alienados siempre en la conciencia de otro. Hasta qué punto en su actuación no primaba más la vergüenza colectiva que el sentimiento individual. Ahora, mientras observaba dormitar al pastor y haraganear al carpintero, pensaba en cuál sería la actitud de éstos, y la suya propia, si el herrero estuviera delante. Probablemente, se decía, Umar se levantaría al poco y Safi iniciaría su tarea diaria. Posiblemente, continuaba pensando, él mismo se ocuparía de algún trabajo, aunque no fuera más que de la escritura, en lugar de estar allí simplemente observando. Ahora que Sakir estaba arriba, lejos su mirada vigilante, a él mismo le apetecía percibir la lasitud de su cuerpo, sentir sin culpa y sin oprobio el cansancio de sus músculos reblandecidos por el calor y por la falta de descanso. Era agradable estar allí mirando, sin nada que hacer, y concederse un rato de alivio, pendiente de notar sólo cómo el tiempo pasaba.

Observando a aquellos hombres pensó que cada uno de ellos simbolizaba un papel en el grupo, que iba más allá de sus responsabilidades o de sus tareas cotidianas. Badr Sakir representaba la autoridad inconsciente, la necesidad de control y de rigor, la referencia del deber, la dureza de la tarea, el reflejo de la vergüenza individual y colectiva, la norma, el orgullo, el sacrificio, la valentía, el heroísmo y, en definitiva, la conciencia de la ley. Ahmad Safi quizá era la encarnación de la inteligencia de su pueblo, de la habilidad para domeñar los elementos, de la adaptación a las dificultades. Representaba la tradición, la historia oral, la canción, la música y la alegría de las mujeres y de los hombres del país. Era la fuerza callada, la semilla de la creación. Tanto su gesto como su palabra mostraban la elegancia y la belleza del espíritu. Umar Mahdi simbolizaba las fuerzas innatas y naturales, los sentimientos en el más puro estado, la hospitalidad y la generosidad. Era el exponente de la fidelidad, de la entrega, de la amistad y de la vulnerabilidad. Personificaba lo oculto, lo que había que adivinar, lo que desconocemos de nosotros mismos, lo que duerme agazapado, la fuerza escondida y restallante en un momento determinado. ¿Y él? ¿Qué papel jugaba en el grupo él mismo, Hilal Nayi? Se decía que probablemente ninguno. Se decía que él no era sino el notario de los acontecimientos, quizá la historia escrita. Se preguntaba qué habría podido hacer él con otro grupo de hombres. ¿Qué habría sido si otro de los cuatro hubiera estado al mando? ¿Qué papel habría jugado él en un grupo diferente, sin contar con el arrojo de uno, la imaginación del otro o la entrega de un tercero? Recordó los tiempos en los que él partió hacia aquel lugar, en compañía de tres desconocidos, hacia un destino incierto. Evocó su incertidumbre, su miedo, sus recelos. Conectó con los terrores futuros, cuando la guerra estallase, si es que al final estallaba. Y evocó con aprensión las palabras del soldado, cuando decía que la guerra sería corta. Muy corta debía de ser, pensaba Hilal, para que aquellos cuatro hombres se salvaran, a tan poca distancia de un enemigo desconocido y quizá salvaje.

Los ruidos producidos por Safi le distrajeron de sus pensamientos. El carpintero tallaba con su machete los extremos de varias tablillas que días antes había ahormado en húmedo sobre el balde de zinc, hasta conseguir doblarlas con la curvatura deseada. Nada más llegar los suministros, Ahmad había desmontado las cajas y elogiado la calidad de algunas de las tablas, tan diferentes de la pobre madera del país, lo que le hacía suponer que aquellos suministros quizá viniesen de alguna región lejana, incluso del extranjero. Se había prometido a sí mismo construir un *duff*, un pandero, y había solicitado la ayuda del pastor para preparar la piel. Ahora, aguzaba los extremos de las tablas e Hilal le miraba hacer. Como otras veces, se acercó a Safi movido por la curiosidad. El carpintero no necesitó ninguna pregunta porque sabía de la afición del maestro por conocer la historia de los instrumentos musicales o, simplemente, datos acerca de sí mismo. Por eso, cuando el comandante se acercó, Ahmad comenzó a hablar sin levantar la vista de su tarea:

—No estoy seguro de que el resultado sea bueno. He elegido las mejores tablas, pero es posible que terminen rompiéndose. No es la madera flexible que utilizamos en mi tierra.

—¿Has construído otros panderos como éste? —preguntó Hilal.

—Alguna vez, aunque estos instrumentos no son mi especialidad. Yo he tocado la tabla y algún *duff* para marcar los ritmos de la música, pero me gustan más los instrumentos melódicos. Cuando cantaba, porque me gustaba cantar, utilizaba la tabla o los címbalos para indicar el ritmo. Con las flautas es imposible cantar, claro —hizo una pausa, mientras comprobaba el encaje de una pieza con otra, y prosiguió su casi monólogo—. Me gustaría fabricar una tabla, que tiene un sonido más apagado y musical, pero aquí resulta imposible.

—¿Por qué? —preguntó Hilal—. Tienes madera en abundancia.

—La tabla —dijo Safi sonriendo a Hilal— es el pequeño tambor de larga cola, fabricado de arcilla, recubierto con piel de cabra, que habrás visto en ocasiones tocado entre las piernas cuando se está sentado o colgado en bandolera cuando se camina. Si me consigues arcilla y una cabra viva te fabricaré una tabla, o media docena. Y te invitaré a comer, además —y Safi guiñó un ojo al comandante, mientras éste se avergonzaba de su desconocimiento.

—¿Cuándo comenzaste a fabricar instrumentos?

—Muy pronto. A los nueve o diez años construí mi primera flauta. Era un argul, pero también ha fabricado *sallāmiyyas, qawwāles, zummāras, 'ọrmas* e incluso *rabābas, kamānes* y otros instrumentos de arco. A los veinticinco, cuando todavía soñaba con ser músico y vivir de la construcción de instrumentos, llegué a tener un pequeño taller que enviaba algunos a lugares lejanos.

—¿Y por qué lo dejaste? —preguntó Hilal.

—Por lo mismo que tú dejaste tus escritos. Por la guerra. La guerra ahuyenta las fiestas, y si no hay fiestas no hay músicos, y si no hay músicos no hay instrumentos. Creo que si no fuera por ella hoy tendría una gran tienda en el mercado de la capital.

—¿Y qué hiciste entonces?

—Lo de todo el mundo —respondió Safi mientras manipulaba la madera y marcaba pequeños agujeros en los lugares cortados a inglete—, adaptarme para sobrevivir haciendo lo que sabía hacer: construí muebles, ventanas e incluso encofrados para el hormigón. Sólo en alguna ocasión, tiempo después, volví a fabricar alguna flauta para mi hijo.

—¿Dónde vive ahora?

—Con mi mujer, en la aldea de sus padres. Durante muchos meses no pude enviarles dinero, así que ella volvió a trabajar al campo. Yo no entiendo la tierra, no sé cómo se planta un tomate, y no volveré allí. Cuando acabe la guerra iré a buscarlos y regresaremos a nuestra aldea.

—¿Hablas del pueblo en el que naciste?

—No —dijo Safi, haciendo una pausa, y prosiguió—. Mi pueblo natal no existe ya. No puedo volver allí.

—¿Qué ocurrió? —continuó preguntando, mientras tomó una varilla de madera cuyo tacto suave percibió con los dedos.

—Desapareció. Se lo tragó el fuego. Sus tejados se hundieron, las cosechas se perdieron y los hombres y mujeres lo abandonaron —Ahmad detuvo su trabajo y habló pausadamente, mirando una de las curvadas varillas—. Los que pudimos hacerlo. Los demás quedaron allí, enterrados bajo el polvo y las cenizas. Vinieron el *gul* y la *yiniyya* y el pueblo desapareció.

—Pero, ¿cómo fue? —volvió a insistir Hilal, que percibía el dolor del recuerdo en la voz quebrada del hombre.

—Llegaron los soldados y ocuparon el pueblo. Eran soldados de nuestro país, pero se comportaron como el enemigo. Ocuparon las casas, requisaron las cosechas y sacrificaron a los animales. No lo sabíamos entonces, pero años atrás habíamos quedado en la frontera con el país del norte, después de un tratado de paz. Cuando de nuevo estalló la guerra nos convertimos en una zona de defensa, o de ataque —Safi no levantó la vista del suelo mientras hablaba con Hilal, y Umar se había incorporado de la cama y atendía ahora a las palabras del carpintero, que prosiguió su relato—. Durante las primeras semanas, la convivencia con los soldados fue tensa pero soportable. Cuando se prohibió recoger la cosecha, ya llegado el verano, se condenó a muerte al pueblo y los habitantes comenzaron a murmurar. Mi abuela arengó a los hombres pero éstos, temerosos, no quisieron protestar. Entonces, tomó su cayado y fue a la casa en la que se había establecido el cuartel. Un soldado impidió su paso, pero recibió un bastonazo de mi abuela en pleno rostro y cayó al suelo sangrando. El otro sujetó a la mujer y el soldado que estaba en el suelo disparó su fusil, hiriendo a mi abuela en el vientre. Ni siquiera entonces nos amotinamos. Recogimos a Na'ima y la llevamos a casa, donde murió tres días más tarde. Una temerosa comitiva de hombres fuimos el día siguiente al cuartel, exigiendo que el soldado fuese juzgado y que se permitiese recoger la cosecha. Se nos aseguró lo primero y se nos prometió considerar lo segundo —Safi tragó saliva antes de proseguir—. Dos días más tarde supimos que se había hecho un simulacro de juicio y castigado al soldado con un día de arresto. Se nos comunicó la negativa a salir a los campos. Las protestas arreciaron y alguien lanzó una piedra contra el capitán que estaba al mando. Éste sacó su pistola y disparó al aire, pero los soldados que estaban a su lado tiraron sobre los campesinos y dejaron varios cuerpos tendidos en el suelo. Huimos a nuestras casas mientras la plaza se llenaba de soldados con las bayonetas caladas en sus fusiles. Ni siquiera ayudaron a los heridos y no nos atrevimos a rescatar a los muertos y a los moribundos hasta que llegó la noche. Es la historia de la cobardía de un pueblo.

—¿Y entonces? —ahora era Umar quien, emocionado, solicitaba del carpintero que acabase su historia.

—Entonces, nada. No ocurrió nada. Mi pueblo no había luchado nunca. Los más jóvenes, yo entre ellos, pensamos en utilizar las hoces y las guadañas contra los soldados, pero no hubo tiempo para ello. El pueblo fue atacado tres días más tarde y el destacamento huyó. Cuando llegó el enemigo, arrasó la aldea hasta no dejar piedra sobre piedra. El fuego lo consumió todo y se llevaron los pocos animales y los escasos sacos de grano que aún nos quedaban —el recuerdo debía de ser excesivamente doloroso porque Safi tuvo que carraspear varias veces antes de continuar—. Muchos no tuvieron tiempo de abandonar sus casas y fueron devorados por el fuego. Mis padres y alguno de mis hermanos, entre ellos. Yo tenía entonces diecisiete años. Inicié con los supervivientes una larga marcha de unos poblados a otros, descubriendo que unos estaban tomados por el ejército de nuestro país y otros por el ejército enemigo. Bajé hacia el sur y me establecí en una ciudad próspera, en la que el petróleo manaba de pequeños agujeros hechos en la tierra. Allí encontré trabajo primero como pocero y después como carpintero. El dinero fluía como el líquido negro y tres años más tarde pude tener mi primer taller, en el que fabricaba muebles caros y algunos instrumentos. Llegué a ser dueño de una casa de piedra y de una tienda de muebles. Fueron años de tranquilidad y las calles bullían de gentes que vivíamos despreocupadamente y pensábamos que la felicidad había existido siempre y que no tendría fin. Pero llegó de nuevo la guerra y el precio del petróleo bajó y la ciudad, que vivía de dinero prestado, se arruinó y yo con la ciudad. Tuve que malvivir haciendo de carpintero en obras miserables. Para entonces, ya había conocido a mi mujer y habíamos tenido a nuestro primer hijo. Trabajaba en cualquier cosa que diera dinero para poder alimentarnos.

—¿Y cuándo te reclutaron? —preguntó Hilal.

—No fui reclutado. Me ofrecí como voluntario al ejército hace un año. Ya nadie reparaba siquiera los muebles viejos, y no se construía. El sueldo era de doscientos dinares al mes y mi familia lo necesitaba. Pero no llegué a ser soldado, aunque estuve trabajando para el ejército construyendo barracones. El sueldo no llegó nunca y mi mujer y mi hijo tuvieron que viajar a casa de sus padres. Un mes antes de llegar aquí me dieron un uniforme, me adiestraron en el manejo de aparatos de radio y en el uso de algunas armas de fuego. Una mañana, salí del cuartel hacia un destino desconocido. El resto de mi vida ya la conoces.

Safi recogió las varillas curvadas que había a sus pies y dio por terminada su historia. No miró a los dos hombres y nadie hizo ningún comentario. El pesado silencio que había invadido la estancia se rompió a los pocos minutos, cuando se oyó la voz de Sakir desde arriba, preguntando si no era ya el turno de relevo. Hilal se sorprendió porque, efectivamente, se había sobrepasado ya en media hora. Dio una voz a Sakir, se calzó las pesadas botas, se echó por encima la guerrera, sin abotonar, tomó el fusil y subió a la superficie.

Mientras hacía la guardia, oteando en la distancia con los anteojos, Hilal pensaba en la desgraciada historia de su pueblo, que siglo tras siglo, desde su milenario origen, había sido el escenario de cruentas guerras. Guerras por el agua, por la tierra, por las cosechas, por el poder, por la religión, por el petróleo, por las fronteras. Guerras en nombre del rey, del profeta, del salvador, del dictador. Guerras que habían consumido a hombres, mujeres y niños en un sacrificio estéril y absurdo. Guerras de las que emergían héroes que, al cabo del tiempo, eran olvidados, cuando no denostados. Guerras que esquilmaban los pueblos, que destruían las cosechas o que diezmaban el ganado. Guerras que convertían en cenizas pueblos de seculares tradiciones y en las que se perdían para siempre el arte, la música o la literatura. Guerras en las que no se sabía nunca quién era el enemigo ni por qué se luchaba. Guerras absurdas como aquélla misma en la que él estaba inmerso, en la que era apenas un personaje sin nombre que podía dejar de existir, indiferente al mundo, tan indiferente y anónimo como uno cualquiera de los granos de arena que formaban parte de aquel inhóspito desierto.

Hilal tanteó la pequeña tablilla de madera que portaba al cuello y en la que había grabado su nombre y su número de identificación. Durante las semanas precedentes, su pensamiento había trabajado para restituir a los hombres su identidad, y el símbolo lo había constituido esa pequeña placa que había colocado sobre el pecho de sus compañeros. Percibió entonces que se había equivocado. Que su tarea estaba sólo parcialmente cumplida, porque era necesario no sólo que tuvieran nombre, sino que tuvieran vida, para contar a las generaciones futuras su historia. Hilal pensó que cada uno de ellos contenía la historia de un fragmento de su pueblo y, con él, la de toda la humanidad. Por ello era preciso dejar constancia escrita de sus vidas y de las vidas de sus pueblos, como él hacía abajo durante los últimos días. Pero eso no era suficiente. Era preciso que sobrevivieran. Era necesario que uno, al menos uno de ellos, sobreviviera para contar a sus hijos su propia historia y la historia de cuatro hombres encerrados entre esos muros de cemento. Había que trazar desesperadamente un plan para asegurar la supervivencia del fortín en caso de ataque. O al menos conseguir que uno de ellos lograra salvarse de la muerte. Su cerebro bullía y casi podía notar el calor de su cabeza mientras trazaba planes que no podía concretar. En contraste, sintió frío en la piel y abotonó su guerrera, protegiéndose de un sol que parecía helado.

Su cuerpo, tan tenso como su pensamiento, comenzó a vibrar, producto de la excitación nerviosa. Dejó el fusil apoyado en lo alto del muro y dio un salto hasta el techo con una energía que a él mismo le sorprendió.

Tomó los prismáticos y enfocó hacia el horizonte. Ansiaba ver la silueta del enemigo y permaneció alerta durante unos minutos. Su nerviosismo le llevaba a presentir un ataque que, obviamente, no se produjo. Cuando comprobó que nada se movía sobre el horizonte, tomó el fusil del techo, quitó el seguro y puso el dedo sobre el gatillo, apuntando hacia la línea en la que se juntaban la arena y el cielo. Mantuvo su dedo en tensión durante unos segundos tanteando la presión del resorte. Notó cómo el gatillo cedía un milímetro, dos milímetros, en un recorrido eterno. Su mano derecha estaba dura como una piedra mientras su brazo izquierdo y su hombro afianzaban rígidamente el fusil. Por el visor del arma podía ver una pequeña porción de la infinita línea del horizonte. Apenas se sorprendió cuando sonó un estampido y notó un golpe seco sobre el hombro. Imaginó el proyectil saliendo del arma, caliente y dorado, atravesando las dunas, perdiéndose en la distancia, recorriendo millas y millas hasta encontrar su destino: la frente de un enemigo sin rostro, cuya muerte acababa con los sufrimientos de los cuatro hombres y, quizá, con los de otros muchos hombres que, como ellos, esperaban agazapados un ataque traidor.

Estaba de pie, en posición de disparo, cuando apareció Sakir cargado con su arma. A Hilal le sorprendió tanto la asustada cara del herrero como el estrépito de los hombres abajo, sin duda preparándose para subir. Bajó el arma cuando vio que el herrero subía el borde de la duna, se tendía en el suelo y apoyaba su fusil oteando en la distancia, esperando ver al enemigo. Balbuceó un «No pasa nada», al tiempo que Safi ganaba la superficie. Repitió: «No pasa nada. Lo siento», con una voz más firme. Los dos hombres intercambiaron miradas de sorpresa mientras contemplaban cómo el comandante les miraba con ojos vidriosos y como un niño sorprendido en una travesura. Sakir echó un vistazo hacia el exterior de la duna y bajó hasta el camino de arena apelmazada. Umar había conseguido también ascender a la superficie. Las piernas de Hilal temblaban de excitación y de miedo. Le pareció que la distancia desde el techo hasta el suelo se había dilatado como un abismo y apenas acertaba a descender. Una de sus piernas cedió y su cuerpo cayó al suelo. Sakir soltó su arma y recibió entre sus brazos el peso muerto del comandante. Hilal apenas alcanzó a oír la voz del hombretón que le atendía sobre la arena, con la mano helada sobre su frente, cuando dijo: «Tiene fiebre. Hay que llevarle abajo».

Durante dos días Hilal estuvo tumbado en la litera, tiritando a pesar de las guerreras y los capotes con los que los soldados le cubrían. No perdió el conocimiento pero no recobró una conciencia lúcida hasta el amanecer del tercer día. Intentó levantarse pero sus piernas apenas tenían fuerza para sostenerle en pie. Vio el rostro de Safi a su lado y oyó su voz, que decía: «La fiebre ha desaparecido». Hilal tomó un sorbo de un líquido tibio. Preguntó: «¿Qué ha ocurrido?» y recibió una respuesta jocosa de Safi: «Has debido estar en el Paraíso. Todos lo hemos pasado bien contigo. Bien, aunque preocupados». Los ojos acerados de Sakir también brillaron con un destello de ironía que Hilal no comprendió. Sólo horas más tarde, cuando comenzó a restablecerse y probó una deliciosa papilla preparada por Mahdi, le contaron que había pasado soñando o delirando por la fiebre dos días completos, y que en ese tiempo había hablado de Atika y que había pronunciado los nombres de otras mujeres. Que en esos dos días había recitado poemas, casi siempre de temas amatorios, y que había contado extrañas historias de corceles, de palmerales, de topacios, de batallas, de camellos, de amantes y de aguas cristalinas. Hilal se sonrió pensando en los *mawwāles,* los *mu'allaqāt* o los versos que a él le sonrojaban de adolescente y que llamaban la atención de los pícaros oyentes las noches egipcias en las que, ebrio de vino, recitaba poemas por las tabernas de El Cairo alejadas de los barrios religiosos. Prometió a Safi que llevaría a las tablas algunos de esos poemas, a los que el carpintero se comprometió a poner música y ritmo, con su *duff* recién construido.

No había habido apenas novedades durante el tiempo que Hilal estuvo enfebrecido. Las guardias se habían atendido y ello había supuesto una disminución en el ritmo de trabajo de los hombres. Nada había cambiado arriba, ni la radio había avisado abajo. Sin llegar a ser frío, el ambiente durante el día exigía salir a la superficie con ropa suficiente. La ausencia de humedad era engañosa, porque el frescor apenas se percibía; sin embargo, al cabo de varias horas de inactividad, el cuerpo perdía calor que era preciso reponer con almuerzos cada vez más copiosos. Cuando Hilal fue consciente de la situación comenzó a pensar que en lo sucesivo no sería el agua el principal problema, sino la alimentación. Se dijo que en los días siguientes revisaría con Mahdi el estado de las vituallas y que asignaría raciones de una forma estricta pero considerando los requerimientos energéticos de los hombres. Pese a las noticias de los soldados que conducían el camión, que la guerra comenzaría pronto y que sería rápida, el comandante tenía la obligación de pensar a largo plazo, y su principal preocupación era que las reservas de boca alcanzasen hasta el próximo abastecimiento, cuya fecha, ahora lo lamentaba, se había olvidado preguntar. Este propósito estaba relacionado con el más importante de los objetivos: preservar la vida de los cuatro hombres o al menos de uno de ellos, idea que comenzó a convertirse en una obsesión para Hilal, cuyo cerebro rumiaba de continuo las distintas opciones que se podían considerar en caso de ataque, desde la rendición del grupo hasta la huida de uno de ellos hasta el puesto más cercano.

La fiebre, la sudoración, el descanso, el sueño o el delirio de los días precedentes, o todo ello junto, había producido un profundo cambio en Hilal. Como si el sudor hubiera arrastrado fuera del cuerpo todos los humores malsanos, sus músculos se encontraban ahora descansados, fuertes y flexibles. Había oído hablar durante la instrucción acerca de la fatiga del combate, el estado de *shock* que se produce en los soldados después de un tiempo continuado de tensión nerviosa. Achacó su postración a dicha fatiga emocional, y comprobó sorprendido un efecto subsiguiente del que no había oído hablar: un estado de flexibilidad muscular y mental como no había conocido antes. Se veía más resistente pero también más lúcido. Ensayó a recordar alguno de los poemas que semanas antes habían resistido la evocación y notó cómo los versos brotaban rápidamente desde su memoria.

Aún se produjo otro cambio, del que no fue consciente hasta más adelante. La imagen de Atika, el retrato petrificado de su mujer, que había congelado en su recuerdo, podía moverse sin que sus gestos le produjeran dolor. Primero se atrevió a recordar su sonrisa; después, a evocar un leve pestañeo; a continuación pudo pintar en su cara la mueca divertida que solía tener los días felices. Por fin consiguió que sus labios hablasen y recordó incluso sus palabras de preocupación, de amor o de desconsuelo los días previos a su última separación, poco antes de su salida hacia el cuartel. Rescató más adelante su busto, su cintura, sus piernas y todo su cuerpo, y pudo cambiar el fondo del retrato, imaginándola en el patio de su casa, a las orillas del Nilo, en los bosques del pueblo de sus padres, jugando con los niños o sentada en el sillón que tanto le gustaba, donde leía los poemas de amor que él descubría para ella y que marcaba con las hojas desecadas que ella recogía y prensaba y con las que fabricaba los pequeños cuadros que adornaban su habitación. Por fin consiguió, ¡ay!, consiguió recordarla desnuda, y redibujar las curvas de sus hombros, de sus pechos y de su cintura, las hendeduras de su ombligo, de sus axilas y de las corvas de sus piernas, y los hoyuelos que se formaban en la espalda, debajo de su talle. Y, por fin, su sexo y, con él, las mañanas, las tardes y las noches de amor… Fue lento este proceso, e Hilal se deleitaba a cada paso porque era conocerla como si fuera la vez primera. En la noche oscura, cuando la luna formaba un creciente apenas visible sobre el cielo, dejando un hueco entre las estrellas, recordaba los primeros versos de amor que recitó para ella, sólo para ella, cuando los dos caminaban tomándose furtivamente las manos en los atardeceres del puente que llevaba al barrio de Yizā:

Aquella muchacha de ojos bellos, de fragancia
[deliciosa,
de aliento perfumado, de aroma penetrante,
me tendió una fina mano, y comprendí
que era hermosa mujer de mirada seductora.
Por su talle corre fresca sangre juvenil;
ungida está de almizcle por su muy clara virtud.
Cuando me ofrece jazmines en la palma de su
[mano
recojo estrellas brillantes de la mano de la luna. [24]

O evocaba otros versos que acudían a su mente después de las noches de amor:

Cuántas veces pedí vino a una gacela
y ella me ofrecía vino y rosas,
pues pasaba la noche libando el licor de sus labios
y cogiendo rosas en su mejilla. [25]

Estos y otros versos eran escritos por Hilal en las tablillas de madera. Pero no ya para sí, porque sabía que su memoria estaba libre y dispuesta para el recuerdo. Escribía ahora para Safi y para Mahdi. El carpintero componía música para algunos versos y el pastor se deleitaba descubriendo cada signo, cada palabra, cada frase y cada idea. La amenaza de una guerra inminente y breve no impedía que los hombres disfrutasen del placer de los versos y de la música, y que en ocasiones se enlazasen para iniciar danzas en los que el papel femenino era emulado torpemente por alguno de los danzantes. Sólo Sakir se mantenía al margen de las canciones y de las lecturas. Por ese tiempo fue cuando Hilal tuvo conciencia de que el herrero no se había acercado nunca a ninguna de las tablillas escritas por él; que jamás había tomado una sola de ellas en las manos y en ningún momento había intentado leerlas. Había elogiado, eso sí, la factura de las mismas: el alisado de la tabla, la belleza de los caracteres o el trabajo de Mahdi, pero nunca había leído ninguna, ni siquiera las que contenían azoras del Corán.

Las tardes eran pálidas y los atardeceres grises. En las noches de luna nueva, la primera estrella rutilante aparecía temprano en el cielo y poco a poco era seguida por un rosario de luces que se esparcían en todas las direcciones, como sembradas desde arriba por un joyero caprichoso. Se oraba al atardecer, cada vez más prematuro, y se realizaba la cena en la oscuridad del refugio, atemperada por el candil encendido al mínimo de llama. El turno de noche comprendía ahora tres guardias de cuatro horas, y no dos como en las noches de las primeras semanas. En consecuencia, los hombres descansaban más.

Era la segunda guardia nocturna, en medio del conmovedor silencio, mientras tres hombres dormían, cuando el sueño se rompió con el estrépito de la culata de un fusil golpeando frenéticamente sobre la puerta. Los hombres saltaron de la cama como golpeados por una fuerza invisible. Umar encendió rápidamente el candil con la llama suficiente para que los soldados encontrasen con prontitud sus botas y sus fusiles y cargadores. Mientras tomaban sus guerreras, oían la voz de Safi que gritaba por el hueco de la puerta:

—¡Aviones! ¡Aviones!

Arriba, en el cielo, procedentes del temido sudoeste, aparecían innumerables luces en movimiento. Casi tan lejanas como las estrellas, menos hermosas que éstas, pero mucho más mortíferas, las luces de los aparatos dejaban sobre el cielo una estela de color blanco apenas visible. Absortos por el espectáculo, inermes ante el lejano poder de aquellas máquinas voladoras, los hombres quedaron paralizados contemplando cómo se dirigían en línea recta hacia el noreste. Hasta que no pasaron por encima de sus cabezas no percibieron el casi inaudible rumor de sus motores. No fue hasta ese momento que Safi tomó conciencia de la situación y gritó a los demás, al tiempo que desaparecía por el hueco de la puerta:

—¡La radio! ¡Hay que avisar por radio!

16. La guerra

La guerra, si es que aquello era la guerra, había estallado al fin. La primera advertencia de los soldados, «Pronto comenzará», había resultado cierta. Apenas transcurrieron diez días desde el aviso. La segunda, «y será corta», estaba por ver, porque habían pasado seis semanas desde que la primera oleada de aviones rompiera la inmutabilidad del cielo. Desde entonces, casi todas las noches y casi todos los días, los pájaros de acero atravesaban una ruta de ida y vuelta en sucesivos embates, una vez y otra, hasta que los soldados dejaron de contarlos. De suroeste a noreste y viceversa. Una monótona, incansable y desazonadora ruta.

Lo peor de todo era que abajo no pasaba nada. Dejando aparte la radio, que había sonado dos veces, en una ocasión la fatídica primera noche, cuando retransmitió un rezo del Corán, y una segunda doce días después, cuando su líder pronunció un discurso inflamado asegurando que el fin de la guerra era inminente, nada rompía la soledad y el tedio de los soldados encerrados en su pequeña cárcel de acero y hormigón. Y que día tras día no pasara nada, lejos de apaciguar su ánimo, no hacía sino alimentar los más negros presagios y sumir a los hombres en una frustrante pesadumbre. En ocasiones se tenía la ilusión de que lo que ocurría en el cielo era algo ajeno, que nada tenía que ver con la guerra. Las provisiones y el agua eran suficientes. Había ropa de abrigo en las cajas. No se había observado ningún movimiento de tropas en los alrededores. Los días eran apacibles y las tardes eran blandas y suaves, como si no soplaran vientos de guerra. Pero estaban convencidos de que detrás de ellos, en el tiempo que transcurría entre la ida y vuelta de los aviones, se estaba desatando el infierno. Y detrás se encontraba todo lo que querían: su amada tierra, sus bosques y colinas, sus ciudades, sus hijos y sus mujeres. Todo estaba detrás de ellos, en el infierno. Y mientras tanto, ellos permanecían allí encerrados, sin ninguna oportunidad, esperando un día y otro a un enemigo que acechaba y que no venía.

En su línea de tiempo había un antes y un después, separados por el paso de los aviones y la oración radiada. Durante los primeros cuatro días, nadie logró conciliar el sueño más allá de dos horas seguidas. Las guardias se doblaron y siempre había arriba dos hombres, vigilando con los prismáticos el horizonte y la lejanía del cielo. Pero los dos que estaban abajo no durmieron pues era imposible hacerlo cuando tenían la sensación de que el filo de una navaja de un momento a otro les cortaría la garganta. Transcurridas las primeras veinticuatro horas de agitación, después de que la adrenalina mantuviera sus cuerpos en pie de una forma natural, daban cortas cabezadas en los jergones pero les despertaba un mal sueño, la respiración agitada del compañero o cualquier crujido procedente de dentro o de fuera del refugio. Las siguientes cuarenta y ocho horas, sus cuerpos saturados con excitantes fueron presa de una agitación casi convulsiva: iban y venían de un lugar a otro, sin un propósito determinado, ya fuese dentro de la casamata o en el cráter. Más adelante se produjeron episodios de irritabilidad que estuvieron a punto de originar una reyerta entre el pastor y el herrero. Después sobrevino la falsa euforia del agotamiento y, al final, el agotamiento en estado puro. Al sexto día, convencidos de que el enemigo no vendría, o que no lo haría de una forma inminente, se produjo una profunda depresión que llevó a los hombres al sueño, primero agitado y luego más relajado.

Bastó media hora, después del paso de los aviones y del aviso de Safi, para organizar la defensa del puesto. La ametralladora, los lanzagranadas y los fusiles se habían colocado de modo que fuera sencillo sacarlos al exterior y durante los días sucesivos se hicieron dramáticos ensayos para subir con cuerdas las armas en menos de cinco minutos. Las cajas con municiones estaban siempre abiertas y las balas y granadas se tuvieron a mano. Incluso se subieron al primer piso los cartuchos de dinamita, que no exudaban ya su explosiva destilación. Pero incluso los adiestramientos con armas, la limpieza escrupulosa de los fusiles y las instrucciones para organizar la defensa se convirtieron al cabo de los días en una rutina irreal, porque fuera no pasaba nada que justificara tanta agitación guerrera. La ausencia del enemigo convertía los ensayos bélicos en una suerte de obra de teatro, representada primero con convicción y luego monótona y mecánicamente, sin entusiasmo. Los ejercicios decrecieron en frecuencia y duración, hasta desaparecer del todo cuando se convencieron, transcurridas dos semanas, de que el enemigo no vendría. Que allí no pasaba nada, ni pasaría nunca. Que ellos no eran sino malos actores de reserva en una guerra que parecía real sólo encima de sus cabezas, allá en el cielo, muy lejos. Sabían que detrás se estaba abriendo el infierno, aunque no tenían ningún indicio real de que en realidad fuera así. Nada, salvo las estelas de los aviones en el cielo.

Si se tardó sólo media hora en organizar la defensa, se emplearon quince días en desmontarla, en un ejercicio apenas perceptible. El día cuarto, los cartuchos de dinamita se bajaron de nuevo a las letrinas. Al siguiente, los lanzacohetes se cubrieron con un saco de piel, so pretexto de preservarlos del polvo. Más adelante le tocó al turno a la ametralladora, cuyos soportes se plegaron, y que se retiró del paso para que no estorbase. Luego se devolvió todo a los embalajes y alguien cerró y apiló las cajas de municiones. Al cabo de quince días, el único rastro de que estaban inmersos en una guerra lo constituía el hecho de que las guardias se hacían con el fusil repleto de proyectiles y con dos granadas de mano colgadas de los correajes. Pero, ¿qué podían hacer esas armas contra máquinas que hacían la guerra tan alto y tan lejos?

Lo peor era que allí no pasaba nada. Los cuatro preferían mil veces la lucha que permanecer encerrados, agazapados y expectantes un ataque que nunca se producía. Después de todo, pensaba cada uno sin decir nada al otro, el combate podría ser corto: un día de asedio, una hora de ataque, un minuto de muerte tal vez. Todo mejor que esperar allí, todas las horas de un día, todos los días de una semana, una semana tras otra, una muerte que no acababa de llegar.

Aunque hacían las guardias por parejas, las dos primeras semanas apenas hablaron. Sólo las órdenes del comandante rompían el silencio, y sus indicaciones eran obedecidas sin réplica, pues Hilal, días antes de producirse el ataque de la aviación, si es que aquello era un ataque, había pensado en cómo organizar la defensa. En líneas generales, el plan consistía en mantener tres hombres en las proximidades de la casamata, armados con los lanzagranadas y provistos de abundante munición, y enviar a un cuarto hombre a unos cincuenta metros de distancia, armado sólo con su fusil. Las órdenes para cada uno de los hombres eran precisas, en el caso de que hubiera oportunidad de cumplirlas. El plan no dejaba de ser coherente, aunque resultaba extraño. El cuarto hombre, el más alejado, tenía orden de permanecer oculto y de no disparar si el puesto era cercado salvo en el caso de que él fuera atacado directamente o que el fortín hubiera sido volado. De los otros tres hombres, dos tomarían los tubos y dispararían hasta agotar las municiones. En caso de ser abatidos, el tercer hombre, tenía instrucciones de permanecer todo el tiempo en el refugio, preparado para volarlo con los cartuchos de dinamita. Hilal les asignó los puestos correspondientes. Safi sería el cuarto hombre. Él y Sakir se ocuparían de los lanzagranadas. Mahdi prendería la mecha. El comandante justificó a Safi su tarea arguyendo que, en caso de ser volado el puesto, el enemigo se descuidaría y que él tendría oportunidad de causar bajas antes de morir. Nadie sospechó que en realidad Hilal había decidido que Safi se salvara, y que consideraba que sus posibilidades de supervivencia aumentaban si se mantenía lejos del fuego graneado contra el refugio. Con suerte, el carpintero podría ser visto y tomado prisionero antes de ser abatido. Si es que el enemigo tenía piedad, lo que resultaba improbable.

Cuando se encendió la radio por segunda vez, para transmitir el discurso de su general en jefe, días después del ataque aéreo, Hilal se convenció de que la guerra sería larga y de que tenían tiempo para morir. Carecía de experiencia militar pero sabía qué significaban los discursos vacíos. La proclama, que Hilal guardaba literalmente en su memoria, no aclaraba quién era el enemigo, ni a qué venía, ni por qué luchaban, ni dónde se producían los combates. Todo lo que sabían, casi dos semanas después del inicio de la guerra, meses después de ocupar aquel remoto puesto, era que el enemigo, fuese quien fuese, venía del sudoeste. Y debía de venir desde lejos, pues lo hacía en máquinas voladoras, saltando de un lado del mundo al otro lado, lejos del alcance de sus fusiles. Tras escuchar el discurso de su líder, Hilal se persuadió de que sus esfuerzos serían vanos. Aquella guerra se producía entre dos gigantes y ellos no eran siquiera peones de ajedrez en una batalla. El desierto era inmenso. Los cuatro ocupaban un minúsculo agujero en la arena. Los combatientes estaban lejos, eran más grandes que montañas y se arrojaban aviones por encima de sus cabezas. Ellos no eran sino polvo en la arena. Que murieran o que sobrevivieran sólo dependía del destino, porque ni siquiera contaban en una batalla que no les concernía.

El escenario en que se desarrollaba su vida habría adquirido nuevas dimensiones. Allí estaba su refugio. A su alrededor, los afilados bordes de las dunas, doradas al amanecer y al atardecer, de un amarillo pálido durante el día y grises por la noche. Pero el cielo, casi siempre azul, había cambiado de aspecto. Arriba, muy, muy alto, el humo mortífero expulsado por las máquinas de combate se acumulaba y cambiaba el aspecto de un escenario hasta entonces tranquilo. De día, los motores de los aviones dejaban rastros de vapor de agua y de cenizas, formando columnas primero dibujadas con regla y luego difuminadas por los vientos hasta dejar guedejas de nubes al comienzo blancas y luego más oscuras. El polvo y los gases eran invisibles salvo cuando el sol atravesaba las venenosas nieblas. En esos momentos, alrededor del disco solar se formaba un halo que denunciaba la suciedad de la atmósfera. El atardecer ya no era limpio aunque a simple vista no se apreciaban nubes. Al ponerse el sol, las partículas que flotaban en el aire reflejaban la luz y devolvían colores amarillos, violetas, verdes y negros. En este escenario había también un cambio de perspectiva: si durante los primeros meses la vista de los soldados se dirigía hacia la arena, ahora lo hacía en dirección al cielo. La nuca dolía de tanto mirar al cenit, por lo que resultaba más cómodo imaginar la escena desde arriba, desde lo que debía de ser el punto de vista de los pilotos de los aviones. Arriba se desarrollaba la guerra. Abajo había un estéril desierto dorado y en un punto inconcreto, tan igual como todos los demás, un minúsculo refugio en el que cuatro hombres esperaban un asalto que no se producía.

Pasado el tiempo, las guardias fueron realizadas por un solo hombre, como en las primeras semanas. Se convencieron de que en esa fantasmal obra de teatro el primer acto se desarrollaba en el cielo y que hasta que los otros actores no terminaran su representación ellos no entrarían en escena. Su papel en la obra, hasta el momento bien corto, había consistido en observar impotentes cómo los aviones surcaban el aire y en avisar de que las máquinas atacaban. Ni siquiera recibieron respuesta. Sólo les enviaron una oración radiada, como un epitafio. Tampoco hubo movimientos en el fortín que había tras ellos. Durante un tiempo otearon en esa dirección, esperando ver desde allí los disparos de baterías antiaéreas. Pero no hubo respuesta. De actores pasaron a espectadores. Su papel no estaba escrito o, por lo menos, no lo conocían.

Volvieron al consuelo de sus ocupaciones, aunque ya no había alegría en ellas. Cada cual se distrajo a sí mismo y no contó con el otro para organizar su tarea. Safi pasaba las horas trabajando con su puñal o sus formones las tablas que se amontonaban en un rincón de la sala. Pero no construía muebles, ni estantes, ni perchas, ni cajas, ni tableros de juegos. Decoraba las tablas siguiendo pautas geométricas y repetitivas, dibujando lazos y cintas paralelos que se cruzaban unos con otros con regularidad o que formaban teselaciones que llenaban la superficie de la tabla. Era una tarea monótona, obsesiva y lenta, en la que el pensamiento del carpintero se retraía sobre sí mismo, evocando a Hanna y a su hijo e imaginando el infierno que había tras él. Sakir seguía con sus juegos pero no pidió a nadie que se pusiese al otro lado del tablero. Jugaba contra él mismo, casi siempre al ajedrez, probablemente haciéndose trampas e imaginándose victorioso. Permanecía largos minutos contemplando una jugada, observando la posición de las piezas, y al cabo de ese tiempo movía con lentitud alguno de los casquillos decorados, para fijar una nueva posición en la imaginaria trinchera, para capturar una máquina de guerra enemiga o para rendir una fortificación propia. En el tablero, la guerra de Sakir se desarrollaba con la misma parsimonia, indeterminación y callada violencia que la guerra en los cielos. Hilal continuaba escribiendo, pero ahora lo hacía porque el pastor le reclamaba textos para leer. Aunque su memoria recordaba con viveza poemas o fragmentos, dudaba durante horas sobre cuál de ellos anotar, porque los poemas de amor resultaban dolorosos, los versos alegres estaban fuera de lugar y los textos del Corán no resultaban consoladores. No era infrecuente que abandonara un trabajo a medio hacer, incomodado por algún verso traicionero. Sus órdenes eran ya innecesarias, porque todo lo que había que decir ya estaba dicho y los hombres conocían tan mal como él la misión del puesto o su papel en la guerra.

Sólo Mahdi parecía mantener una vinculación con la vida. Seguía cocinando, aunque sabía que el paladar de los otros ya no disfrutaba con los aromas que había aprendido a esparcir en los platos. Continuaba reescribiendo y dando una forma perdurable a los textos esbozados por la mano de su maestro, y a veces preguntaba a éste por el sentido de algún término que desconocía o elogiaba el ritmo de los versos que tanto le maravillaban. Aún guardaba capacidad de sorpresa y le parecía increíble que hombres y mujeres hubieran escrito tanto y tan bello en los tiempos de placidez que había entre una guerra y otra guerra, e incluso en medio de los combates. Continuaba alimentando su diminuto ganado y sólo él sabía que uno de los bichos debía ser una hembra fértil porque en un rincón de su jaula había depositado un minúsculo montón de suciedad grisácea que resultó ser un racimo de huevos. Mahdi era respetuoso con los ciclos de la naturaleza. Se conmovía con el nacimiento de un cordero y lo estaba ahora también, al pensar que un minúsculo monstruo era capaz de segregar salivas y zumos con que recubría periódicamente el racimo, para procurar que las larvas recién nacidas tuvieran desde el primer instante el alimento necesario para sobrevivir.

No sólo eso. Mahdi había conseguido que en el refugio, en medio del desierto estéril, crecieran diminutas plantas. Sólo Safi, intrigado por el fenómeno, había preguntado cómo lo había hecho, pero todos se asombraban por el ingenio y la fuerza del pastor, empeñado en sobrevivir y en dar vida. Mahdi confesó que llevaba semanas intentándolo, desde que llenó de agua latas y botes que colocó en los estantes y el suelo del refugio, horas antes de llegar las provisiones. Había echado arena en algunas de las latas y esparcido sobre ellas semillas de arroz, de garbanzos, de lentejas y granos de pimienta. La humedad había roto las vainas de los frutos y hecho crecer los embriones, pero éstos morían al poco tiempo porque el sustrato no era fecundo. El pastor descubrió que, abajo, la pared de la letrina tenía una delgada capa de cemento y que detrás de ella la tierra no tenía la coloración dorada de la superficie sino un tinte grisáceo y oscuro. No era tierra fértil, pero quizá pudiera serlo, pensó Mahdi. Hizo un agujero y extrajo algunos puñados del suelo que había permanecido oculto durante siglos de la luz del sol. Luego, mezcló la tierra estéril con restos de comida y con cáscaras y semillas trituradas, hasta obtener una pasta semiorgánica de la que las semillas lograron prenderse. Cuidaba cinco latas de las que pendían débiles tallos que medraban en la relativa claridad del refugio, tintando las paredes de un verde que resultaba desconocido en un ambiente donde los colores dominantes eran blancos, ocres, grises y negros.

Sólo Mahdi utilizaba el *duff,* que había dormido muchos días, inútil, en uno de los rincones de la sala. El carpintero, el herrero y él mismo habían hecho un buen trabajo, sujetando la tersa y delgada piel entre dos aros de madera aherrojados con alambre. El pastor lo colocaba entre las piernas y percutía despacio con sus dedos para no irritar a sus compañeros, que parecían ajenos al golpeteo. Descubrió el diferente timbre del sonido cuando batía en el centro o cuando lo hacía en el borde. Descubrió que los dedos repiqueteaban y saltaban cuando se humedecían ligeramente con saliva. Descubrió que el ritmo de los golpes podía ser similar al ritmo de un poema. Aprendió a reproducir el sonido de los animales cuando andaban, trotaban, saltaban o corrían, recordando sus pasos por la libertad de los campos. Sus ruidos eran quedos y apagados, como realizados para sí mismo.

El once de febrero se cumplía un mes desde que los aviones surcaron el cielo, en aquella noche de luna nueva. Los hombres notaron el acontecimiento y a todos les resultó increíble estar allí, vivos y sin saber nada del mundo, cuando recordaban la sensación de las horas sucesivas al ataque, mientras pensaban que la guerra llegaría de inmediato al borde de las dunas tras las que se escondían. A partir de ese día de febrero comenzaron a tener la ilusión de la guerra no existía y que, de existir, no tenía que ver con ellos. Les inquietaba saber que sus familias estaban al otro lado del infierno, pero eran convincentes los argumentos de Mahdi, que sostenía que sus mujeres e hijos estaban a salvo, pues la guerra del aire jamás llegaba a los pequeños poblados, que no existían para la mente de los generales. Les preocupaba también la situación de su país, pero sabían que ellos estaban allí para defenderlo, arriesgando sus vidas, aunque no les daban ningún papel en el juego de la guerra. Se resignaron ante un destino que no estaba en sus manos. La guerra se había preparado sin que ellos se enteraran. Había estallado sin que a ellos se les hubiera comunicado. Y se estaba desarrollando más allá del alcance de las balas de sus fusiles.

Comenzaron a pensar que quizá su misión había sido cumplida y que no les quedaba más que esperar el final de los acontecimientos. Después de todo, su tarea era detectar la presencia del enemigo y comunicar su llegada. Ellos habían esperado que el ataque hubiera sido por tierra, atravesando el desierto, pero se había producido por el aire. Y habían avisado en el momento adecuado. El suyo no era más que un puesto de observación y de defensa, no de ataque, y habían cumplido su misión. No podían hacer nada por defenderlo cuando no había nadie que atacase. Comenzaron a pensar incluso que aquello no era la guerra. Cierto que los aviones volaban en posición de combate, y que regresaban también en la misma posición y apreciablemente en el mismo número. Pero era posible que aquellas máquinas no volaran para soltar su carga de fuego, como ellos habían supuesto. No había ningún lugar en el mundo que soportara los bombardeos continuados de cientos de aviones atravesando el cielo. No era posible que hubiese un enemigo tan implacable como para machacar de una forma tan contumaz ciudades, ejércitos o colinas. ¿Y contra qué o contra quién se dirigían tantos aviones una vez tras otra? Tampoco era verosímil que, si había guerra, aquellos aviones volasen impunemente por el cielo de su país sin que sus propios aviones, cohetes y baterías antiaéreas derribasen a algunos. Pero no habían visto combates en el aire, ni estelas de cohetes, ni aviones derribados. No habían visto más que las luces y los rastros de vapor y veneno que las máquinas dejaban sobre el cielo. Si aquello era la guerra, era una forma de guerra desconocida porque no se veían muertos, ni se sentían explosiones, ni se oían los gritos de dolor, ni se percibía la desesperación en uno o en otro bando. Aquella parecía una guerra sin víctimas, sin daños y sin sangre. Era una guerra irreal, si es que aquello era la guerra.

De repente, una noche los aviones no aparecieron. Ni la mañana siguiente. Ni la noche posterior. Noches y días volvieron a una plácida calma en medio de la cual los hombres escrutaban el cielo sin encontrar señales de cambio. Se hizo toda clase de conjeturas y los soldados intercambiaron sus puntos de vista. Safi hizo un intento de comunicar por radio con el puesto de mando, pero no obtuvo ninguna respuesta. Seguía sin haber rastro del ejército enemigo, ni del propio. Hilal consideró la posibilidad de que todos sus supuestos hubieran sido equivocados. Podía suceder que el suroeste no fuera el lugar desde donde atacara el enemigo, sino la posición ocupada por su ejército y que los aviones fueran de su propio país, atacando las tropas enemigas. Pero si fuera así no entendía su posición en el mapa, ni su papel de observador en un puesto de la retaguardia. No tenía sentido entonces su misión y aquella hipótesis debía ser descartada. Podía ser también que el enemigo se hubiera retirado, conseguidos o no sus objetivos. Si la guerra había acabado con la victoria enemiga sin que su ejército hubiera disparado un solo tiro, entonces su país debía de haberse convertido en una alfombra de cascotes, devastado por los bombardeos de esas máquinas diabólicas. Pero si los aviones se habían retirado huyendo, la guerra se habría desarrollado más allá del horizonte y su país había resistido, quizá destruyendo al enemigo en otra de sus fronteras. Ahora bien, si la guerra había acabado con una victoria, ¿cómo era posible que no les hubieran avisado?

Podía ocurrir también que el silencio fuera el preludio del ataque terrestre. «¡Eso era!», pensaba Hilal. Sus cálculos eran certeros. Hacia el sudoeste se agazapaba el enemigo. Primero devastaba por el aire. Más adelante, lo haría por tierra. En aquellos días de plácida calma, temeroso, el comandante volvió a colocar los lanzagranadas y la ametralladora listos para ser sacados al exterior, porque el ataque por tierra debía de ser inminente, pensaba, y así lo creyeron también los hombres.

Mas la siguiente porción de muerte no llegó por tierra, sino también a través del cielo. La mañana del dieciocho de febrero, la calma del mediodía se vio rota por un sonido sibilante. A los gritos de Sakir, los hombres subieron al exterior para contemplar el rastro de una nube de polvo que se extendía por el suelo desde el sudoeste hacia el noreste, en la misma trayectoria seguida por los aviones pero ahora cerca de sus cabezas. El herrero dijo no haber visto más que un resplandor atravesando el cielo a baja altura. Se percibía el sabor del polvo removido en la mañana fría. Segundos después de pisar la arena los cuatro hombres sintieron cómo el suelo temblaba ligeramente bajo sus pies. A continuación llegó el retumbo lejano de una explosión. Más adelante vieron cómo un hongo de humo negro llenaba el horizonte, a varias millas de distancia. Safi fue el primero que notó que la nube de humo se alzaba desde la posición en el que estaban atrincheradas las tropas de élite de su ejército. Sakir mencionó en voz baja lo que había oído respecto de las bombas volantes que cruzaban el aire a pocos metros del suelo y cuya precisión era mortífera. No eran necesarios más datos. El enemigo seguía vivo. Y aparecía monstruosamente, como hasta entonces lo había hecho. Por el cielo. Sin dar ninguna oportunidad. Mientras observaban la gigantesca columna de humo, tuvieron la certeza de que la fortaleza había sido destruida. Se miraron con desesperada resignación. Si los soldados de élite habían sido aniquilados con un solo cohete, su suerte podía ser la misma. Y eso podía suceder en cualquier momento, quizá en ese mismo instante, dos segundos más tarde, o mientras dormían, o cuando realizaban la oración, o en la fugacidad de un pestañeo. Sólo Sakir hizo un gesto que rompió el silencio de la mañana. Subió al techo de la caseta, gritó: «¡Asesinos! ¡Malditos! ¡Criminales!...», al tiempo que vaciaba el cargador de su fusil en dirección al horizonte. Un gesto inútil, porque las sesenta y cuatro balas se enterraron plácidamente en la arena media milla más lejos, sin devolver un solo ruido. Hilal le dejó hacer y contempló con amargura cómo el herrero seguía apretando el gatillo después de que la última bala hubiera abandonado el fusil.

Hacía tiempo que no estaban juntos arriba. Habían quedado lejos las noches en que disfrutaban del tibio anochecer y de la charla. Ya no quedaba resquicio para la fiesta, la alegría o la poesía. Sólo restaba esperar la muerte, por la tierra o por el aire. El enemigo era implacable, porque no mostraba su rostro ni su nombre. Atacaba sin avisar, desde más allá del horizonte, sin dar una oportunidad. Sakir rompió el silencio, cuando descendió desde el techo de la caseta al estrecho pasillo ocupado por los tres hombres. Afirmó rotundamente:

—Yo no quiero morir así.

—No moriremos —dijo Hilal con la misma convicción.

Los tres miraron el rostro de su comandante, extrañados por su frase, que parecía proceder de una íntima convicción pero que violaba toda experiencia. Habían percibido la muerte, sin verla directamente, y ésta podía presentarse de cualquier forma inimaginable. Recordando el vuelo de los aviones o contemplando la nube que se elevaba en el cielo, sus palabras parecían una burla cruel. Fue Safi quien preguntó:

—¿Por qué no moriremos? ¿Cómo puedes saberlo?

—Sé que no moriremos. Nos marcharemos mañana al atardecer.

—¿Y dónde iremos? —preguntó Mahdi.

—Hacia el sudoeste. No hay otro lugar adonde ir.

Hilal explicó su plan. La semana anterior, cuando se convenció de que su tarea de observación había finalizado, porque el enemigo había sido detectado, pensó en replegarse hacia la fortaleza, donde estaban, así lo creía, más protegidos. Ahora, cuando el fortín había sido volado, no quedaba más posibilidad que viajar al sudoeste, al encuentro del enemigo. Había conjeturado con la posibilidad de que el abastecimiento se realizara desde la fortificación y que fuera allí desde donde se emitieran y recibieran los comunicados. Incluso era posible que allí se guardaran sus nombres y datos sobre su posición. Si estaba en lo cierto, entonces sí estaban irremisiblemente condenados, porque no vendrían provisiones, ni ayuda, y ni siquiera volverían a buscarles cuando la guerra finalizase.

Debían marcharse de allí de inmediato. Podía ocurrir que entablaran combate, o que se vieran obligados a rendirse, o que sucumbieran en la refriega o devorados por el desierto. Era probable que muriesen. Pero no había peor muerte que la anónima, encerrados en una cueva. Los soldados no suponían que Hilal hablaba de una forma figurada cuando afirmaba que no morirían. Para Hilal morir era permanecer allí, esperando la destrucción o soportando la eventualidad del olvido. Cualquier otra forma de perder la vida ya no era muerte porque implicaba que forzaban el destino y trataban de evitar lo inexorable. Cada minuto de vida ganado a una muerte cierta era una supervivencia.

—¿Por qué no irnos ahora? —preguntó Sakir.

—Porque quiero preparar provisiones para el viaje; es posible que sea largo y debamos emplear varios días antes de encontrar al enemigo. No quiero morir de hambre y sed en el desierto. Fabricaremos mochilas y llevaremos el agua, los víveres y las armas que podamos transportar.

En el interior del refugio, mientras Safi vigilaba, Hilal dio órdenes al herrero y al pastor para preparar el equipo. Llevarían uno de los lanzagranadas con cinco cohetes, las granadas de mano y los fusiles. Cada uno portaría una bolsa con provisiones y depósitos con agua para resistir cinco días de marcha, junto con munición suficiente para abastecer sus *kalashnikof*. El comandante encargó a Sakir que preparase las armas y que se comprobara su estado, así que el herrero pasó la tarde engrasando los fusiles, atando los cargadores de dos en dos y llenando de balas los peines de las armas, sin olvidar la *tokarev*. Mahdi, por su parte, hizo una selección de víveres y comenzó a trabajar con los que consideraba más energéticos. Fabricó tortas de pan que llenó con frutos secos y carnes y las dividió en cuatro raciones similares. Safi empleó su tiempo en elegir las vainas de las granadas más adecuadas para llevar el agua, asegurándose de que no tenían ninguna fuga y colocándolas cintas de cuero para colgarlas sobre el pecho. Se asignaron tres depósitos de agua para cada uno y al final de la tarde estuvieron preparados los doce, listos para ser llenados con agua en el último momento.

—¿Por qué no salir mañana al amanecer? —preguntó Mahdi.

—Deseo partir en la oscuridad. Durante la noche nos alejaremos doce millas de este puesto, más o menos la distancia que recorrió Sakir en su primera salida. Descansaremos de día y caminaremos de noche, para no ser vistos. Por cierto, llevarás un cuarto depósito de agua, y quiero que hasta que salgamos descanses y bebas todo lo que sea posible.

—Quizá sea demasiado tarde —respondió Mahdi.

—¿Por qué?

—Mi orina ha vuelto a ser roja. No soy más que un estorbo. Soy viejo y caminaré despacio. Deja que me quede aquí. Te prometo que si viene el enemigo haré lo posible para defender el puesto.

—¡Vendrás con nosotros! —afirmó categóricamente Hilal—. Llevarás tu fusil y tus provisiones; los demás nos encargaremos de tu agua y del resto de las armas.

Al finalizar la tarde, la mayor parte de la tarea estaba acabada. Hilal tenía que decidir, pero había tiempo suficiente para meditarlo, si iba a dinamitar o no el puesto. Volarlo suponía algunas ventajas, porque era probable que el enemigo pensara que los soldados habrían muerto y que no los buscaran en los alrededores. Mantenerlo permitía también la posibilidad de regresar, y allí había víveres y agua suficientes aún para resistir varias semanas. «Pero no podían regresar —pensó Hilal—, ¡porque quedarse allí significaba una muerte segura!»

Cuando el sol se ocultó, los cuatro subieron a la superficie. No había destellos de fuego en la dirección en la que había estado la fortaleza, pero todavía una tenue columna de humo ascendía desde el suelo hasta el cielo, donde permanecía anclada una nube negra que los vientos extendían con insoportable lentitud, dejando constancia de la destrucción de horas atrás. Era la última noche que pasaban en el lugar que había sido su mundo durante tres largos meses. Allí habían conocido el miedo, la soledad, la desesperanza, la angustia y la distancia. Pero también en aquel sitio habían sentido alegrías, habían evocado sus amores y habían sentido la camaradería de los demás. Abrigados, con las cabezas cubiertas por los *kufiyas,* contemplaron el último atardecer. Fue Safi el primero que se agachó sobre el suelo y frotó con el polvo limpio sus manos y su rostro. Los demás también se purificaron y se arrodillaron en dirección a La Meca. Comenzó el *salāt,* la oración.

El maestro sabía que todos esperaban que él dirigiera el rezo. Sin embargo, cuando se arrodilló se sintió vacío. Recordaba muchas azoras, pero no encontró ninguna adecuada al momento. Los cuatro habían orado mucho durante aquellos meses, pero sus súplicas no habían sido oídas. Hilal sentía que Dios había abandonado a sus fieles y que su fe se había tambaleado. Pensó en sí mismo y en los otros tres hombres desvalidos, uno de ellos gravemente enfermo, expuestos a los rigores del clima, a la inclemencia de la arena, al silencio de los suyos, al ataque del enemigo, castigados al olvido y a la desesperación. No sentía rencor hacia su Dios; simplemente, no sentía a Dios. Por eso, tras unos segundos de silencio, eligió la última de las azoras, la dedicada a «Los Hombres», la única que no se abría con la *Fatiya.* Era un homenaje a sus compañeros, más que una plática a un Dios Inclemente:

Me refugio en el Señor de los hombres,
el Rey de los hombres,
el Dios de los hombres,
ante el daño del tentador furtivo
que tienta los pechos de los hombres,
salido de entre los genios y los hombres. [26]

Acabada la oración, Hilal se levantó y los hombres se miraron sorprendidos, pero no dijeron nada y se incorporaron, tal vez porque notaron la furia en las palabras del predicador. Todos sentían que aquello era una despedida y que esa oración constituía al tiempo un final y un comienzo. Atrás dejaban parte de sus vidas y por delante se extendía lo desconocido, quizá la muerte. Los cuatro se empaparon con la luz del atardecer y llenaron sus pulmones con el aire frío de la incipiente noche. Se intercambiaron miradas pero nadie se atrevió a pronunciar una palabra. Fue el pastor quien tomó del brazo a cada uno de los cuatro y se estrechó contra ellos. Emocionado, Umar inició un pequeño discurso:

—Gracias, Hilal Nayi, porque me has dado un poco de su sabiduría y mis oídos y mis ojos han podido escuchar y leer las palabras más bellas que nunca hubiera soñado. Gracias, Badr Sakir, porque he notado tu fuerza, tu decisión y tu fe y me he sentido protegido y a salvo de los genios del mal. Y gracias a ti, Ahmad Safi, porque he percibido las cosas hermosas del mundo y he disfrutado con una amistad que no he tenido en ningún momento de mi vida.

Los hombres notaron las lágrimas en el rostro de Umar y percibieron que había sido la declaración más larga, bella y emotiva que nunca hubiera realizado. Se abrazaron todos e Hilal sintió que el encuentro con los brazos de Sakir se prolongaba durante algunos segundos, porque el herrero se aferraba a él con fuerza. Cuando se separaron, Sakir mantuvo aún los hombros de Hilal entre sus manos, le miró a los ojos y le dijo:

—Has sido un buen comandante. Me alegro de haber estado a tus órdenes. Y te pido disculpas, te pido disculpas… —las palabras del hombretón se vieron interrumpidas por las lágrimas que caían por su rostro, brillantes en la oscuridad.

—Has sido un buen soldado —dijo Nayi tomando ahora los hombros del herrero—. Habéis sido todos unos magníficos soldados —Hilal alargó el brazo y ciñó los hombros de Mahdi quien, a su vez, se aferró a Safi. El comandante varió el tono de su voz y trató de que el abatimiento no inundara sus espíritus, pues la tarea aún no estaba finalizada ni ellos estaban muertos. Prosiguió—. He sido vuestro comandante y espero seguir siéndolo. ¡Esto no es una despedida! ¡Hay que seguir trabajando!

Se mantuvo el abrazo un tiempo, mientras la oscuridad les rodeaba y las estrellas comenzaban a encender el cielo. Hilal dio las últimas órdenes antes de la partida, repasando las tareas pendientes. Lo fundamental, insistió, era comer, beber y descansar, ya que las marchas y el frío de los días sucesivos minarían sus energías y necesitaban estar fuertes ante el enemigo. Organizó los turnos de guardia, de los que excluyó al pastor a pesar de las protestas de éste, y pasó revista a los detalles que faltaban antes de la partida: fabricar bolsas que sirvieran de mochilas, adaptar los correajes para llevar las bombas de mano, encontrar una forma segura y cómoda de portar las granadas, hacer un inventario de las ropas de abrigo... De todo se ocuparían durante el día siguiente, porque lo importante ahora era comer, beber y descansar lo suficiente.

Safi se ocuparía del primer turno de guardia, y Umar y Sakir bajaron al refugio para comer un poco y descansar. Hilal haría el segundo y Sakir el último. Safi se había encaramado ya al techo de la casamata y oteaba en la distancia con los prismáticos, buscando cualquier huella delatora en el perfil del horizonte. Hilal subió a su lado y comprobó una vez más que en aquel escenario no pasaba nada. Los hombres permanecieron unos minutos en silencio. Las estrellas no se veían en la porción de cielo sobre la que horas antes habían visto elevarse la humareda espesa de la muerte. Fue Safi quien preguntó:

—¿Crees que habrá supervivientes?

—Lo dudo. La fortaleza debía ser un inmenso polvorín. Todo se habrá convertido en cenizas. Es mejor pensar que todo haya acabado rápidamente. Estar herido en este desierto puede ser peor que estar muerto.

—¿Qué crees que ocurrirá ahora?

—¿En el mundo? —volvió a preguntar Hilal, eludiendo la pregunta directa del carpintero—. Lo de siempre. En algunos lugares, los hombres y las mujeres estarán juntos; se tomarán de la mano, se besarán y harán el amor. En otros, los niños jugarán en los parques y sufrirán haciéndose adultos. En alguna aldea celebrarán fiestas. En algún bosque habrá muerto una gacela. La vida sigue, como siempre.

—¿Y nosotros?

—Nosotros también vivimos. Y viviremos.

—¿Cómo lo sabes? ¿Cómo estás seguro de que sobreviviremos?

—No lo sé. Pero conozco los versos de un poema libanés, que así lo afirman. ¿Quieres oírlos?

—Me encantaría —afirmó Safi.

Hilal comenzó a recitar un fragmento de un poema:

Los árabes —¡si los ignorantes supieran!—
son los más virtuosos hombres desde la
[Antigüedad:
bravos guerreros, protectores de las ciencias,
generosos en la desgracia, excelsos en nobleza.
Con el correr del tiempo, la desgracia se ha
[abatido sobre ellos

y la maldición del enemigo de ha instalado entre
[ellos.
El Iraq grita y los lugares sagrados se tambalean.
Querrían aniquilar a un pueblo noble,
de gran porvenir, de noble contextura.
Pero tu Señor no permitirá tu destrucción,
transformará este tiempo con generosidad
y te hará rico en dones, escaso de privaciones. [27]

«No moriremos —dijo el carpintero, conmovido por el sentido de los versos—. Aunque perezcamos, no moriremos, porque hemos sido hombres durante este tiempo, y continuaremos siéndolo. ¿No es así?» «Así es», respondió Hilal. Y se despidieron con un abrazo.

Antes de acostarse, Hilal esbozó un nuevo poema en una tablilla, unos versos que recordaba de memoria y que no era necesario preservar del olvido. Había decidido no dinamitar el puesto, porque allí quedarían el pandero de Safi, el ajedrez de Sakir, los poemas reescritos por Mahdi y las tablas que hablaban de las vidas de aquellos hombres, y a él le parecía oportuno preservar las huellas de unos seres que habían resistido a la desgracia y a la distancia. Tal vez, pensaba, pasado mucho tiempo alguien descubriera aquella edificación, por entonces ya cubierta por la arena, y excavaría en su seno encontrando el testimonio de unos hombres que habían conservado su nobleza.

Descansó tres horas antes de la guardia. La noche era negra y triste, porque parte del cielo estaba privado de estrellas y la luna mostraba un rostro oscuro, sobre las veladuras de humo que habían llenado el aire. Era su última guardia. Al día siguiente partirían rumbo a lo desconocido, a encontrarse con el enemigo. Tampoco había comunicado los últimos planes a sus hombres, pero estaba decidido a entregarse. Por sí mismo, porque soñaba con la posibilidad de reencontrarse con Atika y sus hijos, pero también por los otros tres hombres, que no merecían la muerte. Su tarea había sido cumplida y nadie se acordaba de ellos. Nadie, salvo los suyos, y éstos reclamaban su regreso. La imagen de Atika, que ya no era un retrato sino su imagen verdadera, sonriente y feliz, sobre el fondo de la higuera que crecía en el patio de su casa, le decía invitadora: «Ven, vuelve, regresa, que mis brazos y mis amorosos labios te esperan. Ven con tus amigos. Yo os prepararé un té con hierbabuena en la sombra del patio un día de verano. Yo esparciré sobre vosotros pétalos de rosa y hojas de jazmín. Os conduciré al río, donde podréis refrescar vuestros resecos cuerpos y disfrutar un sol que no es doloroso. Yo y mis hijos jugaremos con vosotros sobre un campo verde salpicado de amapolas. Vuelve, por favor. Regresad pronto».

Hilal sacudió la cabeza para evitar el dolor y se prometió regresar. Evocó sus primeras noches en la oscuridad de aquel puesto, cuando esperaban la llegada de un enemigo que, un mes después de comenzar la guerra, no se había presentado. Se tumbó sobre el techo de cristal y de hierro, percibiendo el frío, y observó las estrellas, que ahora ponían escasas sonrisas en el cielo. Sentía cómo el aire depositaba partículas de polvo sobre sus labios y percibió el casi inaudible rumor del desierto, el murmullo originado por el incontable número de granos de arena que resbalaban uno sobre otro y que desplazaban lentamente los lomos de las dunas, como si una serpiente gigante caminase sobre el desierto escribiendo sus poemas, los poemas de la arena. Pasó la lengua por las comisuras de los labios, sintió la sequedad de la tenue capa de polvo que se había adherido a la humedad de su boca y notó un extraño sabor. «No puede ser que precisamente ahora se levante una tormenta», murmuró en voz alta y pensando que esa posibilidad haría inviable su marcha. Se sentó sobre la caseta y, a la débil luz de las manecillas de su reloj percibió que sus manos estaban cubiertas por un polvillo negruzco de un extraño olor ácido. Tardó en comprender que el polvo era hollín de la explosión y del incendio que se había producido a varias millas de distancia. Se estremeció al pensar que estaba recubierto por cenizas de lo que en otro tiempo eran seres humanos y estuvo a punto de vomitar. Bajó al sendero, se cubrió la cabeza con el pañuelo y paseó por el camino que bordeaba la casamata. No notaba la caída del polvillo pero sentía que el rumor de la arena era más fuerte. Imaginó que los granos de arena se estremecían de dolor al recibir las imperceptibles briznas de muerte, mas desechó aquella imagen, poética pero imposible. Volvió a pensar en la posibilidad de que arreciara el viento, y levantó la mano por encima de su cabeza. Notó la frialdad del aire, pero no percibió ni un rastro de viento, ni un picotazo de cualquier partícula de arena.

Se detuvo para no oír el crujido de sus botas y paralizó sus movimientos para no percibir el roce con la tela. Aguzó su oído. El silencio era total, si exceptuaba los latidos de su corazón y el perceptible rumor, aun lejano pero cada vez más insistente. Tomó el fusil y se alzó sobre el techo. Y se quedó helado cuando vio dos luces que avanzaban, todavía distantes, hasta el punto donde estaba, y otras dos más, apareciendo y desapareciendo por las dunas, en otra dirección diferente, más lejos aún. ¡Eran, inconfundiblemente, los faros de un vehículo que venía directamente hacia ellos! ¡Allí estaba el enemigo! ¡Por fin se presentaba!

Su cuerpo saltó como un resorte y cayó frente a la puerta, que golpeó con la culata de su fusil, avisando a sus compañeros, gritando:

—¡Tanques! ¡Vienen tanques!

Dentro se oyó un estrépito. Los tres se habían despertado en la oscuridad, tropezaban ahora con los depósitos y las municiones que habían quedado sobre el suelo y buscaban sus armas. Hilal subió al techo y vio cómo las luces, unas poderosas luces, se acercaban hacia su posición. Calculó unos trescientos pasos de distancia. El vaivén del vehículo por la curvada superficie del desierto hacía que los focos alumbraran unas veces al suelo, otras hacia el cielo. El rumor se hacía más consistente y era ya identificable como el rugido de un poderoso motor y el chirrido de cadenas o de ruedas sobre la arena.

Abajo se encendió la luz de un candil y se oyeron los primeros pasos subiendo las escalerillas. Sakir no tardó en aparecer, cargando el lanzagranadas. Desde en el techo, Hilal se acercó a la puerta y gritó:

—¡Safi, avisa por radio que están aquí los tanques! ¡Rápido, por Dios! ¡Subid granadas y salid antes de que ataquen!

Sakir quedó paralizado cuando subió al techo y percibió las luces, tan potentes que alumbraban la porción de desierto que faltaba hasta llegar a ellos. Agachó su cabeza para evitar ser visto y tiró del brazo de su comandante para obligarle a permanecer escondido, fuera del campo de los potentes focos. Gritó a los de abajo, con una voz contenida:

—¡Apagad la luz! ¡Apagad la luz ahí abajo, y subid granadas! —Sakir regresó al lugar donde el comandante observaba, encogido, el avance de la máquinas, cuyo rugido era ya perfectamente audible, y dijo a Hilal—. ¡No es un tanque! ¡No es un tanque!

—¿Pues qué es entonces? —la voz de Hilal sonó como un grito.

—¡No lo sé, pero no es un tanque!

El candil se apagó y apareció Safi, semidesnudo y portando con dificultad dos granadas y su fusil. Nada más ascender notó la luz que se elevaba por encima de la caseta y vio que los otros dos estaban acuclillados en el techo, tratando de no interferir el haz luminoso. El vehículo debía de estar ya cerca, porque se oía nítidamente el chirrido de sus ruedas. El carpintero se unió a los otros dos, que parecían discutir en el techo de la casamata. Elevó su cabeza para ver el vehículo y los tres miraron extrañados aquella máquina desconocida que parecía querer echarse sobre ellos. Hilal preguntó a Safi por Mahdi y aquél respondió que estaba todavía abajo, intentando llamar por radio.

Hilal hizo un gesto al carpintero para que tomara el lanzagranadas y se colocara fuera del cráter, advirtiéndole que no disparara hasta que él tirara con su fusil. Se alzó sobre el techo y calculó que el vehículo debía de estar a cincuenta pies de distancia. El reflejo de las luces sobre la arena lo iluminaba como para percibir que su tamaño era gigantesco, que no parecía tener cañón y que poseía enormes ruedas. ¡Ahí estaba el enemigo! ¡Por fin el adversario se había presentado! ¡Y lo hacía de una forma monstruosa y desconocida, como siempre, con grandes ojos, para atemorizarlos!

El pastor apareció cargando el segundo tubo, que Sakir recibió en el techo, encargando a Mahdi que subiera dos granadas más. Hilal dudaba sobre qué hacer en aquella imprevista situación. No había tenido tiempo de poner en marcha su estrategia en caso de ataque, y dudaba si disparar o no hacia las luces. El enemigo, si es que eso era el enemigo, se había presentado de una forma inesperada. No se veían hombres y no sabía en qué punto atacar a la máquina.

El vehículo se detuvo a quince pasos del cráter. Los tres permanecieron paralizados, pues no esperaban aquello, y se hicieron un gesto de incomprensión con los hombros. Safi estaba en el borde de la duna con el lanzagranadas cargado. Sakir, con el otro tubo entre las manos, esperaba a que el pastor subiese las granadas. Hilal alzaba la cabeza tratando de ver la increíble máquina. Todos se preguntaban por qué se detenía el monstruo de acero. Y todos se formularon las mismas preguntas. ¿Qué era eso? ¿Se trataba realmente del enemigo? ¿Y si fuese su propio ejército? El camión de los suministros había llegado hasta el borde de su duna. ¿Y quién decía que no eran fuerzas amigas quienes venían, desde la vanguardia, a buscarles a ellos? Cuando Hilal se alzó pudo ver que no se trataba de un tanque, sino de lo que parecía una gigantesca máquina excavadora, con una inmensa pala que se dirigía hacia el cráter. ¿Se trataría de los ingenieros de su propio ejército?

Pero bruscamente sus pensamientos se cortaron. En lo alto de la máquina se encendieron dos poderosos focos que se dirigieron hacia ellos, cegándoles. Los soldados se taparon para evitar la luz mientras oían cómo comenzaba a rugir. Protegido por la sombra de su brazo, Hilal pudo ver cómo la gigantesca pala, que hasta entonces había estado levantada, bajaba ahora hacia el suelo, y cómo las ruedas del monstruo comenzaban a girar. Estaba quitando el seguro de su arma, para disparar, cuando percibió que una montaña de arena reptaba sobre ellos. Una montaña de arena que ocultó las luces del vehículo, que arrastró a Safi a lo largo del borde del cráter y que les empujó a él y a Sakir fuera del techo de la casamata, con un empellón que les hizo perder el equilibrio y caer al suelo. Notó cómo la arena cubría su cuerpo y sintió una presión que creyó insoportable. Una presión que le aplastaba las costillas, le dejaba sin respiración y parecía hacer estallar sus pulmones.

Mientras sentía el peso y el ruido intolerables, pensó en quiénes serían aquellos extraños enemigos que atacaban de noche, que no tenían cuerpo, ni piernas, ni brazos, ni ojos de hombres. Quiénes serían aquellos monstruos que mataban sin avisar, que mataban huyendo del combate, sin rostros, sin espada, sin fusil. Quién sería su enemigo, que venía de tan lejos para destruirles a él y a sus compañeros sin haber hecho una pregunta, ni dado una explicación. Durante un segundo que resultó eterno, Hilal se preguntó de qué clase eran los hombres que les habían enviado a la muerte a él y a sus compañeros, sin darles una razón. Se preguntó igualmente por las razones de un dios cruel que permitía su sacrificio sin darles la más mínima oportunidad de defensa.

Mientras sentía el peso de la muerte en sus pulmones, pensó en el poema que había grabado la noche anterior, un poema que estaría siempre en su memoria, que ahora había quedado enterrado en la arena, y que había escrito pensando en Atika:

Te quiero más de lo que cabe en cualquier corazón,
más de lo que un poeta imagina, más de lo que un
[amante concibe.
Tú eres en el cielo nube de perfume
que, sobre mí, maravilloso rocío viertes.
Te siento en mí. Tus venas son mis venas
y la sangre que por ellas rastrea. [28]

17. Umar Mahdi

Sus ojos estaban tan habituados a imaginar escenas en la oscuridad de la noche que no necesitó ver para saber que el tanque había hecho añicos el techo de la casamata, porque primero sintió un crujido espantoso y luego notó cómo las esquirlas de cristal tintineaban sobre los depósitos de agua, las cajas y el suelo. La negrura de la estancia era tan densa que supo también que la arena había cegado las rejillas de ventilación y, desde luego, el hueco de la puerta. Era una noche inhumana. Una noche en la que el enemigo les había tomado por sorpresa, precisamente cuando estaban a punto de abandonar para siempre ese agujero. Se alejó de la radio que estaba intentando poner en funcionamiento, porque consideró que era ya tarde para dar aviso, que nadie podría ya ayudarles y que poco importaba avisar a alguien que no les había dado la más mínima oportunidad de sobrevivir. Tanteó en la oscuridad y pudo orientarse en la habitación a partir de los barrotes de los catres; continuando por la pared y dando luego dos pasos a la izquierda podría encontrar el candil de petróleo; un paso más allá, alargando la mano a cierta altura, estaba la caja de cerillas. Al encender la lámpara a media potencia pudo comprobar que las paredes y el techo habían resistido, pero que la claraboya de cristal y acero estaba destrozada y que por sus grietas siseaba la arena que lamía sordamente el suelo. No le asustaba ni le preocupaba la soledad. Estaba tan acostumbrado a ella que lo que le resultaba raro era que durante algunos meses hubiera sido capaz de convivir con otros hombres. En muchas ocasiones había percibido su desagradable aliento, o el rugido de sus voces, o sus miradas acechantes. Eran ocasiones en las que él tenía ganas de salir arriba, no a caminar por el estrecho y monótono sendero sino a perderse entre las dunas, a andar en solitario por las montañas de arena quizá para no volver nunca. Si no lo hizo fue porque sabía que arriba no estaba sino la muerte y que no había nada, ni pájaro, ni brizna de hierba, ni insecto en los que posar sus ojos antes de morir; sólo el infinito, agobiante y estéril desierto. Transcurrida la primera semana de estancia en el refugio supo que podría resistirlo todo, incluyendo la fetidez de la habitación o la aridez del paisaje. Supo también, y se sorprendió por ello, que no había maldad en los ojos de los otros tres hombres. Hasta llegar a aquella cueva en el desierto, el contacto de Umar con otros seres humanos había sido fugaz, y casi siempre una fuente de sinsabores y de desgracias. La suya era una familia de pastores, de conductores de rebaños. Tiempo atrás, su padre y su abuelo habían llevado de un lugar a otro pequeñas caravanas de camellos o de bueyes, lo que había permitido a su familia conseguir algún dinero con el que huir de las razias que asolaban el norte del país y bajar desde las montañas hasta aquella pequeña población en la que convivían cristianos y musulmanes. Su familia se estableció y compró tierras, que aprendieron a cultivar con grandes esfuerzos, obteniendo de ellas los magros productos que les permitieron sobrevivir algunos años. Pero pasado el tiempo, el cauce del río se secó y los terrenos se empobrecieron y dejaron de soportar las cosechas, despacio al comienzo y bruscamente las últimas temporadas, hasta que los prados de antaño se convirtieron en extensiones baldías cubiertas de polvo y piedras. Mientras observaba a la luz de la lámpara cómo la arena descendía sin cesar por las grietas, Mahdi recordaba que su padre, con los ojos tristes y la piel ajada, hubo de volver a conducir rebaños ajenos entre una ciudad y otra. Cuando el niño Umar levantó suficiente del suelo como para distinguir su cabeza de las cabezas de las cabras, comenzó a acompañar a su padre en los viajes y a reconocer caminos, veredas y trochas que permitían acceder en el menor tiempo a los terrenos en que pastaban los animales. Aprendió a caminar sin cansarse, a orientarse por el sol, a predecir las tormentas, a esconderse de los rayos, a cazar con lazo, a vendar las heridas de los animales o a sacrificarlos sin dolor cuando el viaje se hacía irresistible, a lanzar la piedra y a distinguir las raíces y frutos comestibles de los que no lo eran. Cuando podían, su padre y él dormían en las chozas de piedra que otros pastores, muchas generaciones antes, habían construido en medio de los páramos o en las faldas de las montañas, aunque a él no le importaba, salvo cuando el frío cra intenso o cuando llovía con insistencia, dormir al aire libre, contemplando las nubes durante el día o las estrellas por la noche. Mahdi no había necesitado hablar con los otros soldados para saber que le miraban sin temor ni desprecio, que le aceptaban como uno más, y que tenían en cuenta sus observaciones y su trabajo. Él tampoco hablaba apenas con su padre en aquellos largos viajes, pero Umar le observaba cuando negociaba con los ganaderos, admirándose siempre de la habilidad y de la sabiduría ajenas. Le resultaba tan sorprendente el arte negociador de su padre como la pericia del herrero, el ingenio del carpintero o el arte del *mu'allim*. Los pastores no eran respetados en aquellas tierras como lo eran en su pueblo natal, decía en ocasiones el padre de Mahdi con amargura: los ganaderos no los recibían degustando un té con hierbabuena en el frescor de las tiendas o en la oscuridad de las casas, sino que negociaban con ellos de pie, en medio de la calle, entre el polvo, con el rebaño aún pisándoles los pies. Los conductores de rebaños percibían una cabeza de cada diez cuando el viaje duraba más de diez jornadas, una de cada quince si el tiempo estaba comprendido entre los cinco y los diez días, y una de cada veinte si el número de días era inferior a cinco. Se descontaban de la paga los animales muertos durante el camino, por lo que había que tener cuidado con las alimañas, los perros salvajes o las veredas empinadas. A veces, los ganaderos intentaban pagar sólo con hembras viejas, o con los ejemplares escuálidos, o con los enfermos, y entonces Umar, que permanecía sentado lo suficientemente cerca como para oír la conversación pero lo bastante lejos como para no estorbar, oía discutir a su padre, negociando la cantidad o la calidad de los animales que debían ser parte del pago. Él prefería escuchar, porque aprendía mirando o escuchando, igual que había hecho esos tres meses, viendo cómo los soldados desarrollaban sus habilidades para sobrevivir en aquel infierno en que nada podía subsistir y en el que sólo ocasionales insectos se aventuraban, víctimas de la desorientación o de la desgracia. El muchacho Umar vio envejecer a su padre, cada vez más encorvado sobre el cayado, y a medida que su cuerpo se encogía notaba cómo los resultados de sus negociaciones eran cada vez más escasos. Todo el mundo trataba de engañar a los pastores. Los ganaderos regateaban los corderos más jóvenes. Los terratenientes hacían pagar por atravesar sus tierras y por beber su agua, como si el agua, el aire o el suelo pudieran ser de alguien. Los artesanos les despreciaban porque en sus pies y en sus manos no veían más que polvo y estiércol. Los sacerdotes cristianos les recriminaban no asistir a los oficios y los ortodoxos musulmanes desconfiaban de ellos por si conducían animales inmundos. Durante su niñez, Umar no tuvo tiempo siquiera de aprender las palabras con las que se designaban los nombres de las cosas, que descubrió o aprendió mucho después. Por ello, él nunca trató de manifestar su opinión, de hacer valer sus derechos o de defender sus deseos. Los demás consideraban que su silencio era una muestra de su bestialidad, pero él no era un salvaje. Porque pocos eran los que sabían cuál era el número de pétalos que puede tener una margarita o la posición de las últimas seis estrellas que se apagan antes del amanecer. Pocos podían reconocer un árbol a partir de su silueta o adivinar si un animal estaba herido con sólo observar sus pisadas. Él había tenido ocasión de aprender aquellas cosas, y muchas más, durante las innumerables jornadas en que trasladaba sus rebaños de una punta a otra del país, buscando hierbas o resecos arbustos que ramoneaban sus animales. Sólo con estos tres hombres se había encontrado valorado y reconocido, uno más entre ellos. Era la primera vez que le trataban y le hablaban como un igual, respetando sus deseos y pidiéndole opinión. Se había sentido unido a ellos la primera vez que olió su miedo, aquel atardecer en que los cuatro iniciaron su viaje en el camión con un rumbo desconocido. Había sentido su pavor durante las largas horas de la tormenta de polvo, cuando los cuatro sintieron que serían sepultados bajo la arena. Había olisqueado su temor las primeras jornadas de estancia en el refugio, mientras esperaban un ataque que creían inminente, y muchas veces después, cuando el cielo era amenazador y la tierra peligrosa. Él había unido su miedo al de ellos y se había sentido un ser humano. El resto de los hombres confundía su silencio y le despreciaba, pero él había aprendido a vivir en solitario, de una manera especial, acortando o reduciendo el tiempo a la medida de su conveniencia. De esta forma, sus viajes no se hacían largos: las tormentas duraban apenas un segundo; el recorrido bajo el ardiente sol no era sino un breve incomodo; ascender penosamente un risco era una fugaz tarea. Sin embargo, sus tiempos de almuerzo, o los instantes en que retozaba con los animales, o la observación detenida de una flor, o el trino de un pájaro, se estiraban tanto como resultara necesario para disfrutar de todos los bocados, de todas las caricias, de todos los colores y de todos los sonidos. Por eso no le había resultado largo el tiempo de estancia en aquel refugio, porque su tiempo se había dedicado en parte a aquellos hombres de los que se sentía hermano, o a los insectos que medraban en las jaulas, o a las plantas que había logrado concebir en aquel desierto, o a disfrutar de los atardeceres más amables. Él no había aprendido a poner palabras a los acontecimientos, pero era capaz de construir y de ordenar imágenes. Y ahora, mientras observaba cómo la lámpara a media potencia iluminaba los pequeños chorros de arena, alargaba voluntariamente el tiempo, llenándolo de recuerdos y de imágenes, ya que sabía que esas escenas y evocaciones eran sus últimos pensamientos antes de morir, porque estaba atrapado en el refugio, enterrado bajo la arena. Recordó que en una ocasión, de chico, cuando aún no tenía vello sobre la cara, observó cómo su padre ya viejo daba por terminada una discusión aceptando resignado cinco cabezas de ganado que apenas podrían soportar el viaje de regreso. Umar no pudo resistirlo más. Se incorporó del suelo tomando una piedra en la mano y la lanzó con furia a la frente del ganadero, que cayó a tierra gritando y amenazándoles. Su corazón de chico no latió ni una vez de más cuando tomó el pedrusco, lo arrojó, lo vio estrellarse contra la cabeza de aquel hombre y percibió la sangre que llenaba su rostro mientras él y su padre se alejaban con los escuálidos animales. Tampoco latió una vez de más cuando comprobó que la arena había cegado la salida y que estaba atrapado. Nadie había previsto esa posibilidad, pero la situación no era muy distinta de la que habían hablado los días anteriores. «En caso de que Sakir y yo hayamos sido abatidos —le había dicho el *mu'allim*— debes encender la mecha de la dinamita y volar el puesto. ¿Te atreverás?», y se lo había preguntado colocando la mano sobre su hombro. «¡Claro que me atreveré!», había respondido Umar. Una vez que sus compañeros hubieran muerto, pensó el pastor, ¿qué iba a hacer él? Mahdi percibió que el rugido de los motores del tanque había cesado en la superficie. Estaba clara cuál era su tarea. Depositó el candil sobre una de las estanterías sobre las que se alineaban las ya inútiles provisiones, atravesó la habitación procurando esquivar los bultos desparramados y levantó la trampilla que daba acceso a las letrinas. Mientras descendía los seis escalones pensó en la sensación aterradora que sintió la primera vez que había bajado por ese inmundo agujero, se suponía que para ocultar de los demás un acto tan natural como devolver a la tierra la humedad que pertenecía a la tierra. Él procuraba orinar en la superficie durante los tiempos de las guardias. La orina salpicaba de arena sus botas y era bruscamente absorbida por el suelo, que la filtraba hasta las entrañas de la tierra. Segundos después de orinar, la ávida arena no dejaba ni un resto de la humedad y él no tenía más que echar un poco de polvo sobre la diminuta huella. Procuraba hacerlo siempre en un lugar determinado, siempre lejos de la puerta, para que la orina no contaminase el polvo con el que sus compañeros hacían sus abluciones y con el que él mismo frotaba sus manos y su cabeza, uniéndose a sus ritos porque daban igual unos rezos que otros cuando se trataba de dirigirse a un Dios que, al final, resultó ser poco compasivo porque no había evitado su muerte. Umar, que reconocía a sus corderos en la oscuridad de la noche y que guardaba en su memoria cada piedra, cada árbol y cada vereda, no necesitó luz para tomar los cartuchos de dinamita que descansaban en la repisa sobre la que se abría el abismal hueco. Percibió el frío de los cartuchos de papel encerado, tan distinto del cálido tacto que le devolvían muchas de las cosas que había arriba y que tan paciente e ingeniosamente habían fabricado sus compañeros. Era magnífico alargar el tiempo para recordar los días en que Safi cantaba sus canciones, Hilal recitaba sus poemas y el herrero manejaba sus poderosas manos para dar forma a objetos sin vida. Pero eran tiempos pasados, aquéllos, porque ahora los protagonistas de la historia eran los cartuchos cilíndricos que sujetaba entre sus manos, que dentro de pocos minutos convertirían ese lugar en polvo, vapor y humo. Cuando volvió arriba, cerró la trampilla para evitar la pestilencia que en poco tiempo invadiría la estancia, aunque ya no importaba porque dentro de poco todo sería una nube de fuego gracias a los livianos, oscuros y aparentemente inofensivos envoltorios que sujetaba en su mano y que abrirían las puertas del infierno. No importaba ya el olor, como tampoco importaba que el lugar se llenase ahora de humo, o que la combustión de los candiles corrompiese el aire. Durante aquellas semanas, a veces tan largas y a veces tan cortas, los cuatro se habían empeñado en hacer de aquel agujero un lugar amable o, al menos, habitable. Nada hubiera sido igual sin los desvelos y la sabiduría del *mu'allim*, sin la música y el arte de Safi, sin la fuerza y valentía de Sakir. Tampoco sin su propio esfuerzo, pero eso Umar no lo había percibido hasta que los otros hombres se lo dijeron y alabaron el concienzudo trabajo que, según manifestaban, él hacía controlando el agua y las provisiones y cocinando para ellos. Estaban equivocados, pensaba Mahdi al principio, porque no cocinaba para ellos, sino para sí mismo. La primera vez que abrió las cajas de provisiones quedó fascinado por la variedad y cantidad de alimentos, aunque los demás no valoraran ese pequeño tesoro. Él había soportado durante jornadas enteras la frugalidad de almuerzos realizados con duros pedazos de pan, con resecas porciones de tocino o de carne desecados y con raíces y frutos salvajes. En las temporadas propicias era todo un regalo asaltar los frutales que crecían a los bordes de los caminos. Las moras, las frambuesas, las manzanas, las uvas o los tomates, a veces excesivamente verdes, a veces demasiado maduros, eran toda una delicia cuando en el zurrón no había más que pan reseco y tocino salpicado de mosquitos. Pero peor aún era la comida de la cárcel, durante los dos años que estuvo esperando una sentencia que no acababa de llegar. Por eso, cuando se vio con aquel tesoro, decidió resarcirse de aquellas tristes jornadas. Tardó semanas en percibir el sabor de todos y de cada uno de los alimentos que se almacenaban en sacos, paquetes, botes y latas; pero cuando hubo degustado de todos ellos, comenzó a mezclar los ingredientes hasta obtener los guisos que tanto llamaban la atención de sus compañeros. Ellos alabaron su habilidad, que suponían adquirida en plácidas noches pasadas al calor de la lumbre pero que no eran sino una venganza por las privaciones y la injusticia que le habían convertido primero en un pastor y, al final de su vida, en un condenado. Aunque aquello fue al principio, porque pasado un tiempo, cuando su paladar se sació de la variedad de colores y sabores, perdió interés por la comida y de nuevo volvió a sentirse satisfecho con un mendrugo de pan y un trozo de carne enlatada. Fue generoso con ellos a partir de aquel momento, porque ya no cocinaba para sí, sino para los demás, para pagar las clases de Hilal, para agradecer los juegos de Sakir y para devolver a Safi parte de la satisfacción que sentía cuando percibía que los hombres no sólo disfrutaban con el odio y el desprecio sino también con las canciones y con la música. Mientras desenrollaba la mecha que abrazaba los cartuchos, Mahdi pensaba que nada de aquello importaba ya, como no importaba tampoco el depósito que acababa de romper al pisarlo, preparado para su marcha el día siguiente. Ya no valían nada ni las provisiones, ni el agua, ni las armas que se amontonaban en el reducido espacio que había sido su mundo durante semanas, tan largas a veces y tan cortas en ocasiones. Se detuvo un momento y dejó los cartuchos en el suelo para buscar el otro candil. Nada importaba ya que la combustión simultánea de las dos lámparas consumiese con avidez el oxígeno de la habitación, porque dentro de poco tiempo aquel lugar no sería más que un cráter de fuego abierto en la inmensidad del desierto, que poco después se cubriría con arena hasta tapar el agujero y no dejar rastro de aquel refugio en el que durante tantos días habían esperado la muerte. Esperar la muerte. Esperar la muerte. ¡Qué importaba, en realidad, que el enemigo hubiera atacado! ¡Qué importaba que su orina se hubiera vuelto roja, denunciando la torpeza de su cuerpo y la llegada de su fin! ¡Qué importaba que dentro de poco se convirtiese en polvo, humo y vapor, cuando había pasado dos largos años esperando la muerte, en un lugar tan triste como aquél, pero en una soledad absoluta! Cuando encendió los dos candiles y graduó la rueda al máximo, la habitación se llenó con una luz que no había conocido siquiera los días en que el sol castigaba con fuerza la claraboya de la caseta. Ahora podía ver con claridad todo lo que tenía y todo lo que dejaba. Pero no había tiempo para entretenerse en el disfrute de la belleza, porque había que desenrollar la mecha, prenderla, esperar que el fuego se aproximase lentamente a los cartuchos y tratar de que la explosión tomase desprevenidos al tanque y a los soldados enemigos que estaban encima de su cabeza. ¡Por eso había que darse prisa y terminar pronto! Al tomar los cartuchos, que ahora a la luz ya no eran de limpio papel encerado, sino que aparecían llenos de grasa y con tintes negros, con la suciedad de la muerte, Umar observó que la arena caía sobre ellos a empellones, en un flujo discontinuo. Miró hacia arriba, hacia la puerta entreabierta, y dirigió un candil hacia la estrecha grieta, de apenas un palmo de ancho, que vomitaba arena como si alguien empujara desde afuera. Subió las escalerillas y alumbró con el candil la rendija. No vio más que arena, pero cuando aplicó el oído a poca distancia de la grieta percibió un rumor de voces, sin duda pertenecientes a los soldados que debían de celebrar su vergonzosa victoria en aquella noche que parecía la última y que iba a ser efectivamente la última. No interesaba saber qué decían, pero sí cómo lo decían, para tratar de resolver el enigma que en tantas ocasiones su maestro les había planteado: el misterio de quién era el enemigo, por qué venía o de dónde venía. De pie sobre la escalerilla, Umar acercó la oreja a la grieta y apenas pudo percibir un murmullo, pero era inconfundiblemente un murmullo de voces, un griterío que llegaba sordo a su oído, amortiguado por la arena. Escuchar constituía una de las tareas más usuales que realizaba, porque sabía que no poseía palabras y que, a veces, la oscuridad, la soledad o el frío negaban el resto de los sentidos. Él había tratado de escuchar en muchas ocasiones a través de los barrotes de su celda, los dos años que estuvo en la cárcel, acusado de un crimen que no cometió o, mejor, acusado de un crimen que no era sino un acto de justicia. Se aferraba a los barrotes de la oscura celda, con los brazos tensos y los pies grotescamente colgados, y era incluso hermoso percibir allí que los jilgueros continuaban con sus cortejos, que las abejas zumbaban cerca buscando las flores que no crecían más que en la distancia y que otros hombres, pero no él, tenían posibilidad de reunirse, de hablar, de jugar, o de andar por el patio al sol. Desarrolló su oído con paciencia, acostumbrándose a reconocer o a imaginar formas, colores, escenas, protagonistas y rostros con sólo oír los sonidos o las palabras que llegaban penosamente a sus oídos. Era difícil saber en verdad qué era cierto y qué imaginado en las escenas que reconstruía, pero no importaba, porque lo importante era saber que el mundo seguía existiendo más allá de los helados o ardientes barrotes de su celda. Allí encerrado sólo tenía el consuelo de oír y de imaginar lo oído. Ése y el de criar los pequeños insectos y arañas que llegaban a su celda a través del ventanuco, caminando por las blancas paredes de la prisión o volando a través de un aire inclemente y caliente. Por eso era necesario escuchar ahora con atención, aunque los riñones protestaran, y pegar la oreja a la grieta por la que el polvo seguía cayendo a borbotones. Trató de reconocer las voces que atravesaban la arena y a sus oídos llegaron palabras gritadas, palabras de desesperación proferidas en una lengua que resultaba conocida, palabras que poco a poco tomaron forma. ¡Palabras conocidas! ¡Palabras de su propio idioma! ¡Palabras gritadas, dichas de tal forma que con un poco más de esfuerzo, quizá sin tanta arena, podrían llegar nítidamente a sus oídos! ¡Quitar arena, era necesario quitar arena! Tenía que ayudar a aquello que borboteaba para poder oír más claramente, pues la arena seguía cayendo provocando pequeñas erupciones, como si un enorme corazón la bombeara un poco más allá, como produciendo un latido, a cuyo compás llenaba poco a poco la estancia que ahora era su tumba. Cuando escarbó con sus manos se dio cuenta, después de pocas manotadas, que la arena no hacía sino llenar el agujero que él dejaba, y que podía continuar así, vaciando aquel agujero que siempre se llenaba, hasta conseguir trasladar el desierto entero hasta el interior del refugio, sin que aparentemente la pared disminuyera de grosor. A cada golpe, además, la arena resbalaba y siseaba, impidiendo que la voz llegase clara, así que cesó en su empeño y trató de oír más claramente lo que pasaba más allá de los incontables granos. Oír más lejos era siempre su propósito. En la oscuridad de su celda se había acostumbrado a oír los pasos de los guardianes, casi siempre a las horas convenidas, para traerle las dos comidas diarias que constituían su escasa ración, una comida putrefacta que era mucho peor que el mendrugo y el tocino que tomaba al aire cálido de la mañana o al frío de la tarde, pero siempre al aire libre. Podía reconocer los pasos de los diferentes guardianes, de los que sólo veía las manos en el momento en que aproximaban por debajo de la puerta la sucia escudilla de madera o la jarra con el agua. Cuando los pasos cambiaban u oía taconeos desconocidos, él se asustaba o se alegraba, dependiendo de los días, porque imaginaba al verdugo y pensaba que, en definitiva, aquél día sería el último y no tenía ganas, o tenía muchas, de que fuese así. La lámpara no era necesaria para escuchar, así que bajó las escalerillas y la depositó en el suelo, para aferrarse fuertemente a los barrotes y poder oír con claridad. Era una tarea vana, porque pensaba que apenas tenía importancia aquel empeño, pero estaba tan interesado ahora como su maestro en conocer la voz de sus enemigos, para poder reconstruir su rostro, su aspecto, su procedencia y, quizás, el propósito de aquella absurda guerra. Colocó su cabeza a pocas pulgadas de la puerta y trató de aislar las voces de los sonidos sibilantes de la arena que seguía cayendo e invadiendo la habitación, voces que gritaban y que resultaban casi, casi, conocidas. ¡Una voz conocida, una voz que parecía la de Safi! ¡Era Safi, Safi que gritaba el hombre del Hilal! Era casi sin duda el carpintero, y Mahdi pudo recomponer la escena que transcurría arriba, porque había desarrollado la habilidad de que su pensamiento, casi privado de palabras, imaginara y reprodujera escenas como si de obras de teatro se tratara. Mahdi reconstruía paisajes con sólo sentir el susurro de los árboles abajo, el canto de los pájaros un poco más arriba, el aullido de los lobos en la distancia y el chirrido de los grillos en lugares inconcretos. Mientras trataba de asegurarse del origen de las voces, notaba sus manos contraídas aferrando los barrotes y los riñones le dolían por la forzada postura, pero él tenía que oír, tenía que oír las voces y reconocerlas claramente, para saber qué estaba sucediendo arriba. Era posible que el carpintero hubiera podido ocupar su posición, alejada del cráter, y no hubiera sido aplastado por el tanque. Era posible que hubiera llegado al agujero, donde sus compañeros debían de haber quedado sepultados, quizá muertos sin disparar un solo tiro, y que tratase de buscarlos y de sacarlos a la superficie. Era posible que en este momento cavara desesperadamente hasta encontrar una mano, la bocacha de un fusil, la hombrera de una guerrera, algún rastro, en definitiva, que permitiera localizar y rescatar a alguno de sus compañeros, quizá vivos. Arriba, sólo Safi y Sakir conocían el nombre del *mu'allim*, y aquellas voces parecían decir su nombre. Era posible que el maestro hubiera sido localizado y que el carpintero tirara de él hasta sacarlo a la superficie y era incluso posible que aquellos borboteos en la arena fueran de las manos de Safi cavando o, mejor sería aún, de los pies de Hilal empujando hasta liberar su rostro del ahogo asfixiante del polvo que debía oprimir sus pulmones. «¡Deprisa! ¡Deprisa!», se decía Mahdi, intentando que Safi jalase con fuerza, que tirase de los hombros de su comandante hasta liberarle de la opresión. Podía imaginar la boca llena de polvo del maestro, y los pataleos de éste intentando ayudar a Safi. ¡El carpintero sin duda estaba vivo! Sólo faltaba que Hilal se salvara también, para recuperar una fe que Umar había asesinado tiempo atrás, cuando fue detenido y juzgado. Mahdi se decía que debía a su maestro casi toda su vida, pues le había dotado de todo lo que él había admirado en muchos hombres: la capacidad de leer y, por tanto, de aprender y de disfrutar por sí mismo. De niño no pudo asistir a la escuela islámica o porque era pastor, o porque era cristiano, o porque tenía las uñas negras, o porque hablaba poco, pero siempre sentía que había una razón para que fuera despreciado allá donde llegase. Umar no era rana de ninguna charca, y en ninguna encontraba el sol, el agua u otras ranas con las que jugar, croar o disfrutar. Era más fácil hacerlo con los animales, con las plantas e incluso con los atardeceres, con el cielo estrellado o con los vientos. No tuvo tiempo ni oportunidad de casarse porque la niña que jugueteaba por los campos y que cuando comenzó a ser mujer se interesó por la forma en que Umar trenzaba el cuero, fue vendida por sus padres al gordo tendero del pueblo, que había ofrecido a la familia una dote espléndida que no pudieron rechazar: dos mulas, cinco sacos de trigo, dos fardos de tela y veinte pieles de camello. ¿Qué podía hacer él, un pobre pastor, para igualar tan ricos regalos, cuando apenas poseía la ropa que llevaba puesta y el poco ganado que obtenía de sus viajes había de revenderlo para obtener el dinero para mantener a los suyos? Se resignó a ser pastor trashumante y no pudo ir a la escuela ni aprender apenas las palabras que designaban los nombres de las cosas. Cuando Hilal escribía para él sus poemas, preguntaba con avidez por el significado de los nombres y el maestro le explicaba con paciencia qué cosas, qué sentimientos o qué pensamientos nombraban las palabras, y le ayudaba a descifrar aquellos símbolos que sólo conocían las personas importantes y que no necesitaban nunca los pastores, pues nunca los habían utilizado. Hilal debía salvarse. Y no sólo porque le había enseñado a él a leer, desde las primeras letras, *alif, bā, tā...*, sino también porque a cada uno de ellos les había conferido la condición de hombres, escuchando sus sugerencias y dando peso a sus pensamientos. Él, y nada más que él, había conseguido que Safi no se abatiese en el destierro y que recordara que había sido carpintero, músico, cantante, soñador y joven. Porque Safi había llegado a confesarle durante las primeras semanas a él, al pobre pastor, que estaba decidido a meterse una bala en la sien si la tortura del calor no cesaba, si la guerra no acababa y si no tenía noticias de su mujer y de su hijo. Y estaba claro que no influyeron para nada sus conversaciones con el carpintero, sino la fuerza y el coraje del maestro, capaz de devolver a cada uno la alegría o la esperanza de vivir un día más del calendario. Era necesario que Hilal viviese, que Safi tirase con fuerza de la guerrera de su comandante y que llegase a tiempo para liberar su nariz y su garganta de la opresión de la arena. Quizá era un síntoma percibir que el borboteo de la arena había cesado y que las voces de Safi se habían aplacado arriba para confirmar la ilusión de que por fin lo había conseguido. Que Hilal respiraba con dificultades, pero respiraba, bajo la mirada sorprendida de sus enemigos, que admirarían el valor y el coraje del soldado que rescataba a su comandante de las garras de la muerte. Los riñones dolían en aquella posición desesperada, sin respirar apenas en aquella atmósfera que comenzaba a cargarse por el humo de las lámparas, una postura en la que Mahdi se aferraba al barrote superior, con el oído a poca distancia de la arena, mientras los pies estaban incómodamente colocados en los peldaños inferiores, con el cuerpo pegado a la pared. Pero los riñones no dolían de eso, sino del castigo recibido en la cárcel, al poco de ser detenido, cuando los guardianes intentaban que explicase dónde estaba el cargamento de plata que decían había robado o entregado a otros ladrones. Durante dos días enteros le habían golpeado con saña, sin saber que los hijos del tendero habían ofrecido a los policías una parte del botín si descubrían dónde Umar guardaba el tesoro, y los policías lo creyeron y reforzaron su convicción de que el pastor había sido el ladrón. Le golpearon sin piedad y durante las primeras semanas de estancia en la celda orinó sangre como ahora lo hacía, pero al cabo del tiempo sus riñones se recuperaron del castigo y concedieron al cuerpo una tregua. Un castigo innecesario, porque Umar había sido condenado a muerte por asesinato y él deseaba durante la tortura que de una vez por todas le colgaran en la horca y que pusieran fin a sus tormentos, porque de todas formas ya estaba condenado, primero a prisión y luego a muerte cuando el tendero le acusó públicamente del robo de sus mercancías y él, después de dos días de soportar que le acusase públicamente con el dedo, incapaz de defenderse con argumentos, tomó su honda y colocó en la frente de su acusador una redonda y pesada piedra de río que guardaba en su zurrón. La justicia actuó con prontitud y sin piedad. No se comprobó ninguno de los escasos datos que el pastor aportó en su defensa, porque los jueces creían sin duda las palabras del rico tendero y de sus vanidosos hijos. Además, estaba el hecho de que él era cristiano y la familia musulmana, aunque eso era apenas importante porque no hacía sino compensar lo que debía de ocurrir en otros lugares, cuando los acusadores eran cristianos y los reos no lo eran. Había que confiar al menos en que la piedad de los enemigos, arriba en la arena, permitiera a Safi salvar la vida de su comandante y que luego, los dos juntos, pudieran liberar a Sakir. El herrero era fuerte, sin duda, pero ni siquiera sus brazos de acero podrían liberarle del abrazo de la arena ahogando sus pulmones. ¡Había que actuar con prontitud, arriba! ¡Y confiar en la piedad del enemigo! Badr era frágil, quizá el más frágil de todos los hombres del destacamento, más incluso que Safi y más incluso que él mismo, el pobre pastor, porque su mirada dura de niño grande y enfadado mostraba la rabia por no haber podido disfrutar de los placeres. Sakir no conocía la tibieza de un atardecer, ni el abrazo del sol cuando aparece entre las montañas. Tenía miedo de los ruidos fuertes y no conocía un solo poema de amor ni una canción de fiesta. Necesitaba las armas y el combate para sentir la fortaleza de su cuerpo y sentía vergüenza, mucha vergüenza. Vergüenza por orinar en la arena, por enseñar su carne, por sentir hambre, sed o frío. Vergüenza por haber olvidado la lectura y la escritura que aprendiera de joven pero que no había practicado, secreto ese que había confiado al pastor y al carpintero pero que había exigido guardar del conocimiento del *mu'allim*, avergonzado quizá de que éste se burlara de su ignorancia, algo que su maestro no hubiera hecho jamás. Todos deseaban leer, pensaba Umar, porque aquello sí era la verdadera fuerza, y si él hubiera sabido hacerlo se habría evitado las desgracias que cayeron sobre su cabeza cuando confió en la lista que le presentó el tendero, que enumeraba los objetos que él debía transportar en el cargamento de mulas hasta la ciudad, y que él firmó confiado. Una lista en la que aparecían, pero él no lo supo hasta mucho más tarde, una colección de ajorcas y de pendientes de plata que el tendero no debió poseer nunca y que si tuvo alguna vez debió de vender a los contrabandistas, acusándole a él luego del robo quizá para justificarse ante los legítimos dueños y disfrutar sin problemas del dinero robado. Todos deseaban leer, incluyendo a Sakir, pero éste no se atrevía por vergüenza a reconocer públicamente su ignorancia. Durante las guardias en las que Hilal se encontraba arriba, el carpintero y él mismo ayudaban al herrero a recordar letras y palabras, como si él mismo, un pobre pastor, recién nacido de la nada, fuera capaz de hacer de maestro con un hombre que extraía los cartuchos de las balas con sus fuertes dedos. «¡Era preciso que trabajasen con rapidez!», pensaba Umar, que ya no oía las voces del carpintero pero que sentía palabras afuera, palabras unas veces en árabe y otras en un idioma no comprensible, señal de que arriba había alguien vivo, y él podía imaginar una escena en la que los soldados enemigos, piadosos, quizá apuntaban con sus armas a sus dos compañeros mientras éstos buscaban el fusil de Sakir, o algún rastro de su cuerpo, para ayudarle a salir al exterior. Se alegró de haber sometido a sus riñones a esa tortura, colgado como estaba de los barrotes, porque si hubiera actuado más rápidamente, pocos minutos atrás, habría prendido la mecha de la dinamita y quizá habría matado a sus compañeros, probablemente vivos arriba. No obstante, debía seguir todavía allí, tratando de confirmar el origen de las voces que, lejanas y amortiguadas por la arena, llegaban a sus oídos. Le parecía oír palabras extrañas, pronunciadas en un idioma desconocido, que nada decían de quién era el enemigo. Y todavía era más extraño comprender qué podía hacer un adversario desconocido y tan lejano en aquellas tierras que no tenían más que pobreza y cuyo valor estaba en sus aguas, en sus nubes, en sus atardeceres y en sus verdes praderas, algo que no podría jamás conquistar ni poseer. A él, como a su maestro, le habría también gustado conocer el rostro, el nombre y la razón de un atacante que permanecía oculto en las sombras, que atacaba cobardemente por el cielo, sin dar oportunidad de defenderse. Pero lo que importaba ahora era que sus compañeros pudieran salvarse, y había que orar para que Dios colmase de piedad al enemigo y para que trasladasen a sus amigos a un puesto cercano y que estuvieran a salvo de la ira mortal del desierto, que durante meses había enviado contra ellos un calor insufrible, unas tormentas inimaginables y una aridez inhumana, que no permitía la vida de la más miserable brizna de hierba. Sofocado por la vaharada de petróleo quemado que procedía del candil colocado a sus pies, Umar se sostuvo aún un tiempo colgado de la escalinata, procurando que el tiempo se adelgazase lo suficiente como para no sentir la tortura de sus riñones, que parecían querer estallar bajo su piel, pero que se alargase lo bastante como para que los pulmones de Sakir pudieran contener la respiración sin estallar, a tiempo de que lo liberaran de la arena. Se colgaba de los peldaños como lo había hecho durante muchos días de los barrotes de su celda, para ver una porción del atardecer o para escuchar los cantos de los pájaros o el zumbar de las abejas. Los días que precedieron a su liberación de la cárcel hubo una especial agitación y él se sobresaltó no sabía si de miedo o de alegría al notar unos taconeos por los pasillos que no eran los usuales, unas visitas que no llegaban a su celda pero que por fin, un día, vinieron, abrieron la puerta y le hicieron una extraña oferta: o perecer en la horca al día siguiente u ofrecerse como soldado voluntario al ejército para una misión peligrosa. Apenas dudó un instante en su elección, pero tan sólo eligió lo segundo porque el atardecer de ese día había sido especialmente bello y resultaba esperanzador verlo un día más, siquiera un día más, y completo, sin el marco de hierro de la ventana de la celda. Le trasladaron en un camión junto con otros desgraciados y le destinaron a un cuartel donde formó parte de una tropa harapienta y pálida, carne de cañón para una guerra de la que nada sabía. Una semana más tarde fue llevado a un desierto de extrañas piedras negras, subió en otro camión y llegó a este puesto, donde había recuperado su condición y su aspecto humanos. Las voces arriba casi habían cesado y era esperanzador que no se hubiera oído un solo disparo, señal de que el enemigo era misericordioso. El tiempo se dilató hasta que sus brazos y sus riñones no pudieron soportar su esfuerzo y Umar soltó la tenaza de sus manos y bajó hacia el piso, sobre el montón de arena acumulada a sus pies y que había cubierto parcialmente los cartuchos de dinamita que minutos antes había desenrollado. Había llegado a olvidar la luz que llenaba la estancia, que revelaba colores, formas y tamaños de los objetos que habían convivido con ellos durante esos meses, que formaban parte de sus vidas y que dentro de un rato, cuando el tanque y los soldados se hubieran ido, llevándose consigo a sus compañeros, él haría volar por el aire con él mismo, hasta que todo se fundiera en una nube de humo negra. En el sobresalto del ataque, él y sus compañeros habían tropezado con algunos objetos que ahora se desparramaban en la habitación, y el derrumbe parcial del techo lo cubría todo con pequeños cascotes de cristal y con montones de arena que crecían sin cesar, filtrándose por las grietas. Bebió un largo sorbo de agua pues, pensó con ironía, el agua era buena para los riñones, y depositó los cartuchos de dinamita junto a las granadas y las cajas de municiones, para que el pequeño arsenal multiplicase el efecto de la explosión. Extrajo los fulminantes de la pequeña caja en que Hilal los había depositado y los introdujo con cuidado en la pasta arcillosa que se podía ver al final de los cartuchos, introduciendo la mecha en los canales correspondientes. Todo estaba preparado para el gran fuego final, pensó Umar, y no quedaba sino esperar. Abrió con generosidad el grifo del depósito, dejó que el agua llenase hasta rebosar el balde de zinc y se lavó con cuidado las manos y la cara, que sentía ardiente debido al calor que se acumulaba por la combustión del petróleo y, quizá, por la putridez del aire en la estancia. Refrescado, observó con cuidado y cariño algunas de las huellas que aparecían por la habitación. Había un desorden irreverente y Mahdi se puso a colocar algunos de los objetos más queridos, dando tiempo a que la máquina y sus compañeros desaparecieran de la superficie. Allí aparecían el primer mensaje escrito por Hilal y las letras dibujadas con el betún oscuro que él ya podía reconocer inmediatamente. Allí estaban el calendario, el reloj de manecillas luminosas, los cordeles con los que se controlaban los víveres, las primeras marcas en el cemento, fruto del primitivo empeño por escribir, las pequeñas montañas de tablas que Safi había almacenado, el primer martillo de Sakir, colgado en la pared como una reliquia sagrada, los estantes en los que se apilaban las provisiones que él había controlado, la mesa de juego con los tableros de la *a-ttaula* y del ajedrez, las tablillas que el carpintero había decorado en las últimas semanas, el *duff*... Se sobresaltó cuando percibió que los motores de la máquina se ponían en movimiento y sintió que las vibraciones del tanque contra el suelo terminaba por desbaratar el techo de cristal, muchos de cuyos cristales, rotos en pequeños fragmentos, cayeron al suelo con renovado estrépito, dejando visible el esqueleto de acero que sostenía las plaquetas destrozadas y por donde caía la arena con intensidad. Cuando la tormenta de cristales cesó, Mahdi trató de comprobar que no se oyeran ruidos extraños arriba y se encaramó de nuevo hacia los barrotes. El fragor de los motores se redujo y el pastor aplicó de nuevo el oído a la grieta. Le pareció oír gritar su nombre a través de la arena: «¡Umar Mahdi!», pero aquel grito no tenía más valor que demostrar que sus compañeros estaban vivos y Umar dio gracias a Dios porque no había sido tan Inmisericorde. Bajó de nuevo y sintió un ácido escozor en los ojos, debido al humo de los candiles. Continuó con su recuerdo. Allí estaban, prestos a convertirse en una hoguera, el baúl de la ropa, un pequeño armario que contenía los útiles de aseo de los cuatro hombres, las perchas metálicas de las que colgaban las guerreras, los depósitos de agua que debían ser su salvación en los días siguientes pero que ahora no tenían valor, las piezas de ajedrez que Umar colocó pacientemente en las casillas negras y amarillas del tablero. Y, cómo no, allí estaban almacenadas las tablillas que el *mu'allim* había escrito durante aquellas largas semanas y que él podía leer ahora sin dificultad, evocando antiguos poemas. En un lugar dcstacado estaban cuatro de ellas, escritas directamente por Hilal, en cuya escritura no había intervenido Mahdi. Eran más grandes que las demás, y su madera la más preciosa. Cada una tenía escrito en la parte superior el nombre de los cuatro hombres. Se extrañó de ver que la suya era tan extensa como las demás, sonriéndose al pensar que Hilal considerara que la vida de un pobre pastor tuviera tal importancia. Sonrió meditando que en su tablilla faltaba una parte de su historia que él no había contado nunca a nadie y que fue la que marcó el resto de su existencia. Sonrió pensando en aquella niña que se interesaba por los trenzados de cuero del pastor, una novia robada por un rico tendero, a la que él observaba en la distancia cada vez que regresaba al poblado, obligada a vestir tan de joven el *abeya,* el manto negro con el que se cubrían las mujeres mayores. Recordó las tiernas miradas que durante años le dirigía la niña mujer por encima de su velo cuando se dirigía al mercado, resignada a cumplir su papel de fiel esposa pero afligida por haber perdido su libertad y probablemente tan deseosa como él de recuperar los tiempos de juego juntos. Era suficiente su mirada, era bastante su mirada, o un leve gesto con el borde del manto, dirigido a él, para saber que ella pensaba en él todavía, y que merecía la pena vivir un día más. A veces bastaba la brevedad de un saludo para justificar toda una vida. Extendió las tablillas sobre los colchones de dos de las literas vacías y alisó la colchoneta del tercer camastro, preparándolo para recibirle. Tomó los cartuchos de dinamita y dudó unos segundos contemplando el calor de la llama que procedía de los candiles. Imaginó el atronador fogonazo que se produciría poco después de que prendiera la mecha, que convertiría en humo, polvo y fuego todo lo que había en aquella habitación. Revisó una vez más los tesoros surgidos de las manos de los cuatro hombres durante aquellas semanas, a veces tan delgadas y a veces tan anchas. Le estremeció durante algunos segundos el dolor de convertir en humo y en cenizas aquellos delicados tesoros, en los que se encerraban los misterios de cuatro hombres que habían compartido su sudor y su alegría. Por fin, abrió la pesada trampilla, retiró los fulminantes y arrojó los cartuchos grasientos al insondable agujero de la letrina, donde cayeron haciendo un ruido sordo. Cerró la puerta para que el hedor no interrumpiese su sueño. Tomó las jaulas de los insectos y los liberó de sus barrotes. Regó las plantas. Se tendió en el camastro libre mientras sujetaba entre sus dedos la tablilla de madera con su nombre grabado. Los riñones no le dolían pero sentía en la cabeza un pesado sopor. Antes de dormirse, recordó un luminoso poema que había escrito el *mu'allim* y que él había aprendido de memoria:

En los dos casos,
de unión y de ausencia,
y en los dos días,
de acercamiento y distancia,
me basta que mis deseos
te alcancen en tu horizonte,
mañana y tarde
y me envíes un breve saludo,

aunque sólo sea un hálito de la brisa.
Mi pecho está lleno de dolor por ti;
mi corazón sueña siempre con tu amor. [29]

Mientras se dormía pudo imaginar cómo sus compañeros ascendían al tanque, encañonados por los fusiles de un enemigo que parecía tener piedad, y cómo se alejaban gritando su nombre, «¡Umar Mahdi!» en la oscuridad de la noche. La larga noche.

Procedencia de los poemas incluidos en la novela:

Esta obra es, en cierta medida, un homenaje a la poesía árabe de todos los tiempos, que podrá disfrutarse con más profusión en las obras abajo citadas y de las que proceden los fragmentos citados. En cualquiera de ellas el lector podrá realizar su propia selección de poemas, pues ése ha sido el trabajo más sencillo y placentero para el autor de esta novela: elegir un puñado de perlas en un cofre lleno de tesoros.

(1): Serafín Fanjul. *El* mawwāl *egipcio, expresión literaria popular.* Instituto Hispano-Árabe de Cultura: Madrid, 1976.

(2): *Ibíd.*

(3): *Ibíd.*

(4): Serafín Fanjul. «Canción para jalear la faena», en *Canciones populares árabes.* Revista Almenara: Madrid, 1975.

(5): Tawfiq Zayyad. «En el tronco de un olivo», en *Ammán en septiembre y otros poemas.* Trad. de María Rosa de Madariaga. Hiperión: Madrid, 1979.

(6): Serafín Fanjul. «Dormid, y que os visiten las hadas...», en *Canciones populares árabes...*

(7): «En mi aldea», de Isa Al-Nauri, en *Antología de poesía árabe contemporánea.* Trad. y selec. de Leonor Martínez Martín. Espasa-Calpe, 1985.

(8): «La pluma del cuervo», en *Canciones de Mihyar el de Damasco.* Trad. de Pedro Martínez Montávez, Instituto Hispano Árabe de Cultura: Madrid, 1968.

(9): *El Corán.* Trad. de Juan Vernet. Planeta: Barcelona, 1996.

(10): «Tu mano en mi mano...», de Raif Juri, en *Antología de poesía árabe contemporánea...*

(11): *El Corán. Op. cit.*

(12): «Yo soy quien ama», de Raif Juri, en *Antología de poesía árabe contemporánea...*

(13): *El Corán. Op. cit.*

(14): Ibn Zaidun. *Poesías de Ibn Zaydun.* Trad. de Mahmud Sobh. Instituto Hispano Árabe de Cultura: Madrid, 1985

(15): Serafín Fanjul. «Dormid y que os visiten las hadas...», en *Canciones populares árabes...*

(16): Serafín Fanjul. «Tiene esta dulce gacela dos jardines en la cara...», en *Canciones populares árabes...*

(17): Nizar Kabbani. «Te quiero», en *Poemas amorosos árabes.* Trad. de Pedro Martínez Montávez. Instituto Hispano Árabe de Cultura: Madrid, 1988[3].

(18): Serafín Fanjul. «Canción de boda», en *Canciones populares árabes...*

(19): Serafín Fanjul. «Mawwal verde», en *Canciones populares árabes...*

(20): Serafín Fanjul. «Ay, madre, yo quiero un abrigo…», en *Canciones populares árabes…*

(21): Serafín Fanjul. *El* mawwal *egipcio…*

(22): Ibn Zaidun. *Op cit.*

(23): «La orquesta del amanecer», de Isa Al-Nauri, en *Antología de poesía árabe contemporánea…*

(24): Ibn Zaidun. *Op. cit.*

(25): *Ibíd.*

(26): *El Corán. Op. cit.*

(27): «Los árabes —si los ignorantes supieran…». *Antología de poesía árabe contemporánea…*

(28): «Te quiero» de Elías Abu Sabaka. *Antología de poesía árabe contemporánea…*

(29): Ibn Zaidun. *Op cit.*